KB089086

사람은 무엇으로 사는가

레프 니콜라예비치 톨스토이
(이반 크람스코이, 1873년 作)

현대지성 클래식 34

사람은 무엇으로 사는가

CHEM LIUDU ZHIVY

레프 톨스토이 | 홍대화 옮김

현대
지성

일러두기

1. 대표작 「사람은 무엇으로 사는가」를 비롯한 1880년대 작품 8편은 1963년 예술문학국가 출판부에서 출간한 20권짜리 레프 톨스토이 작품전집 중 제10권에서, 1903년의 두 작품 「세 가지 질문」과 「노동과 죽음과 질병」은 톨스토이의 장편 소설과 중단편 소설, 편지, 일 기, 회고록 등 작가의 모든 작품을 담고 있는 인터넷 사이트에서 원문 텍스트를 가져왔다.

2. 인물이나 지명 등 일부 러시아어는 국립국어원에서 나온 외래어표기법과는 달리 러시아 어 특유의 된소리를 그대로 살려 표기했다. 다만, 저자 "레프 니꼴라예비치 똘스또이"는 보 다 널리 알려진 영어식 이름인 "레프 니콜라예비치 톨스토이"로 표기하기로 한다.

3. 본문의 각주는 모두 옮긴이가 달았다.

4. 성서는 개역개정판(4판)을 인용했다.

목차

사람은 무엇으로 사는가

우리는 형제를 사랑함으로 사망에서 옮겨 생명으로 들어간 줄을 알거니와 사랑하지 아니하는 자는 사망에 머물러 있느니라 … 누가 이 세상의 재물을 가지고 형제의 궁핍함을 보고도 도와 줄 마음을 닫으면 하나님의 사랑이 어찌 그 속에 거하겠느냐 자녀들아 우리가 말과 혀로만 사랑하지 말고 행함과 진실함으로 하자(요한일서 3:14, 17-18).

사랑하는 자들아 우리가 서로 사랑하자 사랑은 하나님께 속한 것이니 사랑하는 자마다 하나님으로부터 나서 하나님을 알고 사랑하지 아니하는 자는 하나님을 알지 못하나니 이는 하나님은 사랑이심이라(요한일서 4:7-8).

어느 때나 하나님을 본 사람이 없으되 만일 우리가 서로 사랑하면 하나님이 우리 안에 거하시고 그의 사랑이 우리 안에 온전히 이루어지느니라 … 하나님이 우리를 사랑하시는 사랑을 우리가 알고 믿었노니 하나님은 사랑이시라 사랑 안에 거하는 자는 하나님 안에 거하고 하나님도 그의 안에 거하시느니라 … 누구든지 하나님을 사랑하노라 하고 그 형제를 미워하면 이는 거짓말하는 자니 보는 바 그 형제를 사랑하지 아니하는 자는 보지 못하는 바 하나님을 사랑할 수 없느니라(요한일서 4:12, 16, 20).

1

어떤 제화공이 아내와 아이들과 함께 어떤 농부의 집에 얹혀살고 있었다. 그는 자기 집도, 자기 땅도 한 뙈기 없이 그저 구두 만드는 일로 생계를 유지했다. 그런데 빵 값은 비싸고, 품삯은 저렴해서 버는 족족 식비에 들어가고 있었다. 제화공에게는 아내와 함께 쓰던 모피 외투가 한 벌 있었는데, 그것도 넝마가 될 정도로 낡아 도저히 입을 수가 없었다. 그는 2년째 되는 해에 새 외투를 지으려고 양모피를 살 계획이었다.

제화공은 가을쯤에 돈을 모을 수 있었다. 3루블짜리 지폐가 마누라의 궤짝 안에 있었고, 마을에 사는 농부들에게 받을 돈이 5루블 20꼬뻬이까 정도였다.

제화공은 아침부터 외투를 맞추러 마을로 갈 채비를 차렸다. 그는 셔츠 위에 솜을 댄 여성용 면 재킷을 입고 그 위에 나사(羅紗)로 짠 농민외투(까프딴)를 입고는 3루블짜리 지폐를 호주머니에 넣고 나무를 잘라 지팡이를 만들고, 아침식사를 먹은 후 집을 나섰다. 그는 생각했다.

'농부들에게서 5루블을 받아내 갖고 있는 3루블에 보태야겠다. 그걸로 외투를 만들 양모피를 살 수 있겠지.'

제화공은 마을에 들어가 한 농부를 찾아갔다. 그는 집에 없었고, 부인은 남편에게 돈을 들려 일주일 안에 보내겠다고 약속만 하고는 주지 않았다. 또 다른 집을 찾아갔지만, 그 역시 하늘에 맹세코 돈이 없다고 하면서 장화를 고쳐준 값으로 20꼬뻬이까만 주고 그것으로 그만이었다. 제화공은 양모피를 외상으로 얻어보려 했지만 가죽 장수는 외상을 믿지 않았다.

"돈을 가져오게." 그가 말했다. "그러면 뭐든 마음껏 고를 수 있소. 외상값은 받기 어렵다는 걸 당신도 잘 알잖소."

이렇게 제화공은 수선비 조로 고작 20꼬뻬이까만 받았고, 농부에게서는 수선할 낡은 가죽 장화만 받았을 뿐, 헛수고만 하였다.

제화공은 신세를 한탄하며 술 마시는 데 20꼬뻬이까를 탕진했고, 외투 없이 집을 향해 터덜터덜 걷기 시작했다. 아침부터 추웠지만, 술을 마셨더니 외투가 없어도 따뜻했다. 제화공은 길을 가면서 한 손에 쥔 지팡이로는 얼어붙은 먼지덩이를 두드리고, 다른 한 손으로는 가죽장화를 흔들면서 혼잣말을 했다.

"난 외투가 없어도 따뜻해. 술 한 잔 했더니 온몸이 다 뜨끈해지네. 양털외투 따위는 필요 없어. 슬픔을 잊고 걸어가는 거야. 난 그런 사람이잖아! 내게 뭐가 더 필요한가? 나는 외투 없이도 살 수 있어. 외투는 평생 필요치 않아. 한 가지… 그저 마누라가 속상해하겠지. 정말 분하군. 외투하나 얻으려고 죽어라고 일했는데, 아무것도 얻은 게 없으니. 거기 서라… 돈을 가져오지 않으면 네 모자를 홀랑 벗겨버릴 테다, 틀림없이 벗겨버리고 말 테다, 이런 식이지. 뭐 이런 게 다 있담? 20꼬뻬이까 은전 하나만 달랑! 20꼬뻬이까로 술 마시는 것 말고 대체 뭘 할 수 있단 말인가? 다들 돈이 없다고들 말하지. 너한테 돈이 없으면, 나한테는 있나? 너흰 집도 있고, 가축도 있고, 모든 게 다 있지만, 난 이 몸뚱이가 전부란 말이다. 너는 먹을 빵도 있지만, 나는 그걸 사야 한다고. 너는 원하기만 하면 일주일에 빵을 팔아 3루블을 벌 수 있잖아."

제화공은 그렇게 투덜대며 길모퉁이 옆에 있는 작은 예배당 쪽으로 걸어갔다. 그런데 바로 그 예배당 뒤에서 뭔가가 하얗게 빛나고 있었다. 해가 점차 기울기 시작한 때였다. 제화공은 하얗게 빛나는 곳을 자세히 들여다보았지만, 그게 뭔지 도통 알 수가 없었다.

'여기엔 저런 돌이 없었는데. 짐승인가? 짐승 같지도 않은데. 머리로 보면 사람을 닮았는데, 왠지 하얗군. 사람이라면 왜 여기 있는 거지?' 이런저런 생각이 떠올랐다.

더 가까이 가서 보니 무엇인지 확실히 보였다. 그런데 이게 무슨 기적이란 말인가. 그것은 사람이 분명했는데, 살았는지 죽었는지 벌거숭이로 앉아 작은 예배당에 몸을 기댄 채 꼼짝도 하지 않고 있었다. 제화공은 갑자기 두려워졌다.

'누군가가 사람을 죽여 놓고는 옷을 벗기고 여기에다 버렸구나. 멋모르고 다가갔다가는 봉변 당하기 딱이다.' 속으로 이런 생각이 들었다.

제화공은 그 곁을 비껴가기 시작했다. 작은 예배당 뒤로 돌아갔더니 그 사람 모습이 보이지 않았다. 작은 예배당을 지나 뒤를 돌아보니, 그 사람이 작은 예배당에서 몸을 떼고 움직이는데 마치 가만히 엿보는 것만 같았다. 제화공은 점점 더 소심해져서 속으로 생각했다.

'다가갈까, 아니면 그냥 지나갈까? 다가갈까? 나쁜 일이 일어나지 말아야 할 텐데. 저 사람이 어떤 사람인지 누가 알겠어? 좋은 일로 여기 오게 된 건 아닐 거야. 다가갔다가, 갑자기 달려들어 목을 조르면 벗어나기 힘들 텐데. 그런 일은 없더라도 골치깨나 앓게 될걸. 저 벌거벗은 사람하고 무슨 일을 할 수 있겠어? 내 옷을 벗어 마지막 것까지 내주게 되겠지. 그냥 지나가고 말자!'

제화공은 발걸음을 재촉했다. 그러나 작은 예배당 옆을 완전히 벗어나자, 양심의 가책이 느껴졌다. 그는 길에 멈추어 섰다.

'도대체 무슨 짓을 하는 거냐, 세묜.' 그는 자문했다.

'사람이 재앙을 만나 죽어가는데, 겁을 집어먹고 그냥 지나치다니. 더 큰 부자가 되기라도 한 거냐? 네 돈을 도둑질할까 봐 두려운 거야? 에이, 세마.[1] 그건 좋지 않지!'

세묜은 몸을 돌려 그 사람에게 돌아갔다.

2

세묜은 다가가 그를 찬찬히 뜯어보았다. 아직 힘깨나 쓸 젊은 사람인데, 몸에서는 싸운 흔적도 보이지 않고 그냥 꽁꽁 얼어붙어 있어 놀랐다. 기대어 앉았는데, 힘이 하나도 없는 듯 세묜을 보지도 못하고 눈도 들지 못했다. 세묜이 바짝 다가서자, 정신이 돌아온 듯 고개를 돌려 눈을 떠 세묜을 쳐다봤다. 세묜은 그 시선 때문에 청년이 마음에 들었다. 제화공은 겨울용 펠트 장화를 땅바닥에 벗어놓고, 허리띠를 풀어 장화 위에 놓고는 큰 농민외투를 벗었다.

"나중에 설명하기로 하고! 자, 입게! 어서!"

세묜은 그의 팔꿈치를 부축해 일으켰다. 사람이 일어났다. 세묜이 쳐다보니 몸이 가냘프고, 팔과 다리는 깨진 데 없이 깨끗한 데다가, 얼굴도 귀여웠다. 그 사람 어깨에 농민외투를 걸쳤지만, 그는 팔을 소매에 집어넣지도 못했다. 세묜은 소매에 팔을 넣어주고 농민외투를 당겨 여며준 다음, 허리띠를 묶었다.

세묜은 찢어진 모자를 벗어 그 사람에게 씌워주려다가, 머리가 휑하

---

1   세묜이라는 남자 이름의 애칭이다.

게 느껴져서 다시 생각했다. '난 완전히 대머리인데, 저 친구는 긴 고수머리잖아.' 세묜은 모자를 다시 썼다. '그냥 장화를 신기는 게 낫겠다.'

제화공은 그를 앉혀 펠트 장화를 신겨주고, 옷을 입히고는 말했다.

"자, 이렇게 하자고, 형제. 자, 자. 몸을 풀고 이걸로 몸을 녹이게. 하긴 저절로 그렇게 되겠지. 걸을 수 있겠나?"

그는 서서 세묜을 부드럽게 바라보았지만, 아무 말도 하지 않았다.

"왜 아무 말도 하지 않나? 여기서 겨울을 날 수는 없잖은가. 살던 곳으로 가야지. 자, 여기 내 지팡이가 있으니, 힘이 없거든 이것을 지탱하게. 걸어보게나!"

그는 걷기 시작하더니 뒤처지지 않고 가볍게 걸었다.

함께 길을 가다가 세묜이 물었다.

"그러니까 어디서 온 겐가?"

"저는 이곳 사람이 아닙니다."

"이곳 사람들이라면 내가 다 알고 있지. 어쩌다가 작은 예배당 아래 있게 되었나?"

"말할 수 없습니다."

"틀림없이 사람들이 심하게 대했겠지?"

"저를 심하게 대한 사람은 아무도 없습니다. 하나님이 저를 징계하셨습니다."

"모든 게 하나님 뜻이라는 말은 누구나 다 아는 얘기지. 어디든 갖다 붙일 수 있어. 그래, 어디로 가는 길인가?"

"어디든 매한가지입니다."

세묜은 놀랐다. '난폭한 사람 같지도 않고 말씨도 부드러운데 자기 얘기를 하지 않는군. 그래, 세상에는 오만가지 일이 많으니까.' 세묜은 이렇게 생각하고는 그에게 말했다.

"자, 그럼, 우리 집에 가세. 좀 지내다가 떠나게나."

세묜은 계속 걸었고, 나그네도 처지지 않게 그와 나란히 걸었다. 바람이 세묜의 셔츠 속까지 파고들어 취기를 거두어가니 온몸이 오싹오싹 추워지기 시작했다. 걸어가다가 코가 막히자, 그는 마누라의 재킷을 걸치고 생각했다. '모피외투를 마련하려고 밖에 나왔는데, 이젠 농민외투도 없이 벌거벗은 사람을 데려가는군.' 마뜨료나 생각이 나자, 세묜은 마음이 갑갑해졌다. 그러나 나그네를 보자, 작은 예배당 뒤에서 그를 발견한 일이 기억나면서 마음은 뛸 듯이 기뻤다.

3

세묜의 아내는 그날 일찍 집안일을 마쳤다. 장작을 패고 물을 길어오고 아이들을 먹이고 자기도 저녁을 조금 먹은 뒤 생각에 잠겼다. 그녀는 화덕에 빵을 언제 올릴까 고민하고 있었다. 지금 할까, 아니면 내일 할까? 아직 빵 양쪽 모서리에서 떼어낸 큰 조각이 남아 있었다.

그녀는 생각했다. '만일, 세묜이 거기서 점심을 먹고 오면 저녁으로 많이 먹지는 않을 테니까, 내일 먹을 빵으로는 충분하겠다.'

마뜨료나는 빵 조각을 돌리고 또 돌려보았다. '오늘은 빵을 올리지 말자. 밀가루도 빵 하나 구울 거밖에 안 남았어. 금요일까지 버텨보자.'

마뜨료나는 빵을 치우고 남편 셔츠에 바대를 대려고 식탁 옆에 앉았다. 마뜨료나는 바느질을 하면서 남편이 외투에 쓸 양가죽을 어떻게 사오려나 생각에 잠겼다.

'양피장이가 그 사람을 속이지 말아야 할 텐데. 우리 남편은 너무 순박해서…. 자기는 아무도 못 속이면서 쪼끄만 애들도 그 사람을 속인단 말이야. 8루블이면 적은 돈도 아닌데. 그거면 좋은 외투를 만들 수 있을 텐데. 무두질된 가죽이 아니더라도 어쨌든 모피외투니까. 지난겨울에 외투 없이 얼마나 고생을 했던지! 강에 나갈 수도 없고, 아무 데도 갈 수 없었지. 집 밖으로 나갈 때 온갖 것을 뒤집어써봐도 입을 만한 게 아무것도 없었어. … 이이가 일찍 간 건 아닌데. 올 때도 되었건만. 내 사랑이 술에 정신이 팔린 건 아니겠지?'

마뜨료나가 이런 생각을 하고 있는데, 현관 계단에서 삐걱거리는 소리가 나면서 누군가가 들어왔다. 마뜨료나는 바늘을 찔러 놓고, 현관방으로 나갔다. 보니 두 사람이 들어오고 있었다. 세묜이었는데, 그와 함께 온 어떤 농부는 모자도 쓰지 않고 펠트장화만 신은 모습으로 들어오고 있었다.

남편에게서는 곧장 술냄새가 났다. '술에 정신 팔린 거 아닌가 했더니 바로 맞혔어.'

남편이 농민외투도 입지 않고 누빈 재킷 하나만 걸친 채 손에 아무것도 들지 않은 것을 보자, 그녀는 입을 다물고 얼굴을 찌푸렸다. 마뜨료나의 가슴이 철렁했다. '돈을 술에 탕진했구나. 어떤 방탕한 놈하고 술을 마셨어. 그러고는 집에 데려오기까지 한 거야.' 그녀는 생각했다.

마뜨료나는 그들을 오두막으로 들어오게 하고는, 자기도 들어가서 보았다. 낯선 사람이었다. 그런데 이 젊고 삐쩍 마른 사람이 자기 부부의 농민외투를 입고 있는 것이었다. 농민외투 밑으로는 셔츠도 보이지 않고, 모자도 쓰지 않은 상태였다. 그는 들어온 모습 그대로 우두커니 서서 꼼짝도 하지 않고 눈도 들지 못하고 있었다.

마뜨료나는 생각했다. '착한 사람은 아니구나. 두려워하고 있어.'

그녀는 눈살을 찌푸리고 벽난로 쪽으로 가서 그들이 무슨 짓을 할지 지켜보았다.

세묜은 모자를 벗고 아무 일 없다는 듯 벽 의자에 앉았다.

"마뜨료나, 저녁 좀 차려주구려!"

그녀는 우물우물 뭐라고 투덜거렸다. 벽난로 옆에 서서 꼼짝도 하지 않았다. 그리고 두 사람을 번갈아보다가는 머리만 흔들고 말았다.

세묜은 아내가 기분이 좋지 않은 것을 보고 하는 수 없이 마치 그런 모습을 알아채지 못한 척, 나그네의 손을 붙잡고 말했다.

"앉게나, 형제여. 같이 밥을 먹읍시다."

나그네가 의자에 앉았다.

"어떻게, 준비가 아직 안 되었나?"

마뜨료나는 독이 올랐다.

"만들었지만, 당신 게 아니에요. 가만 보니 이제 염치도 술과 함께 마셔버린 모양이군요. 가죽 외투를 사러 간 사람이 이제 농민외투도 없이 돌아와서는, 그것도 무슨 벌거벗은 부랑자를 데려왔잖아요. 술주정뱅이한테 줄 저녁은 없어요."

"있을 거야. 마뜨료나, 쓸데없이 혀를 놀리는군! 먼저 어떤 사람인지 물어보지도 않…."

"돈을 어쨌는지 말해줄래요?"

세묜은 농민외투에 손을 집어넣어 종이를 꺼내서 펼쳐보였다.

"돈, 여기 있어. 뜨리포노프는 돈도 주지 않고 내일 주겠다고 약속만 하더군."

마뜨료나는 화가 더 치밀어 올랐다. 남편은 외투도 마련하지 않고, 마지막 남은 농민외투를 어떤 벌거벗은 남자에게 입혀서는 집에까지 데려온 것이었다.

그녀는 식탁에서 종이를 잡아채서는 감추러 가며 말했다.

"저녁은 없어! 벌거벗은 술주정뱅이를 먹여주진 않을 거야."

"에이, 마뜨료나. 혀 조심해. 뭐라 말하는지 먼저 들어봐…."

"취한 바보의 말은 실컷 들었어. 술주정뱅이인 당신한테 시집가고 싶지 않았는데, 이유가 없었겠어? 엄마가 내게 준 아마포도 당신 술값으로 날려버렸다고. 이제 외투 사러 가서는 또 마셔버렸고."

세묜은 20꼬뻬이까만 마셨다고 아내에게 설명하고, 이 사람을 어디서 찾았는지도 말하고 싶었지만, 마뜨료나가 끼어들 기회를 주지 않았다. 그리고 어디서 갑자기 생각이 났는지 두세 마디 불쑥 던지는데 10년 전 일을 여전히 기억하고 있는 것이었다.

마뜨료나는 잔소리를 하고 또 해대며 세묜에게 달려들어 그의 소맷자락을 붙잡았다.

"내 반외투 내놔. 그렇지 않아도 이것밖에 안 남았는데, 나한테서 가져가서는 자기가 껴입었잖아. 이리 내, 이 곰보 수캐 같으니. 어디서 부러지도록 맞기라도 했으면!"

세묜은 테두리에 모피를 두른 여성용 반외투를 소매를 뒤집은 채 벗어 던졌고, 아낙은 뒤집어진 팔을 되돌려놓다가 그만 재킷 재봉선이 뜯어져버렸다. 마뜨료나는 반외투를 집어 머리에 두르고는 문 쪽으로 갔다. 그녀는 그대로 떠나버리고 싶었지만, 그래도 멈추어 섰다. 화가 치밀어 심장이 불붙는 듯했다. 그녀는 불같이 화를 내며 데려온 사람을 놓고 실컷 욕을 해주고 싶었다.

4

마뜨료나는 멈춰 서서 말했다.

"착한 사람이라면 저렇게 벌거벗고 다닐 리가 없겠지. 셔츠라도 있을 텐데, 그것도 없잖아. 당신이 착한 일을 하러 갔으면 어디서 저런 멋쟁이를 데려왔는지 말을 해야지."

"내가 말했잖아. 걸어가는데, 작은 예배당 옆에 이 벗은 사람이 완전히 굳은 채 앉아 있더라고. 여름도 아닌데 벌거벗고 있었다고. 하나님이 나를 이 사람에게 보내신 거야. 그렇지 않았으면 죽었을걸. 그럼, 어떻게 하겠나? 세상에 별일이 많잖아! 그래서 이 사람을 거두어 옷을 입혀 여기로 데려왔어. 마음을 좀 진정해 봐. 이러는 건 죄야, 마뜨료나. 어차피 우리는 죽을 목숨 아닌가."

마뜨료나는 욕을 퍼붓고 싶었지만, 나그네를 보고 입을 다물었다. 나그네는 의자 끝에 앉은 채로 꼼짝도 하지 않았다. 팔을 무릎에 포개고, 머리는 가슴에 푹 수그리고, 눈도 뜨지 않은 채 숨이 막히는지 얼굴을 온통 찡그리고 있었다. 마뜨료나는 입을 다물었다.

세묜이 말했다.

"마뜨료나, 자네 속에는 하나님이 없는가?"

마뜨료나가 이 말을 듣고 나그네를 다시 보자, 갑자기 마음이 차분해졌다. 그녀는 문에서 떨어져서 벽난로 구석으로 물러나 식사거리를 챙기기 시작했다. 잔을 탁자 위에 놓고 끄바스²를 따르고, 마지막 남은 빵을 자르고, 나이프와 수저를 놓았다.

"한술 자시던가." 그녀가 말했다.

세묜은 나그네를 움직이게 하며 "이리 오게, 젊은이"라고 했다.

세묜은 빵을 잘라 잘게 썰고는 먹기 시작했다. 마뜨료나는 탁자 구석에 앉아 팔을 괴고 나그네를 바라보았다. 그러자 나그네가 가엾게 여겨

2　호밀과 보리를 발효시켜 만든, 러시아인이 즐겨 마시는 청량음료.

졌고, 그를 좋아하게 되었다. 나그네는 돌연 명랑해져서 얼굴 찡그리기를 그만두고 눈을 들어 마뜨료나에게 미소를 지어주었다.

저녁식사를 마치자, 아낙이 설거지를 하고 나그네에게 묻기 시작했다.

"어디서 오셨소?"

"전 이곳 사람이 아닙니다."

"그럼, 어쩌다 길가에 있게 되었소?"

"그건 말할 수 없어요."

"누군가한테 강도를 당한 거요?"

"하나님이 저를 징계하셨습니다."

"그래서 벌거벗은 채 누워 있었소?"

"벌거벗은 채로 누워 몸이 얼어붙어 있었지요. 세묜이 저를 보고 불쌍히 여겨 자기 농민외투를 벗어 입혀주고 이곳으로 오자고 청했어요. 이곳에서는 아주머니가 저를 먹이고 마시우고 불쌍히 여겼고요. 주님께서 두 분을 구원해주실 겁니다."

마뜨료나는 일어나 창에서 세묜의 낡은 셔츠, 그러니까 그녀가 조금 전에 고친 그 셔츠를 집어 나그네에게 주고, 또 바지를 찾아주었다.

"자, 여기 있수. 내가 보니, 셔츠도 없구먼. 옷을 입고 맘에 드는 곳에 누우시오. 이층이든 벽난로 위든."

나그네는 농민외투를 벗고 셔츠와 바지를 입고는 이층에 누웠다. 마뜨료나는 불을 끄고 농민외투를 들고는 남편 옆에 기어들어갔다.

농민외투 끝으로 몸을 가리고 누웠는데, 여전히 나그네가 그녀의 뇌리에서 떠나지 않았다. 그들에게 남은 마지막 빵조각을 나그네가 먹었고, 내일 먹을 빵도 없는데 셔츠와 바지까지 내주었다는 생각이 들자, 갑자기 속상했다. 하지만 그가 미소 짓던 게 떠오르자, 기뻐서 심장이 두근거렸다.

마뜨료나는 오랫동안 잠을 이루지 못했는데, 가만히 보니 세묜 역시 잠들지 못하고 농민외투를 자기 쪽으로 당기는 것이었다.

"세묜!"

"어!"

"마지막 남은 빵을 다 먹었는데, 빵을 올려놓지 않았네. 내일 어떻게 해야 할지 모르겠어요. 이웃 말라냐에게 좀 구해볼게요."

"걱정하지 맙시다, 배부르게 먹게 될 거야."

둘 다 누운 채 말이 없었다.

"사람이 착해 보여요. 방금도 자기 얘기는 하지 않던데."

"그럴 거야. 억지로는 안 되지."

"세묜!"

"왜!"

"우리는 주는데, 왜 우리한테는 아무도 주는 사람이 없지?"

세묜은 무슨 말을 해야 할지 몰랐다.

'또 잔소리를 하겠군.'

그는 돌아누워 잠이 들었다.

5

아침에 세묜은 잠에서 깨어 일어났다. 아이들은 자고, 아내는 이웃에 빵을 빌리러 나가 있었다. 어제의 나그네 혼자 낡은 바지에 셔츠를 입고 의자에 앉아 천장을 쳐다보고 있었다. 그의 얼굴은 어제와는 달리 더 밝아 보였다.

그래서 세묜이 말했다.

"어떤가, 귀한 손님. 배는 빵을 달라 하고 벌거벗은 몸은 옷을 달라 하지. 밥벌이를 해야 하는데, 무슨 일을 할 줄 아는가?"

"아무것도 할 줄 모릅니다."

세묜이 놀라서 말했다.

"할 마음만 있으면 되네. 사람은 뭐든 배울 줄 알거든."

"사람들이 일을 하니, 저도 하겠습니다."

"자네 이름이 뭔가?"

"미하일입니다."

"자, 미하일라.[3] 자기 얘기를 하건 하지 않건 그건 자네 선택일세. 하지만 밥벌이는 해야 하네. 내가 명하는 대로 일을 하면 먹여줌세."

"주께서 아저씨를 구원해주실 거예요. 배우겠습니다. 뭘 해야 하는지 가르쳐주세요."

세묜은 실을 집어 손에 두르고 매듭을 짓기 시작했다.

"별로 어렵지 않네. 자, 보게…."

미하일라가 보더니 즉시 따라하며 마찬가지로 손가락에 실을 두르고 매듭을 지어 보였다.

세묜은 어떻게 접착을 하는지 그에게 보여주었다. 미하일라는 역시 곧바로 이해했다. 주인이 강모를 어떻게 꼬는지, 어떻게 꿰매는지를 보여주면, 미하일로는 곧바로 감을 잡았다.

세묜이 어떤 작업을 보여줘도 그는 바로바로 이해했고, 3일째 되는 날부터는 이미 오래전부터 박음질했던 사람처럼 일을 하기 시작했다. 그는 쉼 없이 일하면서도 조금밖에 먹지 않았다. 일이 잠시 끊어지면 말없

---

3 미하일이라는 이름의 애칭이다.

이 하늘만 쳐다보고 거리에 나가지도 않고 쓸데없는 말도 하지 않고 농담도 하지 않고 웃지도 않았다.

미하일라가 미소 짓는 것을 본 것은 아낙이 첫날 저녁에 식사를 대접했을 때 딱 한 번뿐이었다.

6

하루하루, 한 주 또 한 주, 그렇게 1년의 세월이 흘렀다. 미하일라는 예전처럼 세묜 집에 함께 살며 일을 했다. 세묜의 직공 미하일라만큼 그렇게 깔끔하고 견고하게 장화를 짓는 사람을 찾기 어렵다는 소문이 주변에 두루 퍼져 나갔다. 그래서 장화를 지으러 지역 사람들이 세묜에게 몰려오기 시작했고, 그의 소득도 불어났다.

한겨울 어느 날, 세묜과 미하일라가 앉아서 일을 하는데, 창밖으로 종을 단 뜨로이까[4] 유개마차가 오두막으로 다가오는 게 보였다. 마차가 오두막 맞은편에 멈춰 서자, 마부자리에서 젊은이가 뛰어내려 마차의 문을 열어주었다.

모피외투를 입은 신사 한 명이 마차에서 기어 나왔다. 마차에서 나온 그는 세묜의 집으로 다가와 현관으로 들어섰다. 마뜨료나가 뛰어나가 문을 활짝 열었다. 신사가 몸을 굽혀 오두막으로 들어와서는 몸을 곧게 세우니, 머리가 거의 천장에 닿을 정도로 키가 컸고, 몸은 방구석을 다 차지할 정도였다.

---

4 말 세 필이 모는 마차를 말한다.

세묜이 일어나 인사를 하면서 퍽이나 놀랐다. 이런 사람을 전에는 본 적이 없었다. 세묜 자신은 뼈가 드러날 정도로 여윈 사람이었고, 미하일라도 파리했고, 마뜨료나도 마른 나무막대기처럼 말랐는데, 이 사람은 마치 다른 세계에서 온 마냥 상판도 불그스레하고 살이 포동포동 찐 것이, 목은 수소의 목 같고 온몸은 주철로 만들어진 사람 같았다.

신사는 뺨을 부풀리고 모피외투를 벗은 뒤 의자에 앉아 말했다.

"누가 주인장인가?"

세묜이 나서서 대답했다.

"접니다, 나리."

신사가 자기 종복에게 소리쳤다.

"어이, 페지까. 여기로 물건을 가져오너라."

종복이 작은 꾸러미를 들고 달려 들어왔다. 신사는 꾸러미를 받아 식탁 위에 올려놓았다.

"풀어라."

그가 말하자, 종복이 꾸러미를 풀었다.

관리는 장화 지을 가죽을 손가락으로 탁탁 튀기며 세묜에게 말했다.

"잘 듣게, 제화공. 물건이 보이는가?"

"보입니다, 나리."

"이게 어떤 물건인지 알겠나?"

세묜이 물건을 손으로 만지며 말했다.

"물건이 참 좋습니다."

"좋기만 할까! 자네, 이 바보야. 이런 물건은 아직 본 적도 없을걸. 독일제인데, 20루블이나 들었네."

세묜이 기가 죽어 말했다.

"저희가 감히 어디서 이런 걸 보겠습니까?"

"암, 그렇고말고. 자네 이 물건으로 내 발에 맞춰 장화를 맞춰줄 수 있겠나?"

"할 수 있습지요, 나리."

신사가 그에게 소리를 지르기 시작했다.

"'할 수 있다'니. 네가 누구 장화를 짓는지, 어떤 물건으로 짓는지 잘 알아두어야 할 거야. 1년 내내 신고 다녀도 비틀어지지 않고, 터지지 않을 그런 장화를 만들어야 한다고. 그럴 수 있겠거든 일을 받고 가죽에 손을 대거라. 하지 못하겠거든 일을 받지도, 물건에 손을 대지도 마. 미리 말하지만, 1년이 되기 전에 장화가 터지고 비틀어지면 자네를 감옥에 집어넣을 테니까. 1년이 되기 전에 비틀어지지 않고 터지지 않으면 일한 대가로 10루블을 주지."

세묜은 무슨 말을 해야 할지 몰라 주춤했다. 그러고는 미하일라에게 눈짓을 보냈다. 그의 팔꿈치를 치며 속삭였다.

"어떤가, 맡을까?"

미하일라가 고개를 끄덕였다. '일을 맡으시죠'라는 뜻이었다.

세묜은 미하일라의 말을 듣고 1년이 지나도 비틀어지지 않고 터지지 않을 장화를 짓겠다는 조건으로 일을 맡았다.

신사가 다리를 죽 뻗고는 소리를 질러 하인에게 왼발에서 장화를 벗기라고 명했다.

"치수를 재게!"

세묜은 대략 45센티미터 길이의 종이를 꿰매어 펼치고는 무릎을 꿇어 그의 양말을 지저분하게 만들지 않으려고 손에 앞치마를 잘 두른 뒤 치수를 재기 시작했다. 세묜은 바닥을 재고 발 높이를 재고 종아리 치수를 재기 시작했는데, 종이가 모자랐다. 장딴지가 통처럼 두꺼웠던 것이다.

"장화목이 끼지 않게 잘 살피게."

세묜은 종이를 또 꿰매기 시작했다. 신사는 앉아서 양말 속에서 발가락을 옴짝거리면서 오두막 안에 있는 사람들을 둘러보았다. 그러다가 미하일이 눈에 띄었다.

"저 사람은 누구인가?"

"저희 집에 사는 장인(匠人)입니다. 그가 장화를 만들 겁니다."

"보게." 신사가 미하일라에게 말했다. "기억하게. 1년이 지나도 낡지 않도록 짓게."

세묜이 미하일라를 돌아봤더니, 미하일라가 그 신사를 보는데, 마치 그의 뒤 어느 한구석에 시선을 고정한 채 꼭 누군가를 들여다보는 것 같았다. 미하일라는 그렇게 보고 또 보더니 갑자기 온통 환하게 미소를 짓는 것이었다.

"자네 뭐야, 바보같이. 이를 드러내놓고 웃다니? 아무튼 제 시간에 만들도록 잘 챙기게."

그랬더니 미하일라가 말했다.

"필요할 때에 맞춰 잘 준비해드리겠습니다."

"암, 그래야지."

신사는 장화를 신고 모피외투로 몸을 감싸고는 문 쪽으로 걸어갔다. 그러다가 몸을 굽히는 것을 잊어 문미에 머리를 세게 부딪치고 말았다.

그는 심하게 욕설을 내뱉고는 머리를 문지르며 썰매를 타고 떠났다.

신사가 떠나자, 세묜이 말했다.

"아주 단단하구먼. 저 양반은 몽둥이로 두들겨도 죽이기 쉽지 않겠는걸. 문설주가 머리를 때려 부셨는데도 끄떡없네."

마뜨료나도 이렇게 말했다.

"저렇게 사는데 어떻게 기골이 평범할 수 있겠어요? 저런 대못 같은 사람은 잘 죽지도 않아요."

세묜이 미하일라에게 말했다.

"일을 받긴 했는데, 재앙을 불러들인 건 아닐까? 비싼 물건인데, 나리가 성깔이 저렇게 사나우니. 어떻게 실수를 안 할 수 있겠어. 자네 눈썰미가 예리하고 손재주도 나보다 더 나아졌으니. 자, 여기 치수가 있네. 물건을 재단하게나, 나는 구두코를 마저 깁겠네."

미하일라는 그의 말을 허투루 듣지 않고, 신사가 남긴 가죽을 잡아 탁자 위에 펼치더니 반으로 접어 칼을 들고 재단하기 시작했다.

마뜨료나가 다가와 미하일라가 어떻게 재단을 하나 보는데, 그가 희한하게 일하는 것을 보고는 크게 놀랐다. 구두공의 일에 익숙한 그녀가 보기에는 미하일라가 장화 짓는 방식으로 가죽을 재단하지 않고 반원형으로 자르고 있었던 것이다.

마뜨료나는 그걸 지적하려고 하다가 속으로 생각했다. '틀림없이 내가 장화를 어떻게 만드는지 잘 이해하지 못한 게야. 미하일라가 분명 나보다 더 잘 알 테니, 방해하지 말자.'

미하일라는 두 짝을 재단해서 끝을 잡고는 장화 만드는 식이 아니라, 목 없는 신발을 짓듯 두 끝이 아니라, 한쪽 끝부터 바느질하기 시작했다.

마뜨료나는 그것을 보면서도 놀랐지만, 역시 방해하지 않았다. 미하일라는 계속 신발을 지어나갔다. 식사 후 쉬는 시간에 세묜이 일어나서 보니 미하일라는 목 없는 신발을 나리의 물건이랍시고 지어 놓았다.

세묜은 탄식했다.

'이걸 어쩐다. 미하일라가 여기 산 지 꼬박 1년이 되었고, 이제까지 실수를 저지른 적이 한 번도 없었는데, 이런 끔찍한 일을 저지르다니. 나리는 대다리 위에 죽 늘인 장화를 주문했는데, 저 이는 구두창 없이 목 없는 신발을 지었네. 물건이 완전히 망가졌어. 이제 신사와 어떻게 셈을 치르지? 저런 가죽을 찾는 건 불가능한데.'

세묜이 미하일라에게 말했다. "자네 이게 무슨 짓인가. 사랑스런 사람아, 무슨 짓을 한 거야? 자네가 나를 망쳐버렸군! 나리는 장화를 주문했는데, 자네는 뭐를 지은 건가?"

그가 막 미하일라에게 무슨 말을 하려는 찰나에 누군가가 문고리를 만지며 문을 쿵쿵 두드리는 소리가 났다. 창밖을 내다보니 누군가가 말을 타고 와서 말을 매고 있었다. 문을 열어주니, 신사의 집에서 온 그 하인이었다.

"안녕하쇼!"

"안녕하쇼. 무슨 일이요?"

"여주인께서 장화 때문에 나를 보내셨소."

"장화 때문이요?"

"네, 장화 때문이요! 나리에게 장화는 더 이상 필요하지 않소. 나리가 돌아가셨소."

"그게 무슨 소리요!"

"이 집에서 나가 집에 도착하기도 전에 마차에서 돌아가셨소. 마차가 집에 도착했기에 내리시는 걸 도우려고 내가 나왔는데, 나리가 가마니처럼 푹 고꾸라져서 죽은 채 누워 있는 게 아니겠소. 그래서 마차에서 가까스로 끌어내렸소. 여주인은 나를 보내면서 이렇게 말했소. '나리가 제화공 집에 가서 장화를 주문하고 가죽을 남겼는데, 이제 장화는 필요 없으니, 죽은 사람한테 신길 목 없는 신발을 어서 지어오너라. 다 지을 때까지 기다렸다가 목 없는 신발을 가져오너라' 하더이다. 그래서 왔소."

미하일라는 식탁에서 가죽 자르고 남은 조각을 집어 관처럼 돌돌 말고는, 준비된 목 없는 신발을 집어 마주 탁탁 치고 앞치마로 문지른 후

하인에게 내주었다. 그렇게 하인은 목 없는 신발을 받아들었다.

"잘 계시오, 주인장. 잘 지내시오!"

8

또 1년 그리고 2년이 흘러 미하일라가 세묜의 집에서 살기 시작한 지 벌써 6년이 되었다. 그는 이전처럼 살았다. 아무 데도 나가지 않고, 쓸데없는 말은 하지 않고, 미소를 지은 것도 딱 두 번뿐이었다. 한 번은 아낙이 그에게 처음으로 저녁을 차려준 날이었고, 다른 한 번은 나리가 찾아온 날이었다. 세묜은 자기 일꾼이 더할 나위 없이 마음에 들었다. 그가 어디서 왔는지 더 이상 묻지도 않았다. 다만 미하일라가 갑자기 떠나버릴까 봐 그것이 두려웠다.

하루는 모두가 집에 있던 때였다. 여주인이 벽난로에 주철주전자를 올려놓았고, 아이들은 벽에 붙은 의자 위를 뛰어다니며 창밖을 내다보고 있었다. 세묜은 창 옆에서 구두를 깁고 있었고, 미하일라는 다른 창 옆에서 구두 굽을 박아붙이고 있었다. 남자아이가 의자 위에서 미하일라에게 달려가 그의 어깨에 기대어 창밖을 바라보았다.

"미하일라 아저씨, 저기 봐요. 상인 부인이 여자아이들을 데리고 우리 쪽으로 오는데, 한 여자아이는 절름발이야."

소년이 이렇게 말하자마자, 미하일라는 일거리를 내던지고 창으로 몸을 돌려서는 거리를 내다보기 시작했다.

세묜은 놀랐다. 미하일라는 지금껏 한 번도 거리를 내다본 적이 없었는데, 지금은 창에 꼭 기대어 뭔가를 바라보는 것이었다. 세묜도 창밖을 보기 시작했다. 정말로 한 여자가 마당 쪽으로 오고 있는데, 말쑥한 옷차림에 모피외투를 입고 모직 스카프를 두른 두 여자아이의 손을 붙잡은 채 오는 중이었다. 소녀들은 하도 똑같아서 분간이 되지 않았다. 다만 한 아이가 왼쪽 다리를 절룩이고 있었다.

여자가 계단을 타고 현관으로 올라와 문손잡이를 당겨 문을 열었다. 그녀는 자기보다 먼저 두 아이를 들여보낸 후 오두막으로 들어왔다.

"안녕하세요, 여러분!"

"어서 오세요, 무슨 일이신가요?"

여자가 식탁 옆에 앉았다. 두 아이는 사람들을 보고 놀라 그녀의 무릎에 몸을 꼭 댔다.

"이 아이들이 여름에 신을 가죽 구두를 맞춰주고 싶어요."

"가능합니다. 이렇게 작은 아이들 구두를 지어본 적은 없지만, 할 수 있어요. 대다리가 있는 구두도 가능하고, 대마로 만들어 뒤집을 수 있는 신발도 가능합니다. 우리 집 미하일라는 거장이에요."

그렇게 말하며 세묜이 미하일라를 돌아보니, 일을 내던지고 앉아서 여자아이들에게서 눈을 떼지 못하고 있는 게 아닌가.

세묜은 그런 미하일라를 보고 놀랐다. 사실 그도 여자아이들이 예쁘다고는 생각하고 있었다. 검은 눈동자에 토실토실하고 발그레한 것이, 그리고 아이들이 입은 모피외투나 스카프도 훌륭했다. 하지만 그가 아이들을 그렇게 뚫어지게 쳐다본다는 것이 여전히 납득되지 않았다.

세묜은 놀랐지만, 여자와 이런저런 이야기를 하며 흥정했다. 흥정이 끝나자 치수를 재기 시작했다. 여자는 다리 저는 아이를 자기 무릎에 앉히고 말했다.

"이 아이의 치수를 두 가지로 재주세요. 굽은 다리에 구두 하나를 짓고, 곧은 다리에 세 개를 지어주세요. 애들 발 치수는 하나인 듯 똑같아요. 애들은 쌍둥이거든요."

세묜은 치수를 쟀고, 다리 저는 아이를 보고 이렇게 말했다.

"이 아이는 어쩌다가 이렇게 되었습니까? 아주 예쁜 아이인데요. 태어날 때부터 그랬나요?"

"아니요, 어머니한테 눌려서 이렇게 되었어요."

마뜨료나가 끼어들었다. 그녀는 그 여자가 누구이고, 누구 아이인지 알고 싶었다.

"아주머니는 애들 엄마가 아닌가요?"

"나는 아이들 친엄마는 아니에요, 아주머니. 피가 전혀 안 섞였어요, 양녀들이랍니다."

"자기애도 아닌데, 이렇게나 애지중지하다니요!"

"어떻게 그러지 않을 수 있겠어요, 내 젖으로 두 애를 키웠는데요. 내 아이가 있었지만, 하나님께서 데려가셨거든요. 내 아이도 이 얘들 아끼듯 아껴주지 못했어요."

"그럼, 저 아이들은 누구 아이에요?"

9

여자는 말문이 터져 이야기보따리를 풀어놓기 시작했다.

"6년 전에 일어난 일인데, 같은 주에 애들 부모가 죽었답니다. 아버지는 화요일에 묻고, 엄마는 금요일에 죽었어요. 이 고아들은 아버지가 죽은 지 삼일 후에 태어났지만, 엄마는 하루도 더 살지 못했어요. 나는 그때 남편과 함께 농촌에서 살았답니다. 우리는 이웃이었는데 마당을 바로 옆에 두고 살았어요. 애들 아버지는 외로운 농부로 숲에서 일했어요. 그런데 어쩌다가 나무가 그 사람 위에 떨어져서 몸을 가로지르는 바람에 내장이 짓눌려버린 거예요. 남편을 집에 데려오자마자 숨을 거두었고, 그의 부인은 바로 그 주에 애들 둘을 쌍둥이로 낳았답니다. 가난하고 외로웠죠. 아낙 혼자로, 돌봐줄 노파도, 소녀도 곁에 없었어요. 혼자 아이를 낳고는 혼자 죽었지요.

아침에 내가 이웃여자를 보러 오두막에 들어갔더니, 오, 가여운 사람 같으니… 벌써 몸이 굳었더라고요. 그렇게 죽으면서 아이 위에 쓰러진 거예요. 아이를 짓눌러서 아이 다리가 돌아간 거죠. 사람들이 모여 시신을 씻고 잘 간수해서 관을 만들어 묻어주었어요. 다 선량한 사람들이었어요. 그렇게 계집아이들만 남았지요.

이 애들을 어떻게 해야겠어요? 나는 이미 아이 하나를 둔 몸이었어요. 첫 아들을 8주째 젖을 먹이고 있었어요. 나는 방도를 찾을 때까지 그 아이들을 집으로 데려왔어요. 농부들이 모여 아이들을 어떻게 할까 생각하고 또 생각을 하더니 내게 말하는 거예요. '마리아, 당분간 아기들을 집에 맡아줘. 우리가 애들을 어떻게 할지 생각할 말미를 좀 줘요.' 나는 다리가 성한 아이에게 젖을 먹여봤어요. 다리가 눌린 아이는 먹이지 않았어요. 아이가 살 것이라고 생각하지 않았거든요. 그런데 어째서 이 천사 같은 아이가 이런 괴로움을 당해야 하나라는 생각이 드는 거예요. 그 애가 불쌍해졌어요. 그래서 같이 먹이기 시작했죠. 친아들 한 명하고 저 두 아이, 그러니까 세 명에게 젖을 먹인 거예요! 그때는 젊었고 힘도 있었고, 먹을 것도 풍부했죠. 하나님께서 젖을 얼마나 주시던지, 충분히 나오는 거예요. 둘을 함께 먹이고, 세 번째 애는 기다리게 하곤 했죠. 한 아이가 젖에서 떨어지면, 다른 아이를 먹였어요.

친아들은 두 돌 때 땅에 묻었답니다. 하나님은 더 이상 아이를 주시지 않았고요. 재산은 더 불어났어요. 지금은 상인 집 방앗간에서 살아요. 봉급도 많고 잘살아요. 그런데 애가 없어요. 이 아이들이 없었다면 내가 어떻게 살았을까요! 이 아이들을 어떻게 사랑하지 않을 수 있을까요! 이 애들은 제게 촛대 위의 초 같은 존재랍니다!"

여인은 다리 저는 소녀를 한 손으로 자기 몸에 끌어당기고, 다른 손으로는 뺨에 흐르는 눈물을 닦기 시작했다.

마뜨료나는 한숨을 쉬고 말했다.

"부모 없이는 살 수 있어도 하나님 없이는 살 수가 없다는 속담이 정말 사실이군요."

그들은 그렇게 얘기를 나누었고, 여인은 이제 집에 가려고 자리에서 일어났다. 주인 부부는 그녀를 배웅한 후 미하일라를 돌아보았다. 그는 무릎에 손을 얹고 앉아서 위를 바라보며 미소를 짓고 있었다.

10

"미하일라, 어찌 된 일인가!"

세묜이 그에게 다가가 물었다. 미하일라는 의자에서 일어나 일거리를 내려놓고 앞치마를 벗고는 두 주인에게 절을 하며 말했다.

"죄송합니다, 주인님들. 하나님께서 저를 용서하셨어요. 두 분도 저를 용서하세요."

그때 미하일라에게서 빛이 새어나오고 있었다. 세묜은 일어나 미하일라에게 절을 하며 그에게 말했다.

"미하일라, 자네가 평범한 사람이 아니라는 것을 나도 알고 있으니, 자네를 붙들 수도 없고, 자네에게 더 물을 수도 없군. 다만 한 가지만 말해주게. 내가 자네를 발견해서 집으로 데려왔을 때 자네는 어째서 그렇게 우울한 모습이었나? 그리고 마누라가 자네에게 저녁을 주었을 때 어째서 자네는 마누라에게 미소를 짓고, 그 후로 더 환해졌는가? 그 후 신사가 장화를 주문했을 때, 자네는 또 한 번 미소를 짓고 더 환해지지 않았나? 그리고 지금 저 부인이 여자아이들을 데려왔을 때, 자네는 세 번째로 미소를 짓고 온통 환해졌네. 말해보게, 미하일라. 어째서 자네에게서 이런 빛이 일어나고, 또 어째서 자네는 세 번 미소를 지은 건가?"

미하일라가 말했다.

"저는 징벌을 받는 중이었고, 이제 하나님께서 저를 용서해주셨기 때문에 제게서 빛이 나는 겁니다. 저는 하나님이 하시는 말씀 세 마디를 깨달았기 때문에 세 번 미소를 지었습니다. 저는 하나님의 말씀을 세 번에 걸쳐 깨달았습니다. 한 번은 주인 아주머니가 저를 불쌍히 여겼을 때 깨달았고, 그렇기 때문에 처음 미소를 지었던 겁니다. 부자가 장화를 주문했을 때 저는 다른 말씀을 깨달아서 두 번째로 미소를 지었습니다. 이제 소녀들을 보았을 때, 마지막 세 번째 말씀을 깨닫고는 세 번째로 미소를 지은 겁니다."

그러자 세묜이 말했다.

"미하일라, 어째서 하나님이 자네를 벌하셨고, 하나님의 무슨 말씀을 깨달았다는 건지, 좀 알아듣게 설명을 해주게나."

이에 미하일라가 말했다.

"제가 그분 말씀을 듣지 않아서 하나님께서 저를 징계하셨어요. 저는 하늘의 천사였는데, 하나님 말씀을 듣지 않았거든요. 주님께서 어느 날, 한 여인의 영혼을 거두어 오라고 저를 보내셨어요. 지상으로 내려가 보니, 여인 하나가 몸이 아파서 누워 있는데, 쌍둥이 여자아기 둘을 낳은 직후였습니다. 여아들이 어머니 옆에서 고물거리는데, 엄마는 아이들을 가슴에 품지도 못하고 있는 겁니다. 저를 본 여자는 하나님이 자기 영혼을 받으라고 저를 보낸 걸 알고는 울면서 말했습니다. '하나님의 천사여!

이제 막 남편을 묻었어요. 남편은 나무에 치여 숲에서 죽었습니다. 내게는 여자 형제도 없고, 이모도 없고, 봐줄 아낙도 없고, 아이들을 키워줄 이가 아무도 없단 말이에요. 지금 내 영혼을 데려가지 마세요. 내가 아이들에게 젖을 물릴 수 있도록, 애들이 자기 다리로 다닐 때까지만 키울 수 있도록 해주세요! 아이들은 부모 없이는 살 수 없단 말이에요!'

나는 어미의 말을 듣고, 한 아이는 그녀의 품에, 다른 아이는 어미의 팔에 두고 하늘에 계신 주님께 날아갔어요. 주님께 가서 말씀드렸지요. '산모의 영혼을 거둘 수 없습니다. 아버지는 나무에 치여 죽었고, 어머니는 쌍둥이를 낳았는데, 자기 영혼을 거두어가지 말아달라고 애원합니다. 그래서 산모의 영혼을 거두지 못했습니다.' 그러자 주님께서 말씀하셨습니다. '산모의 영혼을 거두어라. 그러면 세 가지를 깨닫게 되리라. 사람 안에 무엇이 있는지, 사람에게 무엇이 주어지지 않았는지, 사람이 무엇으로 사는지 알게 되리라. 그것을 알게 되거든, 하늘로 올라오너라.' 저는 땅으로 다시 돌아가 산모의 영혼을 거두었습니다.

어린 아기들이 여인의 가슴에서 떨어졌지요. 죽은 육체가 침대에 쓰러졌고, 한 아이를 짓눌러 다리 하나를 비틀어놓았어요. 저는 마을 위를 날아 하나님께 영혼을 데려가려 했는데, 바람이 저를 낚아채 날개가 걸려 떨어져 나갔고, 영혼은 혼자 하나님께로 가버렸습니다. 그리고 저는 어느 길옆에 떨어졌습니다."

11

세묜과 마뜨료나는 그제야 자신들이 누구를 입히고 누구를 먹이고 누구와 살았는지 깨닫고 두려움과 기쁨으로 눈물을 흘리기 시작했다.

그러자 천사가 말했다.

"저는 들판에 홀로 벌거벗은 채 버려져 있었습니다. 예전에는 사람이 무엇을 필요로 하는지 몰랐고, 추위도 배고픔도 몰랐는데, 이제 사람이 된 것이었습니다. 배가 고팠고 몸이 얼어붙었지만, 어떻게 해야 할지 몰랐습니다. 제가 보니 들판에 하나님을 위한 작은 예배당이 있었습니다. 저는 그 예배당에 다가가 몸을 피하고 싶었습니다. 그런데 예배당 문이 자물쇠로 잠겨 들어갈 수가 없었습니다. 바람이라도 피하려고 작은 교회당 뒤에 앉았지요.

저녁은 다가오는데, 허기가 지고 몸이 얼어붙어 온몸이 아팠습니다. 그런데 문득 사람이 길을 따라 걸어오면서 장화를 들고는 혼잣말하는 소리가 들리는 겁니다. 인간이 된 이후로 처음으로 유한한 인간의 얼굴을 본 순간이었습니다. 저는 그 얼굴이 무섭게 느껴져서 얼굴을 돌렸습니다. 한겨울 엄동설한에 자기 몸을 어떻게 가릴지, 아내와 아이들을 어떻게 먹일지 혼잣말을 하는 소리가 들렸습니다. 그래서 생각했지요. '나는 추위와 배고픔에 죽어 가는데, 저 사람은 아내와 자기 몸을 어떻게 외투로 감쌀까, 빵을 먹일까 그것만 생각하는구나. 저 사람은 나를 돕지 못할 거야.' 그 사람은 저를 보더니 얼굴을 잔뜩 찌푸리고 옆을 지나갔습니다. 저는 절망했지요.

그런데 문득 그 사람이 되돌아오는 소리가 들렸습니다. 그를 쳐다보니, 조금 전 그 사람이었습니다. 아까는 얼굴에서 죽음이 보였지만, 이제는 갑자기 생생해진 거예요. 저는 그 얼굴에서 하나님을 보았습니다. 그 사람이 제게 다가와 옷을 입혀주고 저를 데리고 자기 집으로 데려갔습니다. 제가 그 사람 집에 오자, 그분의 아내가 우리를 맞으러 나왔습니다. 사실, 여자는 그 사람보다 더 무서웠습니다. 여자의 입에서는 죽음의 영이 흘러나왔고, 저는 죽음이 풍기는 악취 때문에 숨을 쉴 수조차 없었습니다. 여자는 저를 추운 데로 내쫓으려 했지만, 저는 그렇게 하면 여자가 죽는다는 것을 알았죠. 그런데 남편이 갑자기 여자에게 하나님을 생각하라고 했고, 그러자 여자가 변했습니다. 여자가 우리에게 저녁을 주면서 저를 똑바로 쳐다보았을 때 제가 보니 여자 속에는 이미 죽음이 없었습니다. 그녀에게는 생기가 있었고, 저는 그 속에서 하나님을 보았습니다.

저는 하나님의 첫 마디가 생각났습니다. '사람 속에 무엇이 있는지 깨닫게 되리라.' 저는 사람 속에 사랑이 있다는 것을 깨달았습니다. 저는 하나님이 약속하신 것을 벌써 제게 보여주셨다는 게 기뻤고, 그래서 첫 번째 미소를 지었습니다. 그러나 아직은 모든 것을 깨달을 수 없었습니다. 저는 사람에게 무엇이 주어지지 않았는지, 사람이 무엇으로 사는지 알 수 없었습니다.

저는 두 분 집에서 살게 되었고, 1년을 지냈지요. 어떤 사람이 와서 1년을 신고 다녀도 찢어지지 않고, 일그러지지 않을 장화를 주문했습니다. 제가 그 사람을 보는데, 문득 그의 어깨 너머에 제 친구인 죽음의 천사가 보이는 거예요. 아무도 그 천사를 보지 못했지만, 저는 그를 알았고, 그가 해뜨기 전에 부자의 영혼을 거두어 가리라는 것을 알았습니다. 저는 생각했지요. '이 사람은 앞으로 1년을 준비하면서도 자신이 그날 저녁까지도 살지 못한다는 것을 모르는구나.' 저는 하나님의 다른 말씀이 기억났습니다. '무엇이 사람에게 주어지지 않았는지.'

저는 사람 안에 무엇이 있는지 이미 알았습니다. 이제 사람에게 무엇이 주어지지 않았는지 알게 되었습니다. 사람에게는 자기 육체를 위해 무엇이 필요한지 아는 것이 주어지지 않았습니다. 그래서 저는 두 번째 미소를 지었습니다. 천사 친구를 본 것과 하나님께서 두 번째 말씀을 제게 열어 보이신 것이 기뻤습니다.

하지만 그래도 저는 모든 것을 이해할 수 없었습니다. 사람이 무엇으로 사는지 아직 몰랐으니까요. 저는 계속 살면서 하나님께서 제게 마지막 말씀을 열어주시기를 기다렸습니다. 6년째 되는 해에 쌍둥이 소녀가 여인과 함께 왔을 때, 저는 두 아이를 바로 알아보았고, 아이들이 어떻게 살아남았는지 알게 되었습니다. 저는 생각했습니다. '어머니가 아이들을 살려달라고 애원했을 때, 부모 없이는 아이들이 살 수 없다는 그녀의 말을 믿어주었지. 그런데 피 한 방울 섞이지 않은 여자가 아이들을 먹이고 키웠구나.' 여인이 다른 사람의 아이를 보고 감격해 울기 시작할 때, 저는 여인에게서 살아계신 하나님을 보았고, 사람이 무엇으로 사는지 깨닫게 되었습니다. 하나님께서 제게 마지막 말씀을 열어주셨고, 저를 용서하신 것을 알았기 때문에 세 번째 미소를 지은 겁니다."

12

그리고 천사가 몸을 드러냈는데, 온통 빛의 옷에 휩싸여 감히 맨눈으로는 쳐다볼 수 없을 정도였다. 그가 하는 말은 마치 하늘에서 들려오는 것처럼 더 크게 들리기 시작했다. 천사가 말했다.

"저는 모든 사람이 자신에 대한 염려가 아니라, 사랑으로 살아감을 알았습니다. 어머니는 자녀들이 살아가는 데 무엇이 필요한지를 몰랐습니다. 부자는 자신에게 무엇이 필요한지 알지 못했습니다. 저녁 때 필요한 것이 살아 있는 사람이 신을 장화인지 아니면 죽은 자를 위한 목 없는 신발인지 아무도 몰랐습니다.

사람으로 있을 때 제가 살아갈 수 있었던 것은 스스로 계획해서가 아니라, 지나가던 사람과 그의 아내 마음에 있는 사랑 덕분이었습니다. 고

아들은 자신을 챙길 수 있어서가 아니라 낯선 여인의 마음에 있는 사랑으로, 그들을 가엾게 여기는 사랑으로 살아남았습니다. 모든 사람이 스스로 계획해서가 아니라, 사람 안에 있는 사랑 때문에 살아가고 있는 것입니다.

하나님이 사람들에게 생명을 주셨고 그들이 잘 살아가기를 원하시는 것은 알았습니다. 이제 저는 또 다른 것을 깨달았습니다.

하나님께서는 사람들이 개별적으로 사는 것을 원하지 않기 때문에 각 사람에게 필요한 것이 무엇인지 알려주시지 않으셨음을, 그리고 사람들이 협력하며 살기를 원하시기 때문에 모두에게 그들 자신과 모두를 위해 필요한 것이 무엇인지를 알려주심을 깨달았습니다.

저는 사람들이 자신에 대한 염려로 살아가는 것처럼 보이지만, 사실은 사랑 하나만으로 살고 있다는 것을 이제 깨닫게 되었습니다. 사랑 안에 있는 사람은 하나님 안에 있고, 그 안에 하나님께서 계십니다. 하나님은 사랑이시기 때문입니다."

천사가 하나님께 찬송을 올려드리자, 그의 목소리로 오두막이 진동하기 시작했습니다. 그러자 천장이 열리면서 지상에서 하늘까지 불기둥이 일어났다. 세묜과 그의 아내는 아이들과 함께 땅에 납작 엎드렸다. 천사의 등 뒤에서 날개가 펼쳐지면서 그는 하늘로 올라갔다.

세묜이 정신을 차렸을 때 오두막은 전과 동일했고, 오두막 안에는 가족들 외에는 아무도 없었다.

사랑이 있는 곳에 하나님이 있다

한 도시에 제화공 마르띤 아브제이치가 살았다. 그는 창문이 하나만 있는 헛간 지하방에서 살았는데, 창은 거리로 나 있어서 창밖으로는 사람들이 다니는 것을 볼 수 있었다. 발밖에 보이지 않았지만, 마르띤은 그 장화로 사람을 알아보았다.

마르띤은 오래전부터 그 마을에 살았기에 사람도 많이 알았다. 근촌에 있는 장화란 장화는 한두 번 이상 그의 손을 거쳐 갔더랬다. 뒤축을 갈거나 천 조각을 덧대기도 하고, 꿰매거나 간혹 가죽을 새로 한 것도 있었다. 창을 통해 자기가 만든 신발도 자주 보였다. 그는 믿음직하게 일했고, 좋은 물건을 만들고 쓸데없이 돈을 많이 받지 않고 약속을 잘 지켰기 때문에 일이 많았다. 제 시간에 만들 수 있을 것 같으면 일을 받았고, 그렇지 않으면 속이지 않으려는 마음에 미리 이야기를 해줬다. 그래서 모두가 아브제이치를 알았고, 일은 줄어든 적이 없었다.

아브제이치는 언제나 좋은 사람이었지만, 나이가 들자 자기 영혼에 대해 더 많이 생각하며 하나님께 더 가까이 다가가기 시작했다. 아직 마르띤이 주인집에서 살고 있을 때, 그의 아내는 세상을 일찍 떠났다. 세 살배기 남자아이 하나만 남겨두고 숨을 거둔 것이다. 집에서는 아이들이 잘 자라지 못했다. 아이의 형들은 모두 예전에 죽었다. 처음에는 아들을 시골에 있는 누이에게 보내려고 했지만, 나중에 불쌍한 생각이 들었다. '내 까뻬또시까가 남의 집에서 크면 힘들 거야. 그냥 내 집에 두자.'

아브제이치는 주인을 떠나 아들과 함께 셋방살이를 했다. 하나님은 그에게 아이를 통한 행복을 맛보게 해주지 않으셨다. 소년이 자라서 아버지를 도울 수 있게 되어 아이가 인생에 기쁨으로 자리 잡힐 즈음 까삐또시까는 병이 들었고, 자리에 누워 일주일간 열에 시달리다가 죽고 말았다. 마르띤은 아들을 묻고 절망에 빠졌다. 너무 절망한 나머지 하나님께 불평하기 시작했다. 어찌나 울적하던지, 하나님께 죽음을 달라고 조르면서 나이 많은 자기가 아니라 사랑하는 유일한 아들을 데려갔다고 하나님을 비난한 적이 한두 번이 아니었다. 그는 교회 다니는 것도 그만두었다.

그러던 어느 날 성삼위일체 수도원에서 고향 사람인 한 노인이 아브제이치를 찾아왔다. 그는 벌써 8년째 순례 중이었다. 아브제이치는 그와 이야기를 나누다가 슬픔을 토로하기 시작했다.

"하나님의 사람아, 난 이제 더 이상 살기도 싫으이. 딱 죽었으면 좋겠어. 그거 하나만 하나님께 빌고 있어. 이제 난 아무 희망도 없는 사람이 되었어."

그러자 그에게 노인이 말했다.

"그렇게 말하는 건 좋지 않아, 마르띤. 우리가 하나님의 일을 판단할 수는 없지 않은가? 우리 머리가 아니라 하나님의 판단으로 하시는 거네. 하나님께서 자네 아들을 죽게끔 판결을 내리셨지만, 자네는 살아야지. 그게 더 낫다는 뜻이야. 자네가 절망하는 건 자네가 자기 기쁨을 위해 살고 싶어서 그런 거야."

"그럼, 무엇을 위해 살아야 하나?" 마르띤이 물었다.

노인이 말했다.

"하나님을 위해 살아야지, 마르띤. 하나님이 자네에게 생명을 주셨으니, 그분을 위해 살아야지. 그분을 위해 살기 시작하면 슬퍼할 게 없어지고 모든 게 쉬워질 거야."

마르띤은 잠시 잠잠했다가 말했다.

"하나님을 위해 산다는 건 어떤 건가?"

그러자 노인이 말했다.

"그게 무엇인지는 그리스도께서 우리에게 보여주셨지. 자네 글을 읽을 줄 아나? 복음서를 사서 읽게나. 거기서 하나님을 위해 어떻게 살아야 하는지를 알아보게나. 거기에 모든 것이 쓰여 있다네."

이 말이 아브제이치의 가슴에 박혔다. 그날 그는 바로 나가 활자가 큰 신약성경을 사서 읽기 시작했다. 휴일에만 읽을 생각이었지만 한번 읽기 시작하자, 마음이 얼마나 흡족하던지 매일 성경을 읽게 되었다. 한번은 어찌나 열중했던지 램프의 등유가 다 탔는데도 성경에서 여전히 눈을 뗄 수가 없었다.

그렇게 아브제이치는 매일 저녁 성경을 읽었다. 많이 읽을수록 하나님이 그에게 원하는 것이 무엇인지 하나님을 위해서 어떻게 살아야 하는지 더 명료하게 이해할 수 있었다. 그러면 그럴수록 마음은 더 가벼워졌다. 이전에는 자려고 누우면 탄식하고 끙끙 소리를 내며 계속 까삐또시까를 회상했지만, 이제는 이렇게 말할 뿐이었다. "주님께 영광, 주님께 영광! 주님의 뜻입니다!" 그리고 그때부터 삶은 완전히 달라졌다. 이전에는 선술집에 들러 차를 마시는 게 휴일 일과였고, 보드까도 거절하지 않았다. 지인들과 술을 마셨고, 설사 취하지는 않았어도 선술집에서 기분이 얼큰히 좋은 채로 나와 헛소리를 지껄여대곤 했다. 소리쳐 사람을 부르고 모욕적인 말도 했었다. 그런데 지금은 그 모든 것에서 떠났다. 삶은 평온했고, 기쁨이 가득 찼다. 아침부터 일정시간 앉아 일을 하고 나면 고리에서 램프를 걸어 탁자 위에 놓고 책장에서 책을 꺼내 펼쳐서는 그 앞에 앉아 성경을 읽어 내려가곤 했다. 더 많이 읽을수록 더 많이 이해했고, 마음은 더 명료하고 명랑해져갔다.

한번은 이런 일이 있었다. 늦은 시각까지 읽기에 몰두하는데, 누가복음 6장에서 이런 구절을 접했다. "너의 이 뺨을 치는 자에게 저 뺨도 돌려대며 네 겉옷을 빼앗는 자에게 속옷도 거절하지 말라. 네게 구하는 자에게 주며 네 것을 가져가는 자에게 다시 달라 하지 말며 남에게 대접을 받고자 하는 대로 너희도 남을 대접하라"(29-31).

더 읽다 보니 주님께서 이렇게 말씀하시는 구절도 있었다.

"너희는 나를 불러 주여 주여 하면서도 어찌하여 내가 말하는 것을 행하지 아니하느냐 내게 나아와 내 말을 듣고 행하는 자마다 누구와 같은 것을 너희에게 보이리라 집을 짓되 깊이 파고 주추를 반석 위에 놓은 사람과 같으니 큰 물이 나서 탁류가 그 집에 부딪치되 잘 지었기 때문에 능히 요동하지 못하게 하였거니와 듣고 행하지 아니하는 자는 주추 없이 흙 위에 집 지은 사람과 같으니 탁류가 부딪치매 집이 곧 무너져 파괴됨이 심하니라 하시니라"(46-49).

이 구절을 읽자 아브제이치는 마음이 기뻤다. 그는 안경을 벗고 책을 놓고는 책상에 팔꿈치를 괴고 생각에 잠겼다. 이 말에 비추어 자기 삶을 반추하기 시작했다. 그는 혼잣말을 하며 생각했다.

'내 집은 반석 위에 있을까? 아니면 모래 위에 있을까? 반석 위에 있으면 좋겠다. 그게 쉽다. 혼자 앉아 있으면 하나님이 명하시는 대로 모든 걸 하는 것 같지만 방심하면 또다시 죄를 짓게 되지. 그래도 노력할 거야. 아주 좋아. 주여, 도와주소서!'

그는 그렇게 생각하고 눕고 싶었지만 책에서 눈을 떼는 것이 아쉬웠다. 그래서 7장을 읽기 시작했다. 백부장 이야기, 과부의 아들에 대한 이야기, 요한의 제자들에게 대답한 이야기를 읽고 부자 바리새인이 주님을 자기 집에 초대한 장면에 이르렀다. 그리고 죄인 여자가 주님의 발을 눈물로 문지르며 씻긴 것과 주께서 그녀를 의롭다 하신 얘기를 읽었다.

그는 44절부터 읽기 시작했다.

"그 여자를 돌아보시며 시몬에게 이르시되 이 여자를 보느냐 내가 네 집에 들어올 때 너는 내게 발 씻을 물도 주지 아니하였으되 이 여자는 눈물로 내 발을 적시고 그 머리털로 닦았으며 너는 내게 입 맞추지 아니하였으되 그는 내가 들어올 때로부터 내 발에 입 맞추기를 그치지 아니하였으며 너는 내 머리에 감람유도 붓지 아니하였으되 그는 향유를 내 발에 부었느니라"(44-46).

그는 이 구절을 읽으며 생각했다. '너는 내게 발 씻을 물도 주지 아니하였고, 너는 내게 입 맞추지 아니하였고, 너는 내 머리에 감람유도 붓지 아니하였다.'

아브제이치는 다시 안경을 벗어 책 위에 놓은 뒤 생각에 잠겼다.

'아마도 저 바리새인은 나 같은 사람이었나 보다. 나 역시 자기만 알았으니까. 어떻게 하면 차를 실컷 마실까, 따뜻할까, 편안할까 생각했지 손님에 대해서는 조금도 생각하지 않았으니. 자기만 생각했지 손님에 대해서는 조금도 걱정하지 않았어. 손님이 누구였지? 주님 자신이셨잖아. 그분이 내게 오셨다면 나도 과연 저리 했을까?'

그러다가 팔꿈치를 고이고 기댄 채 자기가 졸기 시작한 것도 알아채지 못했다.

"마르띤!"

갑자기 뭔가가 귀 위에서 속삭이기 시작했다.

마르띤은 잠결에 몸을 부르르 떨었다.

"거기 누구요?"

몸을 돌려 문을 보았다. 아무도 없었다. 그는 다시 졸기 시작했다. 그런데 갑자기 이런 소리가 들렸다.

"마르띤, 마르띤! 내일 거리를 보라. 내가 오리라."

마르띤은 잠에서 깼고 의자에서 일어나 눈을 부비기 시작했다. 자신도 그 소리를 꿈에서 들었는지 생시에 들었는지 분간할 수 없었다. 그는 램프를 끄고 자러 누웠다.

아브제이치는 새벽에 해가 뜨기 전에 일어나 하나님께 기도하고 벽난로에 불을 때고 양배추 수프와 죽을 불에 올리고 사모바르[5]에 물을 끓인 후 앞치마를 입고 일감을 들고 창 옆에 앉았다. 아브제이치는 앉아서 일을 하면서도 어제 일어난 일을 계속 생각하고 있었다. 긴가민가했다. 환청을 들었나 싶다가도 정말로 목소리를 들었다는 생각이 들기도 했다. 그는 '옛날에도 이런 일이 있었는데 뭘' 하고 생각했다.

마르띤은 그렇게 창 옆에 앉은 채 일을 한다기보다는 창밖을 곁눈질하다가, 낯선 장화를 신고 누가 지나가기만 하면 몸까지 구부려 발만 아니라 얼굴까지도 보려고 창밖을 올려다보곤 했다. 새 펠트 부츠를 신고 수위가 지나갔고, 물장수가 지나갔으며, 나중에는 니꼴라이 1세 시대의 노병 한 명이 손에 삽을 들고 가죽을 덧댄 낡은 펠트 부츠를 신고 창가를 지나갔다. 아브제이치는 부츠를 보고 그를 알아보았다. 노인의 이름은 스쩨빠니치였고, 이웃에 사는 상인이 그를 동정하여 함께 살고 있었다. 그는 수위를 도와주는 임무를 맡았다. 스쩨빠니치는 눈을 치우기 위해 아브제이치 창 맞은편에 서 있었다. 아브제이치는 그를 보고 다시 일을 손에 잡았다.

"내가 아무래도 늙어서 바보가 되었나 봐." 아브제이치는 자신을 비웃었다. "스쩨빠니치가 눈을 치우는데 그리스도가 내게 오고 있다고 생각하다니. 완전히 멍청해졌어, 늙은 영감탱이."

---

5   물을 끓이는 러시아식 주전자. 자체 내에 물을 끓이기 위해 숯을 놓는 자리와 끓은 물을 뽑아 쓸 수 있는 꼭지가 있다.

하지만 누비질 열 땀을 하고는 또다시 창밖을 보고 싶은 마음이 간절해졌다. 다시 보니 스쩨빠니치는 삽을 벽에 기대어 놓고 볕에 몸을 녹이는 것도 아니고, 쉬는 것도 아닌 그런 모습이었다.

늙고 오그라든 그는 눈을 치울 힘이 없어 보였다. 아브제이치는 생각했다. '때마침 사모바르도 내려놓을 때가 되었는데, 저 사람에게 차를 대접하자.' 아브제이치는 바늘을 꽂고 일어나서 탁자에 사모바르를 놓고 차를 따른 후 손가락으로 유리창을 쳤다. 스쩨빠니치가 몸을 돌려 창 쪽으로 다가왔다. 아브제이치는 그를 손짓으로 부른 후 문을 열러 나갔다.

"들어와서 몸을 데워요." 그가 말했다. "몸이 얼었으니, 차를 드시우."

"주께서 갚아주실 거네, 내 뼈가 다 얼었으이." 스쩨빠니치가 말했다.

그가 들어와 눈을 털고 바닥에 흔적을 남기지 않으려고 발을 닦기 시작하는데 몸이 휘청거리는 게 보였다.

"애쓰지 마쇼, 내가 닦을 테니. 늘 하던 일이니, 들어와 앉으시오." 아브제이치가 말했다.

"자, 차를 드시우."

아브제이치는 차 두 잔을 따라 하나는 손님 앞에 밀어넣고, 제 잔의 차를 후후 불기 시작했다.

스쩨빠니치는 자기 잔을 다 마시고는 잔을 뒤집어 놓았다. 그리고 그 위에 남은 설탕조각을 놓고는 감사하다고 말했다. 더 마시고 싶은 눈치였다.

"더 드시우." 아브데이치는 이렇게 말하고 자신과 손님에게 한 잔씩 더 따랐다. 차를 마시면서도 눈길은 계속 창밖을 주시했다.

"누구를 기다리는가?" 손님이 물었다.

"누구를 기다리냐고요? 그렇게 말하는 게 좀 미안하네요. 기다리고 있기는 한데, 그렇다고 또 기다린다고도 볼 수도 없고. 그런데 말 한마디가 마음에 꽂혀서 나가지를 않으니. 그게 환영이었는지 아닌지는 나도 모르겠소. 아시겠소, 노인장. 어제 나는 그리스도의 복음을, 그분이 어떻게 고난을 당했는지, 어떻게 이 땅에서 다니셨는지 읽었다오. 노인도 들은 적이 있지 않소?"

"들어봤지, 들어봤지." 스쩨빠니치는 이렇게 대답했다. "우린 무식쟁이라 글을 모른다네."

"자, 그래서 내가 그분이 이리저리 다니신 얘기를 읽었단 말이오. 읽다보니, 그분이 바리새인에게 갔단 말이오. 그런데 그 바리새인이 그분을 제대로 대접하지 않았소. 노인장, 어제 내가 그 부분을 읽으면서 생각했단 말이오. 그가 어떻게 그리스도를 영예롭게 맞는 일을 제대로 하지 못했을까? 가령 나에게 그런 일이 일어난다면 어떻게 할지 잘 모르겠다는 생각이 들더란 말이오. 그 사람은 어쩌다 예수님을 제대로 영접하지 않았는지. 그런 생각을 이리저리 하다가 깜빡 잠이 들었다오. 깜빡 잠이 들었는데, 노인장. 내 이름을 부르는 소리가 들리는 거요. 잠에서 깼는데, 누군가가 꼭 나에게 속삭이는 것 같은 거요. 기다려라, 내가 내일 가마, 하는 말씀이었소. 그것도 두 번씩이나. 믿을지 모르겠지만, 그 말이 머리에 박혀 버렸소. 속으로 자신을 욕하면서도 여전히 그분, 주님을 기다리고 있다오."

스쩨빠니치는 머리를 흔들고 아무 말 없이 잔을 비우고는 그걸 옆으로 치웠다. 그러나 아브제이치는 다시 잔을 들어 차를 더 따라주었다.

"몸을 위해 드시우. 그리고 또 생각이 들었소. 주님은 땅에서 다니실 때 아무도 꺼리지 않으시고, 평범한 민중과 더 많이 다니셨소. 계속 평범한 사람들 집을 다니고, 우리 죄인과 똑같은 일꾼들 가운데서 제자들을 뽑으셨소. 자신을 높이는 자는 낮아지고, 자신을 낮추는 자는 높아진다고 하시고, 너희는 나를 주라고 부르지만 나는 너희 발을 닦아주리라고 말씀하셨소. 으뜸이 되고자 하는 자는 모든 이의 종이 되라고 말씀하시고요. 가난한 자, 겸손한 자, 온유한 자, 너그러운 자가 복이 있다고도 하셨소."

스쩨빠니치는 차 마시는 걸 잊었다. 그는 나이가 많고 눈물이 많은 사람이었다. 그는 앉아서 듣고 있다가 눈물을 비 오듯 쏟았다.

"자, 더 드시오." 아브제이치가 말했다.

그러나 스쩨빠니치는 성호를 긋고 감사하다고 하고는 잔을 옆으로 밀고 일어났다.

"고맙네, 마르띤 아브제이치. 자네는 나를 후하게 대접했고, 영혼도 몸도 배부르게 했구먼."

"별말씀을요, 다음번에도 오세요. 손님이 오면 좋지요." 아브제이치가 말했다.

스쩨빠니치가 나가자, 마르띤은 마지막 잔을 다 따라 마저 마시고는 접시를 치우고 다시 창 옆에 있는 일감, 즉 뒤축 박는 일 앞에 앉았다. 그는 뒤축을 박으면서도 계속 창밖을 내다보았다. 그리스도를 기다리고, 계속 그리스도를 생각하며 그리스도의 일만 생각했다. 그의 머릿속에는 여전히 그리스도의 여러 말씀이 떠올랐다.

두 명의 병사가 지나가는데, 한 사람은 국가가 제공한 장화를 신고 있었고, 다른 이는 자기가 만든 장화를 신고 있었다. 그 후 이웃집에서 주인이 깨끗하게 닦은 덧신을 신고 지나갔고, 빵집주인이 바구니를 들고 지나갔다.

모두가 옆을 지나갔는데, 털실 양말에 소박한 단화를 신은 한 여인이 창과 나란히 섰다. 그녀는 창가를 지나가다가 벽 근처에 붙어 멈추어 섰다. 아브제이치는 창 아래서 그녀를 쳐다보았다. 낯선 그녀는 옷도 형편없었고, 아이를 안고 벽 옆에 바람을 등지고 섰는데, 아이를 아무리 감싸려고 해도 감쌀 만한 물건이 없었다. 여인이 입은 옷은 여름옷이어서 형편없었다. 아이가 비명을 지르자 여자가 달래려고 했지만 창문 틈으로는 아무리 해도 달래지지 않는 소리가 들렸다. 아브제이치는 일어나 문 밖으로 나가 계단에서 소리를 질렀다.

"영리한 아줌마! 아줌마!" 여자는 소리를 듣고 그를 돌아봤다.

"어째서 아이와 함께 추운 데 서 있소? 방으로 들어오쇼. 따뜻한 데서 아이를 더 잘 거둘 수 있을 거요. 이리로 오쇼."

여자는 놀랐다. 앞치마를 두른 나이든 노인이 코에 안경을 걸고 집으로 들어오라고 부르는 것이었다. 그녀는 그를 따라갔다. 계단을 따라 내려가 방으로 들어갔다. 노인은 여인을 침대로 데려갔다.

"이리로, 똑똑한 사람. 여기 앉아요. 벽난로에 더 가까이. 몸을 녹이고 아이에게 젖을 물려요."

"젖이 안 나와요, 아침부터 아무것도 먹지 못했거든요." 여인은 이렇게 말했지만, 그래도 아이를 가슴에 품었다.

아브제이치는 머리를 흔들고 탁자로 가서 빵과 접시를 들고, 벽난로 아궁이를 열어 야채수프를 접시에 담은 뒤 죽이 든 항아리를 꺼냈지만, 아직 죽이 충분히 끓지 않은 것을 보고는 양배추 수프만 담아 탁자에 차려 놓았다. 그는 빵을 집고 고리에서 수건을 빼서는 탁자에 올려놓았다.

"앉게나." 그가 말했다. "먹게나, 아이는 내가 안고 있을 테니. 나도 아이가 있었다네. 애를 어떻게 달랠지 안다네."

여인은 성호를 긋고 탁자에 앉아 먹기 시작했고, 아브제이치는 침대 위 아이 곁에 앉았다. 아브제이치는 입술로 '쭈쭈' 소리를 내려고 했지만, 이가 없어서 소리가 잘 나지 않았다. 아이는 여전히 악을 쓰며 울었다. 아브제이치는 손가락으로 아이를 얼러주자고 생각해 아이 입 바로 앞에서 손가락을 흔들다가는 멀리 치웠다. 입에는 손가락을 넣지 않았는데, 송진이 손에 묻어 검었기 때문이다. 아이는 손가락을 보면서 잠잠해지더니 나중에는 웃기 시작했다. 아브제이치도 기분이 좋아졌다. 여자는 먹으면서 자기가 누구인지 어디로 가는지 얘기해주었다.

"제 남편은 군인이에요. 8개월 전에 남편이 멀리 떠났는데 그 뒤로 소식이 없어요. 가정부로 살면서 아기를 낳았는데 사람들은 아기가 있는 저를 들이려 하지 않았어요. 있을 데가 없어서 3개월째 헤매고 있네요. 먹고사느라 갖고 있는 건 다 팔았어요. 유모가 되고 싶었지만, 받아주지를 않더라고요. 너무 말랐다고요. 지금 어느 상인 부인에게 다녀오는 길이에요. 그곳에 우리 마을 아주머니 한 분이 사는데, 저를 받겠다고 약속했거든요. 이젠 되었다고 생각했는데, 그 부인이 다음 주에 오라고 하네요. 사는 곳이 아주 멀어서 너무 지쳤고, 아이도 너무 힘들게 했네요. 다행히도 여주인이 우리를 불쌍히 여겨 그냥 집에 살 수 있도록 해줬어요. 그렇지 않았으면 어찌 살아야 했을지 몰랐을 거예요."

아브제이치가 한숨을 쉬고 말했다.

"따뜻한 옷이라도 있는가?"

"어찌 있겠어요. 어제 마지막 남은 스카프를 20꼬뻬이까 은전에 저당 잡혔어요."

여인은 침대로 다가가 아기를 안았고, 아브제이치는 일어나 벽장에 가서 낡은 반외투를 가져왔다.

"여기 있네. 질이 별로 좋지는 않지만 아기를 싸기에 딱 맞을걸세."

여인은 반외투를 보고, 또 노인을 보고 하다가 반외투를 집고는 울음을 터뜨렸다. 아브제이치도 얼굴을 외면했다. 그는 침대 밑으로 들어가 궤짝을 꺼내 그 안을 뒤지고는, 다시 여인 맞은편에 앉았다.

"그리스도께서 할아버지를 축복하시기를! 아마도 그분이 저를 할아버지 창밑으로 보내셨나 봐요. 그렇지 않았다면 아이는 얼어죽었을 거예요. 제가 나섰을 때는 따뜻했는데, 지금 밖이 얼마나 추워졌는지 보세요. 주님이 할아버지에게 창밖을 보게 하셨나 봐요, 불쌍한 저를 가엾게 여기셨나 봐요."

아브제이치가 미소를 짓고는 말했다.

"그분이 그렇게 하셨지. 영리한 사람아, 내가 창밖을 본 게 그냥 그렇게 된 게 아니야."

그리고 마르띤은 병사 부인에게 자기 꿈을, 그러니까 주님이 오늘 자신에게 오겠다고 약속하셨다는 이야기를 들려주었다.

"다 가능한 말씀이에요."

여인은 이렇게 말하고 일어나서 반외투를 입고 아이를 폭 싼 뒤 절을 하며 다시 아브제이치에게 고맙다고 말했다.

"그리스도를 위해 받게나."

아브제이치는 이렇게 말하고 그녀에게 스카프를 사라고 20꼬뻬이까 은전을 주었다. 여인은 성호를 그었고, 아브제이치도 성호를 긋고 여인을 배웅했다.

여인이 떠나자, 아브제이치는 야채수프를 먹고 치운 뒤 다시 일감 앞에 앉았다. 일은 하고 있었지만 창에 대한 생각은 잊지 않았고, 창밖이 어두워지자, 또 누가 지나가나 바깥을 내다보기 시작했다. 낯익은 사람도, 낯선 사람도 지나갔지만, 특별한 사람은 아무도 없었다.

그런데 그때 아브제이치는 자기 창 맞은편에 한 상인 노파가 멈추어 서는 것을 보았다. 그녀는 사과가 든 바구니를 나르고 있었다. 조금밖에 안 남은 것으로 보아 모두 판 게 분명했고, 어깨에는 나무 조각이 든 자루를 하나 메고 있었다. 틀림없이 집을 짓던 곳에서 나무 조각을 모아 집으로 가는 중이었으리라.

자루가 그녀의 어깨를 무겁게 짓누르는 게 보였다. 그녀는 다른 어깨로 옮기려고 자루를 인도에 내려놓고 사과가 든 바구니를 작은 기둥 위에 놓고 자루 안에 있는 잔가지 부피를 줄이기 시작했다. 자루의 부피를 줄이는 동안 어디서 나왔는지 찢어진 모자를 쓴 사내아이가 튀어나와 바구니에서 사과를 집더니 몰래 도망가려고 했다.

노파는 그것을 알아채고는, 몸을 돌려 소년의 소매를 부여잡았다. 소년은 몸부림치며 놓여나려 했지만, 노파는 그를 두 손으로 부여잡고 아이 머리에서 모자를 벗기고 머리채를 붙잡았다. 소년은 비명을 질렀고 노파는 욕설을 해댔다. 아브제이치는 미처 바늘을 꽂지도 못한 채 바닥에 내던지고 문밖으로 달려 나가다가, 계단에서 넘어져 안경을 떨어뜨리기까지 했다. 아브제이치는 거리로 달려 나갔다. 노파는 소년의 머리칼을 쥐어뜯으며 욕을 하고 파출소에 데려가려고 했다. 소년은 몸부림치며 버텼다.

"내가 가져가지 않았다고요. 왜 때려요, 놓아줘요."

아브제이치가 그들을 떼어놓기 시작했고, 소년의 손을 붙잡고 말했다.

"할멈, 그 아이를 놓아줘요, 용서해줘요. 그리스도를 위해!"

"내 저 녀석이 1년이 지나도 잊지 못하게 만들 거예요. 저 교활한 녀석을 파출소로 데려갈 거예요."

아브제이치가 노파를 설득하기 시작했다.

"놓아줘요, 할멈. 앞으로는 그러지 않을 거요. 그리스도를 위해 놓아줘요!"

노파는 소년을 놓아주었고, 소년은 바로 도망가려고 했지만 이제는 아브제이치가 그를 붙잡았다.

"할머니께 용서를 구해라. 앞으로는 그러지 말아라. 네가 가져가는 걸 내가 봤다."

소년이 울음을 터뜨리더니 용서를 구했다.

"그럼, 그렇게 해야지. 이제 여기 있다, 사과. 네게 주마."

그리고 아브제이치는 바구니에서 사과를 집어 소년에게 주었다.

"내가 돈을 주리다, 할멈." 그가 노파에게 말했다.

"저런 망나니들 버릇을 나쁘게 들이는 거예요." 노파가 말했다. "저런 애들은 일주일 동안 앉지도 못하게 엉덩이를 때려줘야 해요."

"에이, 할멈, 할멈. 내 생각, 아니, 하나님 보시기에는 그렇지 않아. 사과 때문에 저 애를 매로 쳐야 한다면, 우리 죄에 대해서는 어떻게 해야 하겠나?"

노파는 입을 다물었다.

아브제이치는 노파에게 주인이 어떤 소작농의 큰 빚을 탕감해주었는데, 그 소작농이 자기 채무자를 어떻게 괴롭혔는지에 관한 이야기를 들려주었다. 노파는 귀를 기울여 들었고 소년도 서서 이야기를 들었다.

"하나님이 용서하라고 명하셨어요." 아브제이치가 말했다. "그렇지 않으면 우리가 용서를 받지 못한다오. 모두를 용서해야 하는데, 어리고 경솔한 사람은 더 용서해야죠."

노파는 머리를 흔들고 한숨을 쉬었다.

"맞긴 맞는데, 얘들은 너무 버릇이 없단 말이에요."

"우리 나이 먹은 사람들이 가르치면 되지." 아브제이치가 말했다.

"그러니 내가 말하는 거유." 노파가 말했다. "내게 아이가 일곱이 있었는데, 딸 하나만 남았다오."

그리고 노파는 어디에서 사는지, 딸집에서 어떻게 사는지, 손자가 몇 명인지 이야기하기 시작했다.

"그런데 말이요, 내 힘이 이렇게 다 되었는데도 아직도 일을 하고 있다오. 아이들, 손자들이 가엾단 말이오. 손자들이 참 예뻐요. 그 애들처럼 나를 맞아주는 사람은 아무도 없단 말이오. '할머니, 예쁜 할머니, 좋은 할머니…' 악슈트까는 아무한테도 가지 않고 나한테서 떨어지지를 않아요." 이런 말을 하며 노파는 마음이 누그러졌다.

"아이들이라는 게 다 그렇지. 하나님이 함께하시기를." 노파가 소년을 보고 말했다.

노파가 자루를 어깨에 올리려고 하자, 소년이 벌떡 일어나 말했다.

"내가 들을게요, 할머니. 길이 같아요." 노파는 머리를 흔들면서 자루를 소년에게 올려주었다.

그들은 거리를 나란히 걸어가기 시작했다. 노파는 아브제이치에게 사과 값을 달라고 하는 것도 잊어버렸다. 아브제이치는 서서 내내 그들을 바라보았고, 그들이 가면서 계속 뭐라고 이야기를 주고받는 소리를 들었다.

아브제이치는 그들을 배웅한 뒤 집으로 돌아와 계단에서 안경을 발견했다. 다행히 안경은 깨지지 않았다. 바늘도 찾아 다시 일감 앞에 앉았다. 일을 조금 하려는데, 실 하나가 바늘땀에 들어가지 않는 것이었다. 그리고 등롱꾼이 가로등에 불을 밝히러 가는 것이 보였다. '필시 불을 켤 때가 된 거야.' 그는 이렇게 생각하고 램프에 불을 밝히고 다시 일을 하기 시작했다.

장화 하나를 다 만들고, 이리저리 돌려본 후 그는 "좋았어"라고 말했다. 도구들을 다 정리하고 절단한 가죽쪼가리들을 쓸어내고 실 뭉치, 실과 바늘, 송곳을 치우고, 램프를 꺼내 탁자 위에 올려놓고 책장에서 복음서를 꺼냈다. 그는 어제 양가죽쪼가리를 끼워놓았던 페이지를 열려고 했지만, 다른 곳이 펼쳐졌다.

아브제이치가 복음서를 열자마자, 어제 꿈이 기억났다. 다만 그는 문득 누군가가 몸을 흔들며 뒤에서 발을 구르는 소리가 들리는 것 같았다. 아브제이치가 고개를 돌리자, 어두운 구석에 꼭 사람 같은 자들이 서 있는 게 보였다. 사람들이 서 있는데, 그들이 누구인지 알아볼 수 없었다. 어떤 목소리가 그의 귀에 대고 속삭였다.

"마르띤! 마르띤! 나를 알아보지 못하겠소?"

"누구를 말하는 거요?" 아브제이치가 말했다.

"나요." 목소리가 말했다. "바로 나."

어두운 구석에서 스쩨빠니치가 나타나서 미소를 짓고는 마치 구름이 흩어지듯이 사라져버렸다.

"그건 나요." 또 다른 목소리가 말했다.

어두운 구석에서 아기를 안은 여인이 나타나서 미소를 지었고, 아이가 웃더니 역시 사라져버렸다.

"그건 나요." 목소리가 말했다.

노파와 사과를 든 소년이 나타나서 둘이 함께 미소를 짓더니 역시 또다시 사라져버렸다.

아브제이치의 마음이 기쁨으로 차올랐다. 그는 성호를 긋고 안경을 끼고는 열린 페이지의 복음서를 읽어 내려가기 시작했다.

"내가 주릴 때에 너희가 먹을 것을 주었고 목마를 때에 마시게 하였고 나그네 되었을 때에 영접하였고…."

그리고 페이지의 아래쪽을 또 읽었다.

"너희가 내 형제 중에 지극히 작은 자 하나에게 한 것이 곧 내게 한 것이니라."

아브제이치는 꿈이 거짓이 아니었고, 바로 그날 구원자가 그에게 오셨으며, 자신이 구원자를 대접했음을 알게 되었다.

두 노인

여자가 이르되 주여 내가 보니 선지자로소이다. 우리 조상들은 이 산에서 예배하였는데 당신들의 말은 예배할 곳이 예루살렘에 있다 하더이다. 예수께서 이르시되 여자여 내 말을 믿으라. 이 산에서도 말고 예루살렘에서도 말고 너희가 아버지께 예배할 때가 이르리라. 너희는 알지 못하는 것을 예배하고 우리는 아는 것을 예배하노니 이는 구원이 유대인에게서 남이라. 아버지께 참되게 예배하는 자들은 영과 진리로 예배할 때가 오나니 곧 이때라. 아버지께서는 자기에게 이렇게 예배하는 자들을 찾으시느니라(요한복음 4:19-23).

1

　두 노인은 예루살렘으로 순례하러 가는 것이 소원이었다. 한 사람은 부유한 농부로 그의 이름은 예핌 따라시치 셰벨레프였다. 다른 사람은 가난한 농부 옐리세이 보드로프였다.

　예핌은 점잖은 농부로 보드까도 마시지 않고, 담배도 피우지 않았으며, 코담배도 멀리하고, 평생 욕도 하지 않은 사람이었다. 그는 엄격하고 심지가 굳었다. 예핌 따라시치는 두 회기 동안 촌장을 맡았는데 단 한 푼도 국가에 변상하는 일 없이 책무를 마무리했다. 그는 대가족을 이루고 있었다. 아들 둘과 결혼한 손자 하나가 있었고, 모두 한 집에서 살았다. 예핌은 아주 건장하고 구레나룻이 무성하고 몸이 꼿꼿한 장부였다. 일흔 줄에 들어서서야 구레나룻에 새치가 보이기 시작했다.

　옐리세이는 부자도 아니고, 그렇다고 가난하지도 않은 노인으로 이전에는 목공일을 하다가 나이를 먹자 집에서 양봉을 하며 살고 있었다. 아들 하나는 이리저리 일자리를 찾아다니고 있었고, 다른 아들은 집에 있었다. 옐리세이는 호인으로 명랑한 사람이었다. 보드까도 마시고 담배도 피우고 노래 부르는 것도 좋아했지만, 온유한 사람으로 집안 식구나 이웃과도 사이좋게 지냈다. 옐리세이는 키가 크지 않은 가무잡잡한 사람으로 굽실거리는 구레나룻을 길렀지만, 자기와 이름이 같은 선지자 엘리사[6]처럼 머리가 대머리였다.

두 노인은 오래전부터 예루살렘에 함께 가자고 약속했는데, 따라시치가 도무지 틈이 나지 않았다. 끊임없이 일이 생겨서 일 하나가 끝나면 또 다른 일이 시작되었기 때문이다. 손자가 결혼을 하는가 하면, 작은 아들이 군 제대하길 기다려야 했고, 그런가 하면 새 집을 지어야 했다.

한번은 축일을 맞이해 두 노인이 만나 통나무에 앉아 이야기를 하게 되었다.

"자," 옐리세이가 말했다. "언제쯤이면 일을 마치고 갈 건가?"

예핌이 얼굴을 찡그렸다.

"좀 기다려야 해. 올해는 힘든 해가 될 것 같아. 이 집을 짓기 시작하면서 100루블이면 되겠거니 생각했는데, 벌써 300루블이나 들어갔어. 그런데도 아직 다 짓지를 못했거든. 아마도 여름까지는 갈 것 같아. 여름이 돼서 주님께서 허락하신다면 반드시 떠남세."

"내 소견으로는 미룰 이유가 전혀 없는데, 당장 가세나. 봄이 가장 좋을 때야." 옐리세이가 말했다.

"때야 좋지만, 일을 시작했는데 그걸 어떻게 그냥 두고 가나?"

"자네한테 아무도 없단 말인가? 아들이 일을 마치면 되지."

"어떻게 그런단 말인가! 우리 집 맏이가 믿을 만하지 않아. 술을 많이 마신단 말이야."

"우리가 죽으면, 우리 없이도 잘 살아갈 것이네. 아들도 배워야지."

"그렇기야 하지. 하지만 자기 눈앞에서 일이 되는 걸 다들 보고 싶어 하지 않겠나?"

---

6 성경의 열왕기상과 열왕기하에 나오는 선지자이다. 엘리야의 제자로 북이스라엘의 9대 왕부터 12대 왕까지 50년 동안 영적 지도자로 활동했으며, 대머리로 유명했다.

"에이, 이 사람아! 모든 일을 하나하나 다 확인할 수는 없는 거야. 우리 집도 명절을 맞이해 여자들이 빨래하고 청소를 하고 있네. 이 일도 하고, 저 일도 한다고는 하는데, 둘 다 못 끝내고 있어. 큰 며느리가 영리한데, 이렇게 말하더군. '우리를 기다려주지 않고 명절이 얼른 돌아오니 다행이에요. 아무리 일해도 다 끝낼 수가 없거든요.'"

따라시치는 깊은 생각에 잠겼다. 그가 말했다.

"이 집을 짓는 데 돈이 많이 들었어. 순례도 빈손으로 갈 수 없고. 적지 않은 돈이 들 거네, 100루블 정도."

엘리세이가 웃음을 터뜨렸다.

"죄를 짓지 말게, 친구. 자네 수입은 나에 비하면 열 배나 많은데, 돈 이야기를 하다니. 언제 갈지 말만 하게. 나는 돈이 없지만, 그래도 어떻게든 그 돈은 생길 거네."

따라시치도 비죽이 웃었다.

"이것 좀 보게, 부자라고 선포를 하는구먼. 자네는 어디서 돈을 얻는다는 말인가?"

"얼마가 되었든 집에 있는 돈을 긁어모아 보지, 뭐. 부족하면 밖에 있는 벌통을 열 통 정도 이웃에게 내주면 되겠지. 벌써 오래전부터 팔려고 하고는 있는데."

"벌 떼가 무리 짓는 좋은 계절이 오는데, 속상할걸."

"속상하다고? 아닐세, 친구! 살면서 죄를 짓는 것 말고는 속상할 일이 하나도 없네. 영혼보다 더 귀한 것은 아무것도 없거든."

"그것도 그렇군. 그래도 집 안이 잘 정돈되어 있지 않으면 맘이 불편하네."

"우리 영혼이 잘 정돈되어 있지 않으면 그것이 더 나쁜 거라네. 약속했으니 함께 가세나! 정말로 함께 가세나!"

2

옐리세이는 마침내 친구를 설득했다. 예핌은 생각에 생각을 거듭하더니 아침에 옐리세이를 찾아왔다.

"어쩌겠나, 가세나. 자네 말이 맞아. 살든 죽든 다 주님 뜻이지. 아직 살아 있고 힘이 있을 때 가세나."

일주일 후에 노인들은 떠날 채비를 마쳤다.

따라시치는 집에 돈이 있었다. 여행비로 100루블을 챙기고, 200루블은 마누라에게 맡겼다.

옐리세이도 갈 채비를 마쳤다. 밖에 내놓았던 벌통 열 통을 이웃에게 팔았고, 꿀과 그 열통에서 생기는 애벌레도 역시 이웃에게 팔았다. 그것을 전부 팔아 70루블을 챙겼다. 나머지 30루블은 집 안 식구들이 가진 잔돈까지 모두 걷어 마련했다. 부인은 장례식에 쓸 돈만 남기고 마지막 돈까지 다 내줬고, 며느리도 자기 돈을 내주었다.

예핌 따라시치는 모든 일을 맏아들에게 맡겼다. 어디서 얼마만큼 풀베기를 해야 하는지, 어디로 거름을 운반해야 하는지, 어떻게 집을 다 짓고 지붕을 올려야 하는지를 알려주었다. 모든 일을 꼼꼼히 잘 생각해서 지시해두었다.

그러나 옐리세이는 판 벌통에서 나온 애벌레를 잘 넣어서 속이지 말고 이웃에게 주라고만 아내에게 명하고, 집안일에 대해서는 더 이상 아무 말도 하지 않았다. 어떻게 해야 하는지 저절로 드러나게 되어 있다고 보았다. 자신들도 주인이니, 스스로 더 좋은 방향으로 일을 처리하리라고 생각했기 때문이다.

두 노인은 길을 떠날 채비를 마쳤다. 식구들은 집에서 파이를 굽고, 가방을 짓고, 새 각반을 마련해주었다. 그들은 새로 마련한 긴 장화를 신고, 여분의 수피화(樹皮靴)를 만들어 길을 떠났다. 식구들은 울타리까지 그들을 배웅하며 작별인사를 했고, 두 노인은 본격적으로 여행길에 들어섰다.

옐리세이는 즐거운 마음으로 마을을 떠났고, 그 즉시 일에 대해서는 잊어버렸다. 그의 마음에는 어떻게 해서든 귀한 친구의 마음을 기쁘게 해주자, 아무에게도 거친 말을 쓰지 말자, 평온함과 사랑 가운데 원하는 장소까지 갔다가 무사히 집으로 돌아오자는 생각밖에 없었다. 옐리세이는 길을 걸으면서 혼잣말로 기도문을 속삭이듯 외우는가 하면, 어렴풋하게 기억하고 있는 성자전(聖者傳)을 아는 대로 되뇌었다. 길에서 모르는 사람과 마주치거나 숙소에 도착하면 모든 사람과 되도록 사이좋게 지내고, 하나님 보시기에 좋은 말을 하려고 노력했다. 그는 걸으면서 늘 기뻐했다.

다만 옐리세이는 한 가지만큼은 그만두질 못했다. 코담배를 끊으려고 일부러 담배를 집에 두고 왔는데, 점점 피우고 싶은 생각이 간절했던 것이다. 그런데 길가던 중에 한 사람이 그에게 담배를 주었다. '안 돼, 안 돼.' 그는 친구를 죄에 빠뜨리지 않으려고 친구에게서 떨어져 살짝 담배를 피웠다.

예핌 따라시치도 굳건하게 잘 걸어가며 나쁜 행동을 하지 않고 쓸데없는 말도 삼갔지만, 마음은 가볍지 않았다. 머릿속에서 집안일에 대한 걱정이 떠나지 않았던 것이다. 그는 집에서 일어날 법한 일에 대해 끊임없이 이야기했다. 아들에게 미처 명하지 못한 것은 없는지, 아들이 제대로 일을 하고 있는지 그런 이야기를 계속 했다. 길을 가다가 감자를 심거나 거름을 나르는 모습을 보면 아들이 자기가 말해준 대로 제대로 하고 있을까 생각하곤 했다. 그냥 돌아가서 이전처럼 자기가 직접 일을 하면 좋겠다는 생각도 들곤 했다.

3

두 노인은 다섯 주일을 꼬박 걸었고, 집에서 준비한 수피화도 다 떨어져서 우끄라이나 지역에 도착했을 때는 새 것을 사야 했다. 집을 떠난 후 그들은 계속 먹고 자는 데 돈을 내왔는데, 이 지역에서는 주민들이 앞 다투어 그들을 자기 집으로 맞았다. 잠도 재우고 식사도 대접했지만 돈은 받지 않았고, 거기에 더해 길가면서 먹으라고 가방 안에 빵이나 파이를 넣어주기도 했다.

그렇게 두 노인은 돈 한 푼 들이지 않고 700킬로미터 정도를 더 갔고, 주(州)를 하나 지나 흉년이 든 지역에 도착했다. 그곳에서는 숙박료를 받지 않고 재워주었지만, 먹을 것을 주지는 않았다. 빵도 모든 곳에서 주는 건 아니었고, 어떤 때는 돈을 줘도 빵을 구하지 못했다. 그곳 사람들이 말하길 작년에 흉작이었다고 했다. 부자들도 파산하여 모든 것을 팔았고, 중산층도 손에 쥔 게 아무것도 없었으며, 가난한 사람들은 고향을 완전히 등지거나 이리저리 떠돌아다니거나 근근이 생계를 이었다. 겨울에는 명아주와 왕겨로 연명한다는 것이었다.

어느 날 두 노인은 한 장소에서 하룻밤을 보낸 후 빵 7킬로그램 정도를 사서 하룻밤을 더 보낸 뒤 더워지기 전에 조금이라도 더 가려고 동이 트기 전에 밖으로 나왔다. 10킬로미터 정도를 지나 강에 도달한 그들은 자리에 앉아 컵에 물을 떠서 빵을 적셔가며 먹고 신을 갈아 신었다. 그들은 잠시 앉아 숨을 돌렸다. 옐리세이는 코담배를 꺼냈다. 그것을 보고 예핌은 고개를 저었다.

"어떻게 그 추악한 물건을 버리질 못하나!"

옐리세이는 팔을 내저었다.

"죄가 나를 붙잡은 거지, 어쩌겠나!"

그들은 자리에서 일어나 앞으로 나아가기 시작했다. 거기서 또 10킬로미터 정도를 더 걸었다. 큰 마을에 도착해서 마을을 가로질러 지나는 중이었다. 날씨는 이미 찌는 듯이 무더웠다. 옐리세이는 파김치가 되었고 쉬면서 물을 마시고 싶은 마음이 굴뚝같았지만, 따라시치는 멈출 생각을 하지 않았다. 따라시치는 걸으면서 더 튼튼해졌고, 옐리세이는 그를 뒤따라가기가 힘겨웠다.

"물 좀 마시고 가지." 그가 말했다.

"그러게나, 물을 마시게. 나는 목마르지 않아."

옐리세이는 그 자리에 멈춰 섰다.

"자네는 기다리지 말게. 내 잠시 저 농가에 가서 물을 좀 마시고 오겠네. 곧 따라가겠네."

"알겠네." 예핌은 혼자서 길을 따라 앞으로 더 나아갔고, 옐리세이는 농가를 향해 몸을 돌렸다.

옐리세이는 농가로 다가갔다. 그리 크지 않은 흙집이었다. 아래는 검은색이고 위쪽은 하얀색이었는데, 오랫동안 흙을 바르지 않았는지 벌써 흙벽이 떨어져 있었고 지붕도 한쪽 구석이 뚫려 있었다. 마당을 지나야 농가로 가는 입구가 있었다.

옐리세이가 마당으로 들어가서 보니 토담 옆에 수염이 나지 않은 마른 사나이가 우끄라이나식 바지와 셔츠를 입고 누워 있었다. 사나이는 그늘진 곳에 누웠던 것 같지만 지금은 햇빛이 그에게 내리쬐고 있었다. 남자는 누워 있었지만, 잠을 자고 있지는 않았다. 옐리세이는 그를 불러 물을 좀 마실 수 있겠느냐고 물었다. 그러나 답이 없었다. '어디 아프거나 퉁명스러운 사람이로군.' 옐리세이는 이렇게 생각하며 문에 다가갔다. 가만히 들어보니 그 안에서 아이들이 울고 있었다. 옐리세이는 문고리를 두드렸다.

"계세요?"

그러나 답이 없었다. 지팡이로 또 한 번 문을 두드렸다.

"여보세요!" 전혀 기척이 없었다.

"아무도 없습니까?" 여전히 답이 없었다. 옐리세이는 그 자리를 뜨려고 했는데, 문 뒤에서 누군가가 한숨을 쉬는 듯한 소리가 들려왔다. '이 사람들에게 무슨 불행한 일이 생긴 걸까? 들여다봐야겠군!'

옐리세이는 집 안으로 들어갔다.

4

문고리를 돌려보니, 문은 잠겨 있지 않았다. 옐리세이는 문을 밀고 현관방을 통해 안으로 들어갔다. 방문은 열려 있었다. 왼쪽에는 벽난로가 있었고, 바로 마주 보이는 곳에 성상자리[7]가 있었다. 그 성상자리 옆에 탁자가 있고 탁자 뒤에 의자가 있었다. 그 의자에는 셔츠 하나만 입은 맨머리의 노파가 앉아 탁자에 머리를 기대고 있었다. 그녀 옆에는 밀랍처럼 바싹 말랐지만, 배만 톡 튀어나온 소년이 노파의 소매를 비틀고 목청껏 소리를 지르면서 뭔가를 달라고 보채는 중이었다.

옐리세이는 방 안으로 들어갔다. 안에는 악취가 진동했다. 그가 보니 벽난로 뒤의 침대 위에 여자가 누워 있었다. 그녀는 엎드려 누워 그를 보지도 않고 가래 끓는 소리를 내며 다리를 폈다가는 오므리면서 몸을 이리저리 뒤척이고 있었다. 그 여자에게서 나는 악취였다. 누워 있으며 대

---

7 러시아의 집 구조를 보면 방의 동쪽 방향 구석에 성상을 놓는 자리가 있었다. 모서리에 선반을 놓고 그 위에 성상을 놓거나 책상 위에 성상과 초를 올려놓았다.

소변을 가리지 못하는데, 그녀를 돌보는 사람이 아무도 없는 것 같았다. 노파는 고개를 들어 들어온 사람을 쳐다보았다.

"무슨 일이요? 뭐가 필요한 거요? 우린 가진 게 아무것도 없어요."

옐리세이는 그녀가 하는 말을 듣고 다가갔다.

"물을 마시고 싶어서 들렀습니다."

"없어요, 아무것도 없어요. 가져갈 게 아무것도 없어. 그냥 가시오."

"어떻게 된 건가요? 저 여자를 씻겨줄 건강한 사람이 아무도 없단 말입니까?" 옐리세이는 묻기 시작했다.

"아무도 없소. 마당에서는 한 사람이 죽어가고 있고, 우리는 여기서 이러고 있소."

소년은 낯선 사람을 보고 입을 다무는가 싶더니 할머니가 말문을 여는 것을 보고 다시 그녀의 소매를 잡아당겼다.

"빵, 할머니! 빵." 그러고는 다시 울음을 터뜨렸다.

옐리세이가 노파에게 뭔가를 막 물어보려고 하는데, 어떤 남자가 농가로 들어와 벽을 따라 걸으며 의자에 앉으려다가, 미처 거기까지 가지도 못하고 문지방 옆 한구석에 쓰러지고 말았다. 그러고는 일어서지를 못하고 말만 하기 시작했다. 말 한마디 내뱉고는 끊었다가 다시 말을 하고, 또 한숨 돌리고 다른 말을 하는 식이었다.

"전염병이 돈 데다가 … 흉년이 들었어요. 모두 굶어 죽어가고 있습니다!" 농부는 머리로 소년을 가리키며 울음을 터뜨렸다.

옐리세이는 어깨에서 자루를 풀어 바닥에 내렸다가 다시 들어 의자에 올려놓고 풀기 시작했다. 빵과 칼이 손에 잡히자 빵 조각을 잘라 농부에게 주었다. 농부는 자기가 받지 않고 소년과 소녀를 가리켰다. 그들에게 주라는 말이었다.

옐리세이는 소년에게 빵 조각을 주었다. 소년은 빵 냄새를 맡고는 팔을 뻗어 두 손으로 빵 조각을 낚아채 빵에 코를 박고 밖으로 나갔다. 소녀도 벽난로 뒤에서 기어 내려와 빵을 뚫어지게 쳐다보았다. 옐리세이는 그 아이에게도 빵 조각을 주었다. 그는 또 한 조각을 잘라 노파에게 주었다. 노파는 빵을 받아 씹기 시작했다.

"물을 길어왔으면…. 목이 많이 타오. 어제였던가 오늘이었던가, 기억도 나지 않는데. 물을 길으러 가다가 넘어져서 다 가지도 못했소. 누가 가져가지 않았다면, 물통이 거기 남아 있을 거요." 노파가 말했다.

옐리세이는 우물이 어디 있는지를 물었다. 노파가 알려주었다. 옐리세이는 나가서 물통을 찾아 물을 길러 사람들에게 마시게 했다. 아이들은 물과 빵을 더 먹었고 노파도 먹었지만, 농부는 먹지 않았다.

"먹고 싶은 생각이 없습니다." 그가 말했다.

아낙은 일어나지 못하고 정신을 차리지도 못한 채 여전히 침대에서 구르고 있었다. 옐리세이는 마을에 가서 수수와 소금, 밀가루와 버터를 사왔다. 그는 도끼를 찾아내 장작을 패고 벽난로에 불을 지피기 시작했다. 소녀가 그를 도왔다. 옐리세이는 수프와 죽을 끓여 사람들을 먹였다.

5

농부도 음식을 조금 먹고, 노파도 먹고, 소년과 소녀는 접시를 샅샅이 핥아먹고는 서로를 꼭 부둥켜안은 채 잠이 들었다.

농부와 노파가 무슨 일이 있었는지 이야기를 풀어놓기 시작했다.

먼저 농부가 말했다.

"예전에도 부자로 살지는 않았지만, 올해는 정말 아무것도 수확할 수 없었어요. 가을부터 남은 식량으로만 근근이 먹고 살았지요. 있는 걸 다 먹고 나니 이웃과 착한 사람들에게서 얻어먹었습니다. 그들도 처음에는 주었지만, 나중에는 거절하더군요. 돕고 싶지만, 줄 게 아무것도 없는 사람도 있었고요. 이제 얻어먹는 것도 부끄럽더군요. 모든 사람에게 돈도, 밀가루도, 빵도 빚을 졌거든요. 일자리를 찾았지만 없었어요. 어디든 먹고 살려니 일자리 찾는 사람들이 넘쳐났습니다. 하루 일하고 나면, 이틀을 허탕으로 보내야 했습니다. 어머니와 딸애는 멀리까지 구걸을 하러 다녔고요. 동냥으로 받는 것도 형편없었습니다. 다들 가진 게 없었으니까요. 그래도 이리저리해서 어떻게든 먹고 살면서 햇곡식이 날 때까지 버티자 했지요. 봄부터는 동냥밥 주는 사람도 완전히 없어졌는데, 그때 전염병이 덮친 겁니다. 완전히 나빠졌지요. 하루를 먹으면 이틀은 먹을 수가 없었어요. 풀을 먹기 시작했지요. 그런데 그 풀 때문인지 저렇게 병마가 마누라를 덮쳤어요. 아내가 몸져눕게 되자, 나도 힘이 없으니 나아질 방도가 없는 거지요."

다음으로 노파가 이야기했다

"나 혼자서 안간힘을 써도 먹을 것이 없으니, 힘이 없어 쇠약해졌다오. 손녀도 약해져 주눅이 들었고. 이웃에 심부름을 보내도 가려고 하질 않아요. 구석에 틀어박혀 나오지를 않는 거 같소. 그저께 이웃집 여자가 들렀는데 우리가 굶주려 앓는 것을 보고는 그냥 돌아서서 나가더라오. 그 여자도 남편이 떠나버리고 어린아이들을 먹일 게 아무것도 없어요. 그러니 이렇게 누워 죽을 날만 기다리고 있는 거지요."

옐리세이는 그들의 말을 끝까지 듣고는, 그날 친구의 뒤를 따라가려는 마음을 접고 그곳에서 하룻밤을 보내기로 작정했다. 옐리세이는 아침에 일어나 마치 자기가 주인인 것처럼 집을 돌아다니며 일을 하기 시작했다. 노파와 함께 빵 반죽을 만들고 벽난로에 불을 뗐다. 소녀와 함께 이웃에 다니며 필요한 물건을 얻었다. 물건을 아무리 찾아도 있는 게 아무엇도 없었다. 그간에 모두 음식과 바꾸어 먹었기 때문이었다. 살림살이도, 옷가지도 아무것도 없었다.

옐리세이는 필요한 것을 장만하기 시작했다. 만들 수 있는 건 만들고 사야 할 것은 샀다. 옐리세이는 하루를 그곳에 머물고, 또 하루를 머물고, 삼일 째도 그곳에 머물렀다.

소년은 몸이 회복되어 의자를 따라 다가와서는 옐리세이에게 애교를 떨었다. 소녀도 완전히 명랑해져서 모든 일을 도왔다. 모두가 옐리세이의 뒤를 졸졸 따라다녔다. "할아버지! 할아버지!" 노파도 자리를 털고 일어나 이웃집에 다닐 수 있었다. 농부도 벽을 잡고 다닐 수 있게 되었다. 아낙만 누워 있었는데, 그녀도 사흘째 되는 날 의식이 돌아와 먹을 것을 달라고 했다.

'이런, 얼마나 시간을 허비했는지 알아차리지도 못했구나. 이제 가야겠다.'

6

나흘 째 되는 날에 금식일[8] 다음 명절날이 다가왔다.

'이 사람들과 이 날을 함께 보내자. 명절을 지낼 수 있게 음식을 좀 사주고 저녁에 떠나야겠다.' 옐리세이는 생각했다.

옐리세이는 다시 마을로 가서 우유와 흰 밀가루와 돼지비계를 샀다. 그들은 노파와 함께 음식을 만들고 빵을 굽고, 아침에는 예배에 갔다가

---

8 러시아 정교는 일 년에 여덟 번 정도 금식 기간을 지킨다. 금식 기간에는 고기와 우유, 버터, 생선을 먹지 않고, 금식일 다음날부터 검소하게나마 육류 음식을 장만해서 먹는다.

돌아와 사람들과 함께 고기를 나누어 먹었다. 그날에는 아낙도 자리를 털고 일어나 걸어 다니기 시작했다. 농부는 수염을 깎고 노파가 빨아놓은 깨끗한 옷을 입고 부자 농부를 찾아 마을로 나갔다. 그에게 풀 베는 곳도, 경작지도 저당을 잡혔기 때문에 햇곡식이 나기 전까지만이라도 땅을 쓰게 해달라고 부탁하러 갔던 것이다. 저녁에 풀이 죽은 농부가 돌아와 눈물을 흘렸다. 부자 농부가 인정사정 봐주지 않고 돈을 가져오라고만 했다는 것이다.

엘리세이는 다시 깊은 생각에 잠겼다. '이제 저 사람들은 어떻게 살지? 사람들이 풀을 베러 가야 하는데, 풀밭을 저당 잡혔으니 할 수 있는 게 아무것도 없구나. 호밀이 익으면 사람들은 추수를 하겠지(호밀은 농사가 잘 되었잖은가!). 그렇지만 갖고 있던 1데샤티나(약 3,300평) 정도의 땅을 부자 농부에게 팔았으니, 저들에겐 아무것도 없어. 내가 떠나고 나면 또 다시 엉망진창이 될 거야.'

엘리세이는 여러 생각에 마음이 심란하여 저녁에 바로 떠나지 못하고, 아침까지 출발을 미뤘다. 그는 잠을 자러 마당으로 나갔다. 기도하고 누웠지만, 잠을 이룰 수 없었다. 가기는 가야 하는데 돈도 시간도 많이 허비했고, 또 이 사람들이 불쌍했다. '모든 것을 나누어 줄 수는 없는데. 저들에게 물을 길어다주고 빵 조각을 주고 싶었던 것뿐인데, 어디까지 오게 된 걸까. 이제는 풀밭과 경작지까지 사줘야 하는 상황이군. 경작지를 사주면 아이들에게 젖소를, 농부에게는 곡식 단을 옮길 말을 사줘야겠지. 자네, 엘리세이 꾸즈미치, 아무래도 길을 잘못 든 것 같네 그려. 일은 벌려 놨는데, 수습할 길이 없군!'

엘리세이는 일어나 머리맡에서 농민외투를 꺼내 펼치고 담배상자를 꺼내 코담배를 맡으면서 생각을 정리할 작정이었다. 하지만 아무리 생각하고 또 궁리해도 방도가 떠오르지 않았다. 가야 했지만, 이 사람들도 불쌍했다. 어떻게 해야 할지 알 수가 없었다. 그는 머리맡에 외투를 둘둘 말아 베고는 다시 누웠다. 그렇게 한참을 누워 있다 보니 수탉이 울었고, 그때서야 깊이 잠들 수 있었다.

그런데 누군가가 갑자기 자신을 깨운 것같이 느껴졌다. 정신차리고 보니, 자신이 완전히 옷을 차려 입고 가방과 지팡이를 들고 있었다. 대문 밖으로 나가야 하는데, 한 사람만 지나갈 수 있을 정도로 문이 조금 열려 있는 것이었다. 문을 통과하다가 한쪽에 배낭이 걸렸다. 배낭을 빼려는 데, 다른 쪽에 각반이 걸려서 그만 풀어져버렸다. 그가 각반을 빼내려는 데, 가만히 보니 바자울에 걸린 게 아니라 한 소녀가 그를 붙잡고 소리를 지르는 것이었다. "할아버지, 할아버지, 빵!" 다리를 보았더니, 소년은 각 반을 붙잡고 있고, 창밖으로는 노파와 농부가 그를 내다보고 있었다.

엘리세이는 잠에서 깨어나 혼잣말을 했다.

"사줘야겠다. 내일 경작지와 풀밭을 사고 말도 사고, 햇곡식이 나오기 전까지 밀가루도 사고, 아이들에게 젖소도 사주자. 그러지 않고 바다 건 너 그리스도를 찾으러 가면, 내 속에서 그리스도를 잃어버리게 될 거야. 사람들을 도와줘야지!"

엘리세이는 아침까지 잠을 푹 자고, 일찍 잠에서 깼다. 그는 부자 농부 에게 가서 호밀밭을 사고 풀밭 값을 지불했다. 팔아버린 낫도 새로 사서 집으로 가져왔다. 그는 농부를 보내 풀을 베게 했고, 자신은 마을 농가를 찾아다녔다. 한 선술집 주인이 한데 묶어서 팔러 내놓은 말과 수레를 흥 정해서 다시 사고, 밀가루도 한 포대 사서 수레에 실은 후 젖소를 사러 갔다.

엘리세이는 걷다가 두 명의 여인을 따라가게 되었다. 아낙들은 걸어 가며 자기들끼리 수다를 떨고 있었다. 우끄라이나 말로 이야기했지만, 엘리세이는 자신에 대한 말이라는 것을 알 수 있었다.

"처음에는 어떤 사람인지 몰랐던 것 같아. 그냥 평범한 사람이겠거니 했지. 그런데 지나가다 물을 마시러 들렀는데, 그곳에 주저앉은 거예요. 그 사람들에게 안 사준 게 뭐가 있는지 한번 생각해봐요. 오늘도 술집에서 말과 수레를 사줬대요. 세상에 그런 사람이 어디 있어요. 어떤 사람인지 가서 한번 보고 싶어요."

옐리세이는 그 소리를 듣고 자신을 칭송하고 있다는 것을 알고는 젖소를 사러 가지 않았다. 그는 술집에 가서 말 값을 지불했다. 그는 말에 수레를 매고 밀가루를 가지고 농가로 돌아왔다. 대문에 다가가며 멈추고는 수레에서 내려왔다. 식구들은 말을 보고 깜짝 놀랐다. 옐리세이가 자신들을 위해 말을 샀을 거라고 생각했지만 감히 입 밖에 꺼내지 못했다. 주인이 나와 문을 열어주었다.

"어디서 이 말을 가져오신 거예요, 할아버지?"

"샀지, 싸게 살 수 있었어. 풀을 베어서 밤새 먹도록 구유에 넣어주게. 그리고 이 포대 좀 내리게나."

주인이 말을 풀고, 포대를 저장소로 가져간 후, 풀을 한 아름 베어 구유에 넣었다. 그리고 그들은 잠자리에 들었다. 옐리세이는 마당에 누웠고, 저녁부터 자기 배낭을 바깥에 내놓았다. 온 식구가 잠들자, 옐리세이는 자리에서 일어나 짐을 꾸린 후 신발을 신고 외투를 입고 예핌의 뒤를 따라 길을 떠났다.

7

옐리세이는 5킬로미터 정도를 벗어났다. 해가 뜨기 시작했다. 그는 나무 아래 앉아 배낭을 풀고 남은 돈을 세기 시작했다. 세어보니, 17루블

20꼬뻬이까가 남아 있었다. 그는 생각했다. '이런, 이 돈으로는 바다 건너까지 갈 수 없어! 그리스도의 이름으로 구걸하다가는 더 큰 죄를 지을 수도 있겠어. 친구 예핌 혼자 가서 나를 위해 초를 놓아주겠지. 아마도 죽을 때까지 가지 못한 것이 짐으로 남을 테고. 그래도 감사, 자비하신 주님께서 용서하실 거야.'

옐리세이는 일어나 가방을 어깨에 메고 되돌아가기 시작했다. 다만 그는 사람들이 그를 보지 못하도록 마을을 우회했다.

옐리세이는 곧 집에 도착했다. 예루살렘으로 갈 때는 힘겹게 느껴졌고 예핌을 따라잡는 게 힘이 부친다고 생각되었지만, 돌아갈 때는 하나님께서 도우셨는지 걸으면서도 피곤을 느끼지 못했다. 그는 장난치듯이 걸으며 지팡이를 흔들었고, 하루에 70킬로미터 이상을 걸었다.

옐리세이는 그렇게 집으로 돌아왔다. 벌써 추수를 마친 후였다. 식구들은 부친이 온 것을 기뻐했고, 이것저것 캐묻기 시작했다. '어떻게 지냈느냐, 무슨 일이 있었느냐, 왜 친구와 떨어졌느냐, 어쩌다가 끝까지 가지 못하고 집으로 돌아왔느냐?'

그러나 옐리세이는 자세히 이야기하지 않았다.

"하나님께서 허락하지 않으셨단다. 가다가 길에서 돈을 잃어버리고 친구에게도 뒤처졌지. 그래서 가지 못했단다. 그리스도의 이름으로 나를 용서해주렴."

그리고 남은 돈은 늙은 아내에게 모두 주었다. 옐리세이는 집안일을 자세히 물어보았다. 모든 것이 좋았다. 모든 일이 잘 마무리되었고, 농장 일에서 무엇 하나 빠진 것이 없었으며, 모두가 평화롭고 사이좋게 지내고 있었다.

예핌의 식구들도 그날 옐리세이가 돌아왔다는 소식을 듣고 와서 자기 집 어른 소식을 물었다. 옐리세이는 그들에게 같은 답을 했다.

"그 댁 어른은, 건강하게 잘 출발했고, 우리는 성베드로제[9] 3일 전에 헤어졌네. 나도 뒤쫓아가고 싶었지만, 일이 생겨버렸단 말일세. 돈을 잃어버리는 바람에 여비가 없으니 갈 수가 없었고, 그래서 돌아왔네."

사람들은 깜짝 놀랐다. 그처럼 똑똑한 사람이 어리석게도 그런 일을 당하다니. 길을 떠났는데 목적지까지 도달하지 못하고 돈만 잃다니? 놀라워했지만 이내 곧 잊었다. 옐리세이도 그냥 잊고 말았다.

그는 집안일을 시작했다. 아들과 함께 겨울에 쓸 장작을 준비했고, 아낙들과 함께 곡식을 탈곡하고, 저장창고 지붕을 수리하고, 벌통을 정리하고, 벌통 열 개를 애벌레와 함께 이웃에게 내주었다. 아내는 판 벌통에서 얼마나 많은 애벌레가 생겼는지 숨기려고 했지만, 어떤 통이 알을 낳지 않고 어떤 통에 알을 많이 낳았는지 옐리세이가 알고 있었으므로 이웃에게 열 통이 아닌 열일곱 통을 내주었다. 옐리세이는 모든 것을 정돈하고 돈을 벌라고 아들을 보낸 후 자신은 겨우내 집에 앉아 수피화를 꼬고 벌통으로 쓸 통나무 속을 팠다.

8

옐리세이가 아픈 사람들의 농가에 머물렀던 바로 그날, 예핌은 온종일 친구를 기다렸다. 그는 마을에서 멀지 않은 곳으로 물러나 앉아 있었다. 기다리고 또 기다리다가 하품을 하고 잠을 자다 깨다 하면서 앉아 기다렸지만 친구는 여전히 오지 않았다. 눈이 빠지게 친구를 기다렸다. 벌

---

9 구력(舊曆) 6월 29일에 사도 바울과 베드로를 기리는 축일이다. 봄과 헤어지는 절기로 여름철 결혼 시즌이 시작되는 시기이기도 하다.

써 태양은 나무 뒤로 넘어갔지만, 옐리세이는 여전히 오지 않았다.

'혹시 벌써 내 옆을 지나간 건 아닐까? 어쩌면 누군가의 짐마차를 타고 지나면서 자느라 친구가 나를 못 알아본 건 아닐까? 내가 친구를 못 보았을 리는 없는데. 초원에서는 멀리까지도 보이니까. 그렇다고 내가 뒤로 갔다가는 옐리세이는 앞으로 더 나갈 거야. 더 멀어지게 되면, 그건 더 나쁜데. 앞으로 더 가자. 숙소에서 만나게 되겠지.'

그는 마을에 도착해서 그곳 수위에게 이렇게 저렇게 생긴 노인이 오면 자기가 묵은 방으로 보내달라고 부탁했다. 하지만 옐리세이는 숙소에도 오지 않았다. 예핌은 앞으로 계속 나가면서 사람들에게 대머리 노인 하나를 본 적 없느냐고 물었다. 옐리세이를 본 사람은 아무도 없었다. 예핌은 내심 놀랐지만, 혼자서 계속 걸어갔다. '오데사 근처에서 만나거나 잘하면 배에서도 볼 수 있을 거야.' 이렇게 생각하고는 더 이상 고민하지 않기로 했다.

예핌은 길에서 순례자 한 명과 마주쳤다. 순례자는 성직자 복장에 둥근 모자를 쓰고 머리를 기르고 있었다. 그는 아토스 산[10]에 다녀온 적이 있었고, 예루살렘에는 두 번째 가는 길이었다. 그들은 여인숙에서 만나 이야기를 주거니 받거니 하며 함께 여행길에 올랐다.

그들은 오데사까지 잘 도착해서 사흘 간 수많은 순례자와 함께 배를 기다렸다. 여러 지역에서 온 사람들이었다. 예핌은 또다시 옐리세이에 대해 물어보았지만, 그를 본 사람은 아무도 없었다.

예핌은 5루블을 주고 외국인 통행증을 받았다. 그는 뱃삯으로는 40루

---

10 아토스 산은 그리스 북부 마케도니아에 있는 산이며 이 산이 속한 반도 전체를 일컫기도 한다. 세계문화유산에 속한 이 지역은 20개 동방정교회 수도원의 발상지이고, 콘스탄티노폴리스 총대주교청의 직접 관할권 아래에 있다.

블을 냈고, 여행 중에 먹을 빵과 청어도 샀다. 배의 선적이 끝나자, 순례자들을 태웠다. 따라시치는 순례자들과 함께 선박에 올랐다. 배는 닻을 올리고 바다를 헤치고 나아갔다.

하루는 잘 흘러갔지만, 저녁에는 바람이 일고 비가 오기 시작했다. 선박이 흔들리면서 파도가 들이쳤다. 사람들은 이리저리 뒹굴고, 아낙들이 비명을 지르기 시작했으며 마음 약한 남자들 중에는 배 안을 이리저리 달리며 숨을 자리를 찾는 자도 있었다. 예핌도 겁이 나기는 했지만, 그래도 전혀 내색을 하지 않았다. 승선할 때부터 앉았던 자리에 그대로 앉아 하룻밤을 꼬박 보냈고, 다음날도 온종일 그렇게 앉아 있었다. 그와 나란히 땀보프에서 온 노인들이 있었는데, 그들은 자기 가방만 꼭 움켜쥐고 있을 뿐 아무 말도 하지 않았다. 사흘째가 되자, 바다는 잔잔해졌다.

닷새째 날 콘스탄티노플에 도착했다. 순례자들은 바닷가로 하선해서 지금은 터키인이 점령한 성 소피아 성당을 보고 왔다. 따라시치는 하선하지 않고 내내 선박 안에 있었다. 그는 하얀 빵만 사왔다. 배는 하루만 머물고 다시 바다로 나갔다. 배는 스미르나 시와 다른 도시 알렉산드리아에 머물렀다가 야파 시에 무사히 도착했다. 야파에서는 모든 순례자가 하선했다. 거기서 예루살렘까지 70킬로미터 이상 걸어야만 했다.

하선할 때도 사람들은 두려움에 떨었다. 선박 아래에 있는 보트로 뛰어내려야 했는데, 선박의 높이가 높고 배가 흔들려서 잘못하다가는 배가 아니라 바다로 떨어질 수 있었던 것이다. 두 사람 정도가 물에 젖었지만, 그래도 어쨌든 모두 무사히 하선했다. 거기서 걸어서 사흘 만에 점심때 즈음에 예루살렘에 도착할 수 있었다.

예핌은 예루살렘 근교에 있는 러시아인 여인숙에 머물면서 통행증에 도장도 받고 함께 식사를 한 뒤 순례자와 함께 성지를 보러 나섰다. 예수 그리스도의 무덤에는 아직 입장이 허용되지 않았다.

총대주교 수도원에 가니 모든 참배자를 모아 신발을 벗고 여성과 남성 따로 둥글게 앉게 했다. 수도사가 수건을 들고 나와 모두의 발을 씻기기 시작했다. 발을 씻어주고, 물기를 닦고 키스해주면서 모두를 한 바퀴 돌았다. 예핌의 발도 닦아주고 키스해주었다. 저녁과 아침에 예배를 드리고, 기도를 한 후 촛불을 밝히고 기도 시간에 언급되도록 부모님의 이름을 성직자에게 적어주었다.

그 후 빵과 포도주를 나누어 주었다. 아침에는 이집트의 마리아[11]가 고행을 한 독수방으로 갔다. 그는 그곳에서 촛불을 밝히고 기도를 드린 후 아브라함의 수도원[12]에 가서 아브라함이 아들을 번제물로 바치려고 했다던 사베끄 정원을 보았다. 그 후 그들은 그리스도가 막달라 마리아에게 나타나셨던 장소와 주님의 형제[13]인 야고보의 교회에 다녀왔다. 함께하던 순례자는 이 모든 장소를 안내하면서 어느 장소에서 얼마나 헌

---

11 5세기 중반, 이집트 출신의 성녀로 구력으로 4월 1일에 그녀를 기념한다. 동방정교와 가톨릭은 회개하는 여인의 수호자로서 그녀를 성인으로 추대했다. 12세에 부모를 떠나 알렉산드리아에 가서 17년 동안 탕녀로 살다가, 순례자들을 유혹하려는 목적으로 성지순례를 함께 떠난다. 그러나 알 수 없는 힘에 이끌려 예루살렘에 있는 성묘교회(예수 그리스도의 묘지가 있는 교회)에 들어가지 못하게 되자, 그녀는 성모 마리아 상 앞에 나아가 회개한다. 그 후 마리아의 음성에 따라 요단강을 건너 이집트 사막에서 47년을 홀로 고행한 후 기적을 행하는 성녀의 경지에 오른다.

12 예루살렘의 성묘교회 근처에 있는 수도원으로 비잔틴 콘스탄틴 황제의 어머니인 옐레나의 말에 따르자면, 구약에서 이스라엘의 조상 아브라함이 백세 때 얻은 아들 이삭을 하나님의 명령에 따라 제물로 드리고자 했던 모리아 산이 이 장소라고 한다. 옐레나는 그리스도의 무덤 위에 최초의 바실리카 건물을 세웠다.

13 신약성경의 마태복음과 마가복음에 따르면 예수 그리스도에게는 야고보, 요셉, 시몬, 유다와 여동생 둘이 있었다. 러시아정교회와 가톨릭에서는 성모 마리아가 평생 동정이었다고 생각하므로 이 형제들은 예수 그리스도의 친형제가 아니었다고 본다. 러시아정교에서는 이 형제들은 아버지인 요셉과 그의 전처가 낳은 아이들이라는 전승을 믿고 있고, 로마가톨릭에서는 이 야고보가 성모 마리아의 언니인 마리아가 알패오와의 사이에서 낳은 아들이라고 믿고 있다. 즉, 예수 그리스도와는 이복 사촌 형제라고 보는 것이다.

금을 하면 되는지 알려주었다. 점심 무렵 모두들 여인숙으로 돌아와 점심을 먹었다.

모두가 잠자리에 들 준비를 하는데, 순례자가 탄식하며 자기 옷을 샅샅이 뒤지기 시작했다.

"소매치기를 당했네. 23루블이 든 돈주머니가 있었는데…. 10루블짜리 두 장과 잔돈으로 3루블이 있었네."

순례자는 한탄하고 또 했지만, 어쩔 도리가 없었다. 모두가 자기 위해 누웠다.

9

예핌은 잠자리에 누웠지만, 자꾸 의심스런 생각이 들었다. '저 순례자는 소매치기를 당한 게 아니야. 저 사람에게는 돈이 없었던 것 같은데. 아무데서도 헌금을 한 적이 없잖아. 나한테는 헌금을 하라고 했지만, 자기는 내지 않고, 나한테서 1루블마저 가져가 대신 내게 했지.'

예핌은 그런 생각을 하면서 자신을 비난하기 시작했다. '죄인인 주제에 내가 뭐라고 사람을 판단하는가. 생각하지 말아야겠다.' 하지만 잊으려고 하면, 또다시 순례자가 얼마나 돈에 민감하게 굴었는지 기억나기 시작했고, 아무래도 돈주머니를 소매치기 당했다는 말은 사실이 아니라는 생각이 들었다. '저 사람에게는 애초부터 돈이 없었어. 다 꾸며낸 이야기야.'

아침에 일어나 그리스도의 무덤이 있는 부활대성당에 이른 예배를 드리러 나갔다. 순례자는 예핌을 한시도 떠나지 않고 함께 걸었다.

성당에 도착하니, 기도하는 순례자들이 무수히 많았다. 러시아인, 그리스인, 아르메니아인, 터키인, 시리아인 등 여러 나라에서 온 사람이 많이 모여 있었다. 예핌은 사람들과 함께 거룩한 문으로 들어갔다. 수도사가 그들을 인도했는데, 터키의 파수병 옆을 지나 십자가에서 구세주를 내려 성유를 발랐다고 알려진 곳으로 그들을 데려갔다. 그곳에는 아홉 개의 큰 촛대에 불이 밝혀져 있었다. 그는 모든 것을 보여주며 일일이 설명해주었다.

예핌은 그곳에 초를 밝혔다. 나중에 수도사들은 오른쪽 계단을 타고 십자가가 서 있던 장소인 골고다로 예핌을 인도했다. 예핌은 그곳에서 기도를 드렸다. 그 후 그들은 지옥까지 갈라졌다는 땅의 틈새를 예핌에게 보여주었고, 나중에 그리스도의 팔과 다리가 십자가에 못 박힌 장소를 보여주고 그리스도의 피가 아담의 뼈까지 흘렀다는 아담의 무덤을 보여주었다. 그 후 그들은 가시면류관을 씌웠을 때 그리스도가 앉아 계셨던 바위로 그를 데려갔다. 그러고는 그리스도를 채찍으로 쳤을 때 그를 결박했던 기둥으로 안내했다. 그 후 예핌은 그리스도의 발에 채워졌던 구멍이 두 개 뚫린 돌도 보았다. 그 밖에도 또 뭔가를 더 보여주려고 했고, 사람들은 서두르기 시작했다. 모두가 서둘러 그리스도의 무덤이 있는 동굴로 갔다. 그곳에서 다른 종파의 예배가 끝나고, 정교회 예배가 시작되었다. 예핌은 사람들과 함께 동굴로 다가갔다.

그는 순례자에게서 떨어지고 싶었다. 머릿속에는 순례자에 대해 죄를 짓는 생각이 가득했지만, 순례자는 그를 한시도 떠나려 하지 않았다. 그들은 그리스도의 무덤에서 진행되는 예배에 함께 갔다. 그들은 더 가까이 가고 싶었지만, 그러지를 못했다. 사람이 어찌나 많던지 앞으로도 뒤로도 꼼짝할 수 없었다. 예핌은 서서 앞쪽을 바라보며 기도하면서도 지갑이 제자리에 있는지 노심초사 더듬었다. 그의 생각은 둘로 나뉘어 있었다. 첫 번째는 순례자가 그를 속이고 있다는 생각이었고, 두 번째는 순례자가 진짜 소매치기를 당했더라도 자기한테는 그런 일이 일어나지 않았으면 했다.

10

예핌은 서서 기도를 드리며 앞쪽에 관과 그 관 위에 서른여섯 개의 등잔불이 타오르는 작은 예배당 안을 바라보았다. 예핌이 서서 머리 너머로 보니 기적같은 일이 펼쳐지고 있었다! 가만히 보니, 성화[14]가 타고 있는 램프 바로 아래 맨 앞자리에 옐리세이 보드로프와 마찬가지로 농민 외투를 입고 있는 대머리 노인이 보이는 것이었다.

'옐리세이를 닮았군. 하지만 옐리세이일 리 없는데! 나보다 먼저 와 있을 리가! 우리가 떠나기 일주일 전에 배가 떠났는데, 그 친구가 그렇게 앞설 수는 없거든. 그리고 우리 배에는 없었어. 내가 순례자를 전부 살펴보았는데.'

예핌은 그렇게 생각만 할 뿐, 기도를 시작하고 세 번 절을 했다. 한 번은 앞에 계신 하나님께, 다음에는 정교회 형제들을 향해 양 방향으로 절을 했다. 노인이 오른쪽으로 머리를 돌렸을 때, 예핌은 또 그를 보았다. 보드로프였다. 검게 곱실대는 구레나룻과 뺨에 난 새치, 눈썹, 눈, 코, 모든 것이 그의 모습이었다. 옐리세이 보드로프가 틀림없었다.

예핌은 친구를 찾아서 기뻤고, 어떻게 옐리세이가 그보다 앞서 올 수 있었는지 놀라지 않을 수 없었다.

---

14 부활절 전야 토요일에 매년 특별한 미사를 드리며 예수 그리스도의 관 옆에서 피우는 불을 말한다.

'잘했군, 보드로프. 그런데 어떻게 저렇게 앞쪽에 선 거야! 저 자리로 데려다준 사람을 만났나 보다. 나갈 때 그 사람을 찾아야겠다. 둥근 모자를 쓴 순례자를 버리고 저 친구와 함께 다녀야겠어. 그럼, 친구가 나를 앞자리로 인도하겠지.'

예핌은 옐리세이를 놓치지 않으려고 계속 앞을 주시했다. 오전 예배가 끝나자, 사람들이 무덤에 입맞춤하러 가기 위해 흩어지며 운집하여 예핌을 한쪽으로 밀어붙였다. 돈주머니를 소매치기 당하지 않을까 하는 마음이 다시 그를 덮쳤다. 예핌은 돈주머니를 손에 꼭 쥔 채 군중을 헤치면서 넓은 곳으로 나가려고 애썼다.

넓은 장소로 나온 예핌은 이리저리 다니며 그곳과 성당 안에서 옐리세이를 찾고 또 찾았다. 그곳 성당과 독수방에서 많은 사람을 보고 또 보았다. 그곳에서 밥 먹고 술 마시고 잠 자고 책을 읽는 온갖 사람을 샅샅이 보았지만, 옐리세이만큼은 아무 데도 없었다. 예핌은 여인숙에 돌아왔지만, 그곳에도 친구는 없었다. 그날 저녁에 순례자는 돌아오지 않았다. 그는 1루블도 돌려주지 않은 채 사라져버렸다. 예핌은 혼자 남았다.

다음 날 예핌은 같은 배를 타고 왔던 땀보프의 노인과 함께 그리스도의 무덤에 다시 갔다. 앞자리로 가려고 했지만, 다시 사람들에게 밀려나는 바람에 기둥 옆에 서서 기도하게 되었다. 앞쪽을 봤더니 다시 그리스도의 관 바로 옆의 램프 아래, 맨 앞자리에서 옐리세이가 제단 옆 성직자처럼 두 팔을 벌리고 서 있었고, 그의 대머리는 온통 빛나고 있었다.

'자, 이제는 저 친구를 놓치지 말아야지.' 예핌은 앞으로 비집고 나갔다. 군중을 헤치고 가봤지만, 옐리세이는 없었다. 아마도 떠난 것 같았다. 사흘째 되는 날 가서 보니, 옐리세이가 다시 그리스도의 관 옆에서 모든 사람이 볼 수 있는 가장 성스러운 자리에 서서 두 팔을 벌리고 위를 바라보고 있는 것이었다. 마치 머리 위에 있는 무언가를 보는 것 같았다. 그의 대머리는 여전히 환하게 빛나고 있었다.

'이번에는 정말 놓치지 말아야지. 입구에 가서 서 있어야겠다.' 예핌은 입구로 나가 반나절을 지키고 서 있었다. 그러나 모든 사람이 지나갔어도 옐리세이는 없었다.

예핌은 예루살렘에 6주 동안 머물면서 주변을 다 둘러보았다. 베들레헴, 베다니, 요단강에도 갔고, 그리스도의 무덤 옆에서 자기 장례 때 입을 새 셔츠에 도장도 받았으며 요단강 물을 병에 받고, 성화를 태운 초도 챙기고, 여덟 군데에 기도 부탁 명단을 올리고, 집으로 돌아갈 여비만 남기고는 모든 돈을 소비했다.

예핌은 집으로 되돌아가기 시작했다. 그는 야파까지 와서 배를 탔고 오데사까지 배를 타고 와서는 집까지 걸어갔다.

11

예핌은 왔던 길을 그대로 되돌아가고 있었다. 집에 가까워질수록 자기 없이 집은 어찌 돌아가고 있었는지 걱정하는 마음이 다시 그를 사로잡았다. '1년 동안 많은 일이 일어났겠지. 집을 세우는 데는 한참 걸리지만, 무너지는 데는 금방이야. 나 없이 아들이 일을 잘 처리했을까? 봄은 어떻게 시작했을까? 가축은 겨울을 어떻게 났을까? 집은 다 지었을까?'

예핌은 지난해에 옐리세이와 헤어졌던 장소까지 도달했다. 사람들은 알아볼 수 없을 정도로 변해 있었다. 지난해에 빈궁하게 살던 사람들이 지금은 풍족해졌다. 들판의 수확도 풍성했다. 사는 게 좋아져서 예전의 슬픔은 찾아볼 수 없었다. 저녁에 예핌은 지난해에 옐리세이가 뒤처졌던 바로 그 마을에 들어가게 되었다. 마을에 들어가자마자, 하얀 셔츠를 입은 소녀가 집에서 뛰어나왔다.

"할아버지, 할아버지! 우리 집에 들어오세요."

예픰은 그냥 지나가고 싶었지만, 소녀가 웃으며 그를 놓아주지 않고 옷자락을 붙잡아 농가 안으로 끌고 갔다.

남자아이를 데리고 있는 여자가 현관계단으로 나와 그를 손짓해서 불렀다. "할아버지, 들어오셔서 식사하고 하룻밤 주무시고 가세요." 예픰은 집으로 들어갔다. '이참에 옐리세이에 대해 물어봐야겠다. 그때 그 친구가 바로 여기로 물을 마시러 들어갔었는데….'

예픰은 집으로 들어갔고, 여자는 그의 등에서 배낭을 받아주고, 세수할 수 있게 해준 다음 식탁 앞에 앉혔다. 우유와 잼, 죽을 식탁 위에 차려주었다. 따라시치는 고맙다고 인사한 후 순례자들을 환대하는 것을 보며 그들을 칭송했다.

그러자 여자가 머리를 흔들었다.

"우리는 순례자들을 환대하지 않을 수 없답니다. 한 순례자 덕분에 인생에 대해 알게 되었거든요. 우리는 하나님을 잊고 살았어요. 그 덕에 하나님의 징계를 받아 죽을 날만 기다리고 있었지요. 작년 여름에 모두가 자리에 누워 먹을 것 하나 없이 병드는 지경에 이르렀어요. 우리 모두 죽을 날만 기다리고 있는데, 하나님께서 꼭 할아버지와 비슷한 노인을 보내주셨어요. 그분이 대낮에 물을 달라고 하며 들어오셨는데, 우리를 보고는 불쌍히 여기셔서 이 집에 남으셨어요. 물을 길러 마시게 하고, 밥을 먹이고, 다시 일어설 수 있도록 해주셨어요. 땅도 되찾아주시고, 수레와 말도 사주셨어요. 그러고는 우리를 떠나셨지요."

노파가 오두막에 들어와 여자의 말을 가로챘다.

"우리도 모르겠더라고요. 그분이 사람인지, 하나님의 천사인지. 모두를 사랑하고, 모두를 불쌍히 여기고는 떠나셨어요. 자신이 누구인지 이름도 말씀하지 않으시고요. 그래서 우리는 누구를 위해 기도해야 하는 지도 모른답니다. 지금도 눈에 선하답니다. 누워서 죽음을 기다리고 있는데, 보니 한 호인으로 보이는 대머리 노인이 들어와 물을 좀 달라는 거예요. 죄 많은 저는 생각했죠. '왜 저렇게 어슬렁거리며 다니는 거야?' 그런데 그분이 어떤 일을 하셨는지 아세요? 우리를 보더니, 배낭을 벗고, 바로 이 자리에 놓고 풀기 시작하셨어요."

소녀가 끼어들었다.

"아니야, 할머니. 처음에는 이곳 한가운데 배낭을 놓았다가, 나중에 의자 위에 놓았어요."

그리고 그들은 그의 말과 행동을, 그러니까 그가 어디에 앉았는지 어디서 잤는지 무슨 일을 했는지 누구에게 무슨 말을 했는지를 앞다투어 전했다.

밤이 되자, 주인 농부가 말을 타고 와서 역시 마찬가지로 옐리세이에 대해 자기 집에서 어떻게 살았는지 얘기하기 시작했다.

"그분이 우리에게 오지 않았다면, 우리 모두 죄 가운데 죽었을 겁니다. 우리는 절망 가운데 죽어가면서 하나님과 사람에게 불평하고 있었습니다. 그분이 우리를 두 발로 설 수 있게 해주셨고, 그분을 통해 저희는 하나님을 알게 되었고, 이 세상에 선한 사람이 있다는 것을 믿게 되었습니다. 그리스도께서 그분을 구원하시기를! 이전에는 짐승처럼 살던 우리를 그분이 사람으로 만들어주셨어요."

이들은 예핌을 잘 먹이고, 잘 마시게 한 후 잠자리를 마련해주고 자신들도 잠자리에 들었다.

예핌은 누웠지만 잠이 오지 않았다. 예루살렘에서 옐리세이를 맨 앞 자리에 세 번 본 일이 뇌리에서 떠나지 않았다.

'어디서 그 친구가 나를 앞질렀는지 알겠군! 내 노력이 받아들여졌는

지 아닌지는 모르겠지만, 그 친구의 노력은 주님께서 받으셨구나.'

아침에 그들은 예핌과 작별인사를 하며 길 가면서 먹으라고 그에게 빵을 준 후 일을 하러 나갔고, 예핌은 길을 떠났다.

12

예핌의 여정은 정확히 1년 걸렸다. 봄이 되어 집에 돌아왔다.

저녁 때 즈음에 도착했다. 아들은 집에 없고 선술집에 가 있었다. 아들은 잔뜩 취해 집에 왔고, 예핌은 아들을 다그치기 시작했다. 여러 정황으로 미루어 보아 그가 없을 때 아들은 엉망진창으로 살았던 게 분명했다. 돈도 모조리 허비했고, 해야 할 일도 하지 않았던 것이다. 아버지가 아들을 꾸짖자, 아들도 무례하게 굴기 시작했다.

"아버지가 하지 그랬어요. 떠나면서 우리 돈을 다 가져가놓고는 그걸 나한테서 찾는 거잖아요."

노인은 대노하여 아들에게 손찌검을 했다.

아침이 되자, 예핌 따라시치는 촌장에게 아들에 대해 말하려고 나갔다가 옐리세이의 집 마당을 지나게 되었다. 옐리세이의 아내가 현관계단에 서 있다가 그에게 인사했다.

"잘 다녀오셨어요, 영감님?"

예핌은 걸음을 멈추었다.

"주님 덕분에 잘 다녀왔습니다. 댁 주인을 놓쳤는데, 집에 잘 돌아왔다고 들었습니다."

노파는 말하기 시작했다. 수다 떠는 것을 좋아하는 옐리세이의 아내가 이때를 놓칠 리 없었다.

"네, 돌아온 지 한참 되었어요. 성모승천주일[15] 직후 바로요. 그이가 돌아와서 우리 모두 얼마나 기뻤는지 몰라요! 그이 없이 참 따분했거든요. 그이한테서 일 잘하는 걸 기대하기는 힘들어요. 이제 나이가 많으니까요. 그래도 가장이지요. 덕분에 우리 기분이 더 좋아져요. 아들도 얼마나 기뻐하는데요! 아버지가 없으면 눈에 빛이 없는 것 같다고 한답니다. 그이 없이는 모두 따분하다고 생각해요. 모두 그이를 사랑한답니다. 우리가 얼마나 아끼는데요."

"그 사람 지금 집에 있나요?"

"집에 있어요. 양봉장에서 벌을 모으고 있답니다. 벌이 잘된대요. 하나님께서 벌들에게 어찌나 힘을 주셨는지, 저희 주인도 그런 벌은 처음 봤다고 하더라고요. 우리 죄를 보지 않으시고 주님께서 주시네요. 들어오세요. 그이가 아주 기뻐할 겁니다."

예핌은 현관과 마당을 지나 양봉장에 있는 옐리세이에게 갔다. 양봉장에 들어가 보니, 옐리세이가 망도, 벙어리장갑도 끼지 않은 채 회색 농민외투를 입고 자작나무 아래에 서 있었다. 그는 두 팔을 벌리고 하늘을 바라보고 있는데, 예루살렘에서 주님의 무덤 옆에 있었을 때처럼 그의 대머리가 온통 빛나고 있었다. 예루살렘에서처럼, 불길이 타오르듯 그 위의 자작나무 사이로 태양이 이글거리고 있었고, 황금색 꿀벌들이 화환처럼 그의 머리 주변을 맴맴 돌고 있었지만, 그를 쏘지는 않았다.

예핌은 그 자리에 멈춰 섰다. 옐리세이의 노파가 남편을 불렀다.

"친구분 오셨어요!"

---

15 성모 마리아의 죽음을 기념하는 동방정교회, 러시아정교회, 로마가톨릭의 축일이다. 전승에 따르면 이날 여러 지역에서 복음을 전하던 사도들이 기적적으로 예루살렘에 모여 성모 마리아와 작별인사를 하고 장례에 참여할 수 있었다고 한다. 구력으로 8월 15일이다.

옐리세이는 돌아보고는 기뻐하며 친구를 맞으러 나오면서 구레나룻에서 살짝 벌을 끄집어냈다.

"친구, 잘 있었나? 순례는 건강하게 잘 다녀왔고?"

"내 발이 잘 다녀왔지. 자네에게 요단강 물을 가져왔네. 우리 집에 들러 가져가게. 주님께서 내 노고를 받으셨을지…."

"다행일세, 그리스도가 도우시기를."

예핌은 입을 다물었다.

"발만 갔다 온 건지, 영혼도 다녀온 건지. 아니면 다른 누가 갔다 온 건지…."

"하나님께서 하실 거네, 하나님께서."

"돌아오는 길에 자네가 뒤처진 그 농가에 들렀다네…."

옐리세이는 깜짝 놀라 서둘러 물었다.

"주님께서 하셨군, 친구. 주님께서 하셨어. 들어오게, 집으로 들어오게. 꿀을 가져옴세."

옐리세이는 말을 얼버무리고는 집안일 얘기로 말문을 돌렸다.

예핌은 한숨을 쉬고, 옐리세이에게 그곳 사람들이나 예루살렘에서 목격한 친구의 모습에 대해서는 언급하지 않았다. 하나님께서는 세상 사는 동안 죽을 때까지 각 사람에게 사랑과 선행으로 하나님께 경의를 표하도록 명하셨다는 것을 그는 깨달았다.

초반에 불길을 잡지 못하면 끌 수가 없다

그때에 베드로가 나아와 이르되 주여 형제가 내게 죄를 범하면 몇 번이나 용서하여 주리이까 일곱 번까지 하오리이까. 예수께서 이르시되 네게 이르노니 일곱 번뿐 아니라 일곱 번을 일흔 번까지라도 할지니라.

그러므로 천국은 그 종들과 결산하려 하던 어떤 임금과 같으니 결산할 때에 만 달란트 빚진 자 하나를 데려오매 갚을 것이 없는지라 주인이 명하여 그 몸과 아내와 자식들과 모든 소유를 다 팔아 갚게 하라 하니 그 종이 엎드려 절하며 이르되 내게 참으소서 다 갚으리이다 하거늘 그 종의 주인이 불쌍히 여겨 놓아 보내며 그 빚을 탕감하여 주었더니 그 종이 나가서 자기에게 백 데나리온 빚진 동료 한 사람을 만나 붙들어 목을 잡고 이르되 빚을 갚으라 하매 그 동료가 엎드려 간구하여 이르되 나에게 참아 주소서 갚으리이다 하되 허락하지 아니하고 이에 가서 그가 빚을 갚도록 옥에 가두거늘 그 동료들이 그것을 보고 몹시 딱하게 여겨 주인에게 가서 그 일을 다 알리니 이에 주인이 그를 불러다가 말하되 악한 종아 네가 빌기에 내가 네 빚을 전부 탕감하여 주었거늘 내가 너를 불쌍히 여김과 같이 너도 네 동료를 불쌍히 여김이 마땅하지 아니하냐 하고 주인이 노하여 그 빚을 다 갚도록 그를 옥졸들에게 넘기니라.

너희가 각각 마음으로부터 형제를 용서하지 아니하면 나의 하늘 아버지께서도 너희에게 이와 같이 하시리라(마태복음 18:21-35).

한 마을에 이반 쉬체르바꼬프라는 농부가 살고 있었다. 그의 삶은 평온했다. 아직 몸이 건강했고, 마을에서 제일가는 일꾼이었으며, 세 아들은 이미 장성했다. 큰 아들은 결혼했고, 둘째는 약혼녀가 있었으며, 셋째는 청소년으로 말을 돌보고 밭 일구는 것을 돕기 시작했다. 이반의 아내는 영리한 살림꾼이었고, 며느리도 온순하고 부지런했다. 이반은 가족과 함께 다복하게 잘살고 있었다. 집 안에서 일하지 않는 식구라고는 단 한 명, 몸이 아픈 아버지뿐이었다. 아버지는 천식으로 벌써 7년째 벽돌난로 위에 누워 지내는 중이었다.

이반의 집에는 모든 것이 풍족했다. 종마와 말 세 마리, 망아지와 암소가 있었고, 양도 열다섯 마리나 되었다. 아낙들은 농부들에게 신발을 만들어주고 옷을 지어주고 들에 나가 일도 했다. 농부들은 열심히 농사를 지었다. 곡물은 다음 해까지 남아돌았다. 귀리도, 세금을 내고 모두의 필요를 충분히 채울 만큼 풍족하게 수확했다. 이렇게 이반은 자녀들과 함께 풍족하게 잘 지내고 있었다. 다만 고르제이 이바노프의 아들인 절름발이 가브릴로와 집을 맞대고 이웃으로 살고 있었는데, 이반은 그들과 사이가 좋지 않았다.

고르제이 노인이 살아 있고 이반의 아버지가 살림을 주도했을 때 두 농부는 사이좋은 이웃으로 잘 지냈다. 아낙들이 체나 물통이 필요하거나 농부들이 베천이나 바퀴가 잠시 필요하면 서로에게 사람을 보냈고, 그렇게 이웃끼리 서로 도우면서 살았다. 송아지가 곡식 창고에 잘못 들어가면 쫓아내면서 이렇게 말하고 그만이었다. "곡식을 아직 치우지 못했으니까, 오지 못하게 해주게." 곡식 창고나 헛간에 송아지를 숨기거나 문을 잠가놓거나 서로 욕하는 일은 꿈에도 생각하지 못했다.

아버지 때는 그렇게들 살았다. 그런데 젊은 세대가 살림을 시작하자 상황이 달라지고 말았다. 모든 것이 하찮은 데서부터 시작되었다.

이반의 며느리가 키우던 암탉이 때 이르게 알을 낳기 시작했다. 새댁은 부활절을 맞아 달걀을 모으고 있었다. 날이 밝으면 며느리는 달걀을 가지러 헛간 아래에 있는 닭 우리에 들어가곤 했다. 그런데 아마도 아이들이 암탉을 놀라게 했는지 암탉이 울타리를 넘어 이웃으로 날아가 거기서 알을 낳아버렸다.

새댁은 암탉이 꼬꼬댁하는 소리를 들었지만 '부활절에 맞춰 집을 청소하려니 지금은 너무 바쁘네. 조금 있다가 달걀을 가지러 가야지'라고 생각했다. 저녁에 헛간 옆에 붙은 닭 우리로 가봤는데, 달걀이 없었다. 새댁은 시어머니와 시숙에게 달걀을 가져왔느냐고 물었다. 그들은 아니라고 했다. 그런데 제일 아래 시동생인 따라스까가 이렇게 말했다. "형수, 암탉이 이웃집 마당에 알을 낳았어요. 거기서 꼬꼬댁하더니, 다시 날아 돌아왔어요." 새댁이 자기 암탉을 보니, 수탉과 함께 홰에 앉아 눈을 붙이고 잘 준비를 하고 있었다. 어디다 알을 낳았느냐고 물어보고 싶은 마음이 굴뚝같았지만 대답을 못할 테니 새댁은 이웃집으로 가보았다. 한 노파가 그녀를 맞이했다.

"새댁, 뭐가 필요하우?"

"저기요, 할머니. 우리 암탉이 이 집으로 좀 전에 날아왔는데요, 여기서 알을 낳지 않았나요?"

"전혀 보지 못했는데. 우리 집 암탉들은 이미 오래전에 알을 다 낳았어. 우리는 달걀을 다 모아놓아서 남의 집 달걀 같은 건 필요도 없고. 새

댁, 우리는 알을 모으러 다른 집 마당을 다니지도 않는다네.”

새댁은 그 말에 기분이 나빠져서 해서는 안 될 말을 했고, 이웃 할머니도 두 마디 더 쏘아붙였다. 그렇게 두 아낙이 서로 욕설을 퍼붓게 되었다. 물을 길러 온 이반의 아내가 싸움에 끼어들었다. 가브릴로의 아내가 뛰어나와 이웃집 여자를 욕하면서 있는 말 없는 말을 쏟아버렸다. 그렇게 한바탕 소동이 일어났다. 모두가 소리를 지르며 서로 질세라 한꺼번에 쏘아붙여댔다. 하는 말들도 하나같이 나쁜 말뿐이었다. 너는 이렇고 저렇고, 도둑에 화냥년이고, 시아버지가 너 때문에 병들어 죽을 거라는 둥, 너는 아무짝에도 쓸모가 없다는 둥 별의별 얘기가 다 나왔다.

“거지 같은 것이 내 체에 구멍을 내질 않나! 너희 집에 있는 멜대도 우리 거잖아. 내놔, 멜대!”

서로 멜대를 붙잡는 바람에 물이 쏟아졌고, 옷이 찢기고 몸싸움이 시작되었다. 그때 밭에서 가브릴로가 돌아와 자기 마누라 편을 들었다. 그러자 이반과 아들이 밖으로 나와 한 덩어리로 싸움이 붙었다. 이반은 건장한 농부였기 때문에 모두를 사방으로 날려버렸다. 그는 가브릴로의 구레나룻을 한 움큼 뽑아버렸다. 사람들이 몰려나와 억지로 그들을 떼어놓았다.

여기서부터 모든 일이 시작되었다.

가브릴로는 자기 수염 한 움큼을 진정서에 싸서 재판을 받기 위해 마을 재판정에 가져갔다.

“저 주근깨 반까[16]에게 이렇게 뜯기려고 내가 지금까지 이 구레나룻을 길러 온 게 아니란 말이요.” 그가 말했다.

---

16 이반을 비하하여 부르는 말이다.

가브릴로의 아내는 그들이 이반을 고발했으니, 이제 이반을 시베리아로 보내버릴 것이라고 이웃에 떠벌리고 다녔다. 반목은 그렇게 시작되었다.

벽돌난로에 누운 노인은 첫날부터 그만두라고 설득했지만, 젊은 사람들은 그 말을 듣지 않았다. 노인은 그들에게 말했다.

"애들아, 정말 아무것도 아닌 일로 쓸데없는 짓을 하는구나. 이 모든 일이 달걀 하나 때문에 일어났다는 걸 생각해봐라. 애들이 달걀을 집어들었다고 그게 뭐 그렇게 큰일이란 말이냐. 달걀 하나가 얼마나 한다고. 하나님은 모두에게 넉넉히 주시는 분이 아니더냐. 자, 나쁜 말을 했으면 가서 잘못을 고쳐주고, 어떻게 하면 좋은 말을 할 수 있는지 가르쳐주거라. 자, 사람은 죄인이니 싸울 수도 있지. 그러기도 하지. 하지만 이제는 가서 화해하고 모든 걸 덮어줘라. 악한 방향으로 가면, 더 나쁜 일만 생길 뿐이야."

하지만 젊은이들은 노인의 말을 듣지 않았고, 그저 사정을 잘 몰라 잔소리를 하는 것뿐이라고 생각했다.

이반은 이웃에게 굽히지 않았다.

"내가 저 사람 구레나룻을 뽑은 게 아니라, 자기 스스로 뜯은 겁니다. 저자의 아들이 내 머리카락과 셔츠를 다 찢어놓았다고요. 자, 보세요."

그러자 이반도 재판을 하러 갔다. 이들은 군 재판소에서도, 읍 재판소에서도 재판을 받았다. 재판이 진행되는 사이에 가브릴로의 집 수레에서 이음볼트가 사라졌다. 가브릴로의 집 아낙들은 이반의 아들이 이음볼트를 훔쳐갔다고 죄를 뒤집어씌웠다.

"밤에 그 애가 창 옆을 지나 수레로 다가가는 것을 봤어요. 옆집 아주머니도 그 애가 선술집에 들러서 볼트를 주고 술을 달라고 했다고 하더라고요."

또다시 재판이 시작되었다. 허구한 날 욕설과 싸움이 끊이질 않았다. 아이들도 나이든 사람들한테 배워 서로 욕지거리를 하느라 여념이 없었고, 아낙들도 강가에서 만나면 빨래하다가도 혀를 놀리느라 정신이 없었다. 하나같이 악에 받친 소리들이었다.

처음에는 농부들이 서로 비난하는 정도였지만, 나중에는 더 심각해져 잘못 갖다 놓은 물건을 서로 가져가는 지경에 이르렀다. 여인네들도, 아이들도 곧잘 따라했다. 그들의 삶은 점점 더 나빠져만 갔다. 이반 쉬체르바꼬프와 가브릴로는 마을 회합에서도, 마을 재판소에서도, 중재 재판소에서도 계속 재판을 했으므로 모든 판사가 이들을 지긋지긋해할 정도였다. 가브릴로가 이반에게 벌금을 물게 하거나 감방에 보내면, 이반도 가브릴로에게 그렇게 했다. 서로에게 분탕질을 하면 할수록 증오심은 더 심해졌다. 달려들어 겨루면 겨룰수록 더 사나워지는 개들 같았다. 뒤에서 치면, 개는 자기를 무는 줄 알고 성을 더 내는데, 이 농부들이 그러했다. 소송을 하러 가고, 벌금이나 징역형을 받으면, 그것으로 서로 마음에 불일 듯 분노가 폭발했다. '두고 봐라. 내가 다 되돌려줄 테니.'

그들 간의 불화는 6년 동안 지속되었다. 다만 노인만 벽돌난로에서 같은 말을 되풀이하고 있었다. 양심을 일깨우기 시작했던 것이다.

"얘들아, 너희들 무슨 짓을 하고 있는 거냐? 그런 계산일랑 다 치워버리고 각자 할 일을 하거라. 사람들에게 악을 품지 말고. 그래야 복을 받는다. 악을 품으면 품을수록 복을 못 받아."

그러나 아무도 노인의 말을 듣지 않았다.

그렇게 7년째가 되었고, 이반의 며느리는 어느 결혼식장에 모인 사람들 앞에서 가브릴로에게 망신을 주며 그가 말을 훔치는 걸 들켰다고 폭로하고 말았다. 가브릴로는 술에 취해 분을 참지 못한 나머지 아낙을 세게 쳤고, 그 바람에 며느리는 일주일 동안 몸져누워 있어야만 했다. 더구나 며느리는 임신한 몸이었다. 이반은 기회를 놓칠 세라 오히려 기뻐하며 고소장을 들고 예심판사를 찾아갔다. '이제야 끝장을 보게 되겠군. 저 녀석은 감옥이나 시베리아를 피하기 힘들 거야.'

하지만 예심판사는 고발을 받아들이지 않았다. 아낙을 조사해봤는데, 바로 자리를 털고 일어났고, 상처도 없었던 것이다. 이반은 치안판사에게 달려갔고, 재판정은 사건을 지방법원으로 넘겼다. 이반은 동분서주하며 소송에 매달렸고, 책임자와 서기에게 술을 대접해 가브릴로의 등을 채찍으로 때리는 태형을 선고하도록 애를 썼다. 그래서 법정에서 가브릴로에게 이런 결정이 내려졌다. 서기가 판결문을 읽었다.

"본 법정은 다음과 같이 선고한다. 농부 가브릴로 고르제예프에게 스무 대의 태형에 처한다."

이반은 이 선고를 듣고 가브릴로가 어떻게 하나 지켜보았다. 가브릴로는 백지장처럼 창백해진 채 몸을 돌려 현관을 향해 나갔다. 이반이 그 뒤를 따라 말 있는 곳으로 가려는데 가브릴로가 이렇게 말하는 소리를 들었다.

"좋았어, 내 등을 채찍으로 친단 말이지. 내 등이 후끈해지겠지. 하지만 자기 것에 불이 나면 더 뜨거울걸."

이반은 이 소리를 듣고 곧바로 판사들에게 돌아갔다.

"공정하신 판사님들이여! 저자가 집을 불태우겠다고 위협합니다. 제 말을 들어주십시오. 증인들이 있는 데서 그런 말을 했습니다."

그들이 가브릴로를 불렀다.

"자네가 그런 말을 했다는 것이 사실인가?"

"저는 아무 말도 하지 않았습니다. 판사님들 권한이니, 저를 채찍으로 치십시오. 저 혼자만 억울하게 고통을 당하고, 저자한테는 모든 게 허용되나 봅니다."

가브릴로는 무슨 말인가를 하려다 말고 입술과 뺨을 떨기 시작했다. 그러고는 벽으로 몸을 돌렸다. 판사는 그런 가브릴로를 보고 기겁했다. 그가 곧바로 이웃이나 자기 자신에게 뭔가 나쁜 짓을 저지를지도 몰라 걱정이 되었다.

나이가 많은 판사가 말했다.

"자, 자, 형제들. 두 사람 모두 보기 좋게 화해하게나. 자네, 가브릴로. 임신한 부인을 때린 게 잘한 일인가? 하나님이 도우셨으니 다행이지, 그렇지 않았더라면 무슨 죄를 저질렀겠는가? 그게 잘한 짓인가? 잘못했다고 하고 저 사람에게 용서를 빌게. 그럼 용서해줄 걸세. 우리도 이 선고를 바꿔주겠네."

서기가 그 말을 듣고 말했다.

"그건 안 됩니다. 형법 117조에 따라 상호 협의가 이루어지지 않았고, 법정의 판결이 내려졌으므로 그 판결만 효력이 있습니다."

그러나 판사는 서기의 말을 듣지 않았다.

"쓸데없는 말을 하는군. 이보게, 제1조는 딱 하나야. 하나님을 기억해야 한단 말일세. 하나님께서 화해하라고 명하셨단 말이네."

판사는 다시 농부들을 설득하기 시작했지만, 소용없었다. 가브릴로는 판사의 말을 듣지 않았다.

"저도 내일모레면 쉰입니다. 결혼한 아들도 있고요. 평생 맞아본 적이 없는 나를 저 곰보 반까가 채찍에 맞게 했는데, 저자에게 무릎을 꿇으라니요! 때릴 테면 때리십시오. 반드시 반까도 나를 기억하게 만들 겁니다!"

가브릴로의 목소리가 또다시 떨리기 시작했다. 그는 더 이상 말을 잇지 못하고 몸을 돌려 밖으로 나갔다.

법원에서 집까지는 10킬로미터 정도 되었으므로, 이반은 밤늦게 집에 돌아왔다. 아낙들은 가축을 데리러 밖에 나가고 없었다. 그는 말을 풀어 놓고 정돈한 뒤 집 안으로 들어갔다.

안에는 아무도 없었다. 자녀들은 아직 들에서 돌아오지 않았고, 아낙들은 가축을 돌보러 나가 있었다. 이반은 의자에 앉아 생각에 잠겼다. 가브릴로에게 선고가 내려질 때 그가 하얗게 질려 벽 쪽으로 몸을 돌리던 장면이 기억났다.

심장이 옥죄어왔다. 자신이 그런 태형 선고를 받았다면 기분이 어땠을까 생각해보았다. 가브릴로가 불쌍한 생각이 들었다. 그는 노인이 벽 돌난로 위에서 기침하며 몸을 돌려 다리를 내려서는 난로에서 내려오는 소리를 들었다. 노인은 거기서 내려와 의자까지 겨우 와서 자리에 앉았다. 노인은 의자까지 기어오느라 기진맥진하여 기침을 계속 하고 또 하다가, 가래를 내뱉고는 책상에 기대서 말했다.

"어떻게 되었느냐? 선고를 내렸느냐?"

이반이 말했다.

"태형 스무 대를 선고했어요."

노인이 고개를 흔들었다.

"안 좋다. 이반, 네가 잘못한 거야. 에이, 안 좋아! 그 사람이 아니라, 너한테 안 좋은 짓을 한 거야. 그 사람 등을 때리면, 네가 더 편해진다니? 그런 거야?"

"앞으로는 그런 짓을 하지 않겠지요." 이반이 말했다.

"무슨 그런 짓을 하지 않는다는 거냐? 그 사람이 너보다 더 무슨 나쁜 짓을 했다는 거냐?"

"무슨 그런 말씀을 하세요. 무슨 짓을 했느냐고 하시다니요? 그자는 여자를 죽도록 팼어요. 좀 전에는 불을 지르겠다고 위협했다고요. 그럼 제가 그자에게 절이라도 할까요?"

노인은 한숨을 쉬고 말했다.

"이반, 너는 온 세상을 자유롭게 돌아다니고, 나는 몇 년째 벽돌난로에 누워 있으니, 너는 모든 걸 보는데 나는 아무것도 보지 못한다고 생각하는 것 같구나. 아니다, 얘야. 너는 아무것도 보지 못하고 있어. 원한이 네 눈을 감겨버렸어. 다른 사람의 죄는 눈앞에 있어 잘 보이는데, 네 죄는 등 뒤에 있어 못 보는 거야. 너는 그 사람이 잘못했다고 말하는데, 혼자만 잘못을 저질렀다면 싸움이 나진 않았겠지. 사람들 사이의 싸움이 한 사람 때문에만 생기는 거냐? 싸움은 둘 사이에서 나는 거야. 상대방 잘못은 보이는데, 자기 잘못은 보지 못하는구나. 그 사람 혼자만 나쁜 짓을 하고, 너는 착하게 굴었다면, 싸움은 일어나지 않았겠지.

그 사람 구레나룻은 누가 잡아 뽑았느냐? 그의 건초 더미를 엉망으로 만든 게 누구지? 누가 그 사람을 재판정으로 끌고 다녔느냐? 모두 그 사람 탓이라고 하는구나. 네가 잘못 사니까 문제가 생기는 거야. 얘야, 나는 그렇게 살지 않았고, 너희를 그렇게 살라고 가르치지도 않았어. 나와 그 사람 아버지가 과연 그렇게 살았더냐? 우리가 어떻게 살았느냐? 사이좋게 살지 않았느냐. 그 사람 집에 밀가루가 떨어지면 부인이 와서 '프롤 아저씨, 밀가루 좀 주세요!'라고 했지. 그럼 나는 '어서 와요, 창고에 가서 원하는 만큼 가져가요' 했단다. 그 사람 집에서 말을 몰고 나갈 사람이 없으면, '바냐뜨까[17], 가서 저 집 말을 좀 몰아드려라' 했지. 우리 집에도 뭐가 부족하면, 그 사람 집에 갔단다. '고르제이 아저씨, 이것저것이 필요해요' 하면 '프롤 아저씨, 필요한 대로 가져가요' 했단다.

우린 그렇게 살았어. 너희도 사는 게 편했지. 그런데 지금은 어떠냐?

---

17 이반이라는 이름의 애칭. 바냐의 지소형으로, 마찬가지로 애칭으로 사용된다.

얼마 전에 한 병사가 쁠레브나 전투[18] 얘기를 하더구나. 지금 너희가 하는 짓이 그 쁠레브나 전투보다 더 나쁘지 않느냐? 이게 과연 사는 거냐? 이건 죄다! 너는 농부이고, 집 주인이야. 모조리 네 책임이다. 네 집 여자들과 아이들에게 뭘 가르치는 거냐? 개처럼 으르렁거리는 거 아니냐. 얼마 전에, 저 코흘리개 따라스까가 옆집 아주머니 아리나를 호되게 욕하는데도, 엄마는 그 애를 보면서 웃고만 있더구나. 이걸 과연 잘한다고 할 수 있는 거냐? 다 네가 책임을 져야 한다!

영혼에 대해 생각해보려무나! 정말 이럴 필요가 있느냐? 나한테 한 마디 한다고 나는 두 마디 하고, 나한테 침 한 번 뱉었다고 나는 두 번 뱉고…. 아니다, 애야. 그리스도가 세상을 다니며 바보 같은 우리한테 그렇게 하라고 가르치지는 않으셨다. 너한테 무슨 말을 해도 입을 다물면, 그 사람이 양심에 가책을 받을 거야. 애야, 그분이 우리를 어떻게 가르쳤느냐. 네 한 뺨을 때리면 다른 뺨을 내밀라고, '자, 내가 맞을 만하다면, 때려라'라고 하지 않으셨느냐? 그러면 그 사람이 양심의 가책을 느낀다는 말이다. 상대방이 누그러져서 네 말을 듣게 된다는 거야. 그분이 우리에게 그렇게 가르치신 거다. 고집 부리지 말라고 말이다. 왜 입을 다물고 있느냐? 내 말이 잘못되었느냐?"

이반은 침묵하며 그의 말을 들었다.

노인은 기침하다가 억지로 가래를 뱉고는 다시 말하기 시작했다.

"너는 그리스도가 우리에게 나쁜 것을 가르쳤다고 생각하느냐? 다 우리를 위한 것이고, 잘되라고 하는 말씀이다. 이곳에서의 삶을 생각해보렴. 너희의 쁠레브나 전투가 일어나고 삶은 더 좋아졌느냐, 나빠졌느냐?

---

18 1877년에 벌어진 발칸 전쟁에서 러시아와 터키 사이에 자존심을 건 치열한 전투였다. 치열한 공방전 끝에 러시아가 승리하지만, 양측의 손실 모두 컸다.

재판장에 무슨 좋은 일을 해줬는지, 오고 가며 얼마나 많은 비용을 썼는지 헤아려 봐라. 네 아들들은 또 얼마나 독수리처럼 잘 자랐느냐? 잘살아서 점점 나아져야 하는데, 네 재산은 더 줄지 않았느냐. 왜 그렇게 되었느냐? 모두 그 일 때문이다. 다 네 자존심 때문이야. 들판에 나가서 직접 파종해야 하는 시간에 원수가 너를 재판에 끌고 가거나, 교활한 자에게로 끌고 가는구나. 제때에 밭을 갈지 못하고, 제때에 파종하지 못하니까 땅이 아무것도 내질 못하고 있지 않느냐. 귀리는 왜 올해 나질 않는 거냐? 언제 파종을 했느냐? 시내에 갔다 왔느냐? 뭐라고 판결을 내더냐? 다 네게로 돌아온다. 에이, 애야. 네 일을 기억하렴. 밭에서, 집에서 아이들과 함께 열심히 일하고, 누구든 너를 기분 나쁘게 하면 하나님 말씀대로 용서하려무나. 그럼, 일이 훨씬 잘 풀릴 거고, 네 마음도 늘 가벼울 게다."

이반은 침묵했다.

"너 말이다, 바냐[19]야, 이 노인의 말을 들어라! 얼룩말에 마구를 채워 법원에 가서 네 모든 소송을 멈추고 내일 아침 가브릴로에게 가서는 하나님 말씀대로 화해하거라. 그 사람을 집으로 부르렴. 내일은 축일(그날은 성모마리아 탄생축일 전날이었다)이니, 사모바르를 놓고 보드카도 넉넉히 준비해라. 네 죄를 씻고, 앞으로는 그런 일이 일어나지 않도록 여자들과 아이들을 가르치렴."

이반도 한숨을 내쉬고 생각했다. '아버지가 옳은 말씀을 하고 계셔.' 그러자 그의 마음이 한결 가벼워졌다. 다만 일을 어떻게 수습하고, 이제 어떻게 화해를 해야 할지 그걸 알 수가 없었다. 그런데 노인이 꼭 그의

---

19 이반의 애칭이다.

생각을 알아맞히기라도 한 듯 말하기 시작했다.

"미루지 말고 가라, 바냐야. 시작될 때 불을 꺼야지, 불이 번지고 나면 불길을 잡을 수 없단다."

노인은 뭔가를 더 말하고 싶었지만, 미처 말을 다하지 못했다. 아낙들이 집 안으로 들어와 까치처럼 재잘대기 시작했다. 이미 그들에게까지 소식이 들어가 있었다. 가브릴로에게 태형이 내려졌다는 것과 그가 불을 지르겠다고 위협했다는 말까지. 모두가 그 사실을 알고 자기 생각까지 보태서 이미 가브릴로 아낙들과 목초지에서 한바탕 입씨름을 하고야 말았던 것이다. 가브릴로의 며느리가 판사 얘기로 위협하더라는 말을 전했다. 그 여자 말이, 판사가 가브릴로에게 손을 내밀었다는 것이었다. 이제 소송이 뒤집어질 것이고, 판사는 황제에게 보낼 이반에 대한 또 다른 청원서를 썼다는 것이다. 그 청원서에 모든 일이 적혀 있는데, 이음볼트 얘기도, 채소밭에 대해서도 다 적혀 있어서 이제 저택의 절반이 그에게로 넘어갈 예정이라는 것이었다. 이반은 그들의 말을 듣고 다시 마음이 식어서 가브릴로와 화해할 생각을 접었다.

농가의 주인에게는 언제나 일이 많았다. 이반은 여자들과 이야기하기를 멈추고 일어나서 오두막에서 나와 저장창고와 헛간으로 갔다. 그곳에서 청소를 하고 집에 돌아오니 벌써 해가 뉘엿뉘엿 지고 있었다. 젊은이들도 들판에서 돌아왔다. 그들은 겨울을 맞아 봄갈이 곡물을 둘로 나누어 경작하고 있었다. 이반은 그들을 맞이하며 일에 대해 이것저것 묻고 정리하는 것을 도와주고 망가진 멍에를 수리하려고 옆에 치워두었다. 또 장대를 헛간으로 치우려고 하니 벌써 해가 완전히 저무는 것이었다. 이반은 장대를 내일 치우려고 내버려두고 가축에게 먹이를 던져주고는 대문을 열어 따라스까가 말들을 데리고 야간 방목에 나갈 수 있도록 채비를 차려주었다. 그런 후 다시 대문을 닫고 문아래 틈새를 막아두었다.

'이제 밥 먹고 자야겠다.' 이반은 이렇게 생각하고 망가진 멍에를 들고 집으로 걸어가기 시작했다. 이때 그는 가브릴로도, 아버지가 하신 말도 다 잊고 있었다. 문고리를 잡아 현관방으로 들어가려는 찰나, 바자울 너머에서 이웃이 쉰 목소리로 누군가를 욕하는 소리가 들렸다.

"저런 악마 같은 녀석!" 가브릴로가 누군가에게 외치고 있었다. "죽어 마땅한 놈!" 이반은 이 소리 때문에 이웃에게 느꼈던 예전의 악감정이 다시 불타올랐다. 그는 잠시 서서 가브릴로가 무슨 욕을 하는지 가만히 들었다. 가브릴로가 잠잠해지자 이반도 집 안으로 들어갔다. 집에는 불이 밝혀져 있었다. 며느리는 한구석에 앉아 실을 잣고 있었고, 늙은 마누라는 저녁을 준비하고, 맏아들은 수피화 가두리 장식을 꼬고, 둘째는 책을 들고 식탁 옆에 앉아 있고, 따라스까는 야간방목을 하러 나갈 준비를 하고 있었다. 흉악한 이웃만 아니라면 모든 것이 좋았을 것이다.

이반은 화가 난 채로 들어와 의자에 앉아 있던 고양이를 내쫓고는 대야가 제자리에 있지 않다고 아낙들에게 욕을 퍼부어댔다. 이반은 마음이 갑갑해져서 의자에 앉아 얼굴을 찌푸리고 멍에를 고치기 시작했다. 그러나 그의 머리에서는 가브릴로가 재판정에서 위협했던 말과 방금 쉰 목소리로 누군가에게 "죽어 마땅한 놈!"이라고 욕한 소리가 떠나지 않았다.

이반의 아내가 따라스까에게 저녁밥을 차려주었다. 그는 밥을 먹고, 모피외투에 농민외투를 걸치고 허리띠를 찬 다음 빵을 집어 말들이 있는 밖으로 나갔다. 맏형이 따라스까를 배웅해주려고 했지만, 이반이 직접 일어나 현관 계단으로 나갔다. 마당은 완전히 어두워져서 깜깜했고, 구름이 몰려와 바람이 불기 시작했다. 이반은 현관계단에서 내려와 아들을 말에 태우고는, 망아지를 깜짝 놀라게 해서 그의 뒤를 쫓아가게 했다. 그러고는 잠시 서서 따라스까가 마을을 따라 내려가 다른 친구들과 모이는 모습을 바라보며 그들이 점점 더 멀어지는 소리를 들었다. 문 옆에 하염없이 서 있던 그의 뇌리에는 가브릴로의 말이 떠나지를 않았다. "자기 것에 불이 나면 더 뜨거울걸."

'될 대로 되라고 할 녀석이야.' 이반은 생각했다. '가뭄인데, 거기다가 바람이 부는군. 어디든 뒷마당으로 들어와 불을 지르면 끝장이야. 악당 같으니, 다 불태워도 잡아뗄 게 분명해. 현장에서 붙잡아 도망가지 못하게 해야지!' 이런 생각이 이반을 사로잡자 그는 현관계단으로 되돌아가지 않고 곧바로 거리로 나가 대문과 골목을 돌았다. '마당을 한 바퀴 돌아야겠군. 그자가 무슨 짓을 할지 어떻게 알아.' 이반은 조용한 걸음으로 대문을 따라 걷기 시작했다.

그가 모퉁이를 막 돌아, 바자울을 따라가며 바라보는데 저쪽 구석에서 누군가가 달려가는 것 같았다. 누군가가 불쑥 튀어나왔다가, 다시 골목 뒤로 숨는 것이었다. 이반은 멈춰서 숨을 죽이고 귀를 기울이며 그쪽을 주시했다. 사방이 조용했고, 바람만이 버드나무가지에 달린 나뭇잎을 흔들어대며 지푸라기 바스락거리는 소리를 냈다. 눈을 찌른다 해도 모르게 어두웠지만, 곧 눈은 어둠에 익숙해졌다. 골목 전체를, 긴 통나무도, 처마도 서서히 분간할 수 있었다. 그는 잠시 서서 지켜봤다.

'아무도 없군. 아마도 잘못 본 모양이야.' 이반은 생각했다. '그래도 어쨌든 둘러보자.' 그는 수피화를 신고 있었지만, 자기 발자국 소리가 들리지 않을 정도로 조용히 걸었다. 골목 끝까지 가서 보니, 그 끝에서 무엇인가가 통나무 옆에서 번쩍이는가 싶더니 다시 사라졌다. 이반은 가슴이 철렁 내려앉는 듯해서 그 자리에 멈춰 섰다. 멈춰 서자마자, 그 자리에서 불길이 더 선명하게 치솟아 올랐고, 모자를 쓴 남자가 그에게 등을 돌린 채 쪼그리고 앉아 손에 든 짚단에 불을 붙이는 것이 보였다. 이반의 심장은 새처럼 쿵쾅쿵쾅 뛰기 시작했고, 온몸은 긴장한 채로 성큼성큼 걷기 시작했다. 자기 발자국 소리를 듣지 못할 정도였다.

'자, 이제 어디로 못 가지. 현장에서 잡을 테다!'

이반이 두 처마의 틈새까지 도달하기 전에 갑자기 선명하게 빛이 일기 시작했는데, 아까 그 자리도 아니었고 이제는 작은 불빛도 아니었다. 처마 밑에 있던 짚단에서 불길이 솟아올라 지붕으로 옮아붙었는데, 가브릴로가 그곳에 서 있었고 그의 모습 전체가 드러났다.

이반은 매가 종달새를 덮치듯이 절름발이 가브릴로에게 달려들었다. '저 자식을 묶어버릴 테다. 이제는 도망가지 못한다!' 절름발이 가브릴로가 발자국 소리를 들었는지 뒤를 돌아보고는 어디서 그런 힘이 솟았는지, 헛간을 따라 다리를 절며 토끼처럼 질주하기 시작했다.

"거기 서라!" 이반은 이렇게 외치며 가브릴로를 향해 내달렸다. 그의 목덜미를 잡으려는 찰나, 가브릴로의 팔 밖으로 옷이 빠져나오면서 옷자락만 남았다. 옷자락이 찢어지면서 이반은 넘어졌지만 곧바로 튀어 일어났다.

"도둑이야! 저 놈 잡아라!"

이반은 다시 달리기 시작했다. 일어나는 사이, 가브릴로는 벌써 자기 마당 옆에 있었고, 그곳에서 이반은 그를 따라잡을 수 있었다. 이제 막 가브릴로를 붙들려는 순간 뭔가가 이반의 뒤통수를 세게 내리쳤다. 가브릴로가 마당에 있던 참나무 막대기를 들어 이반이 자신에게 달려왔을 때 그 머리를 힘껏 내리친 것이었다.

정신이 멍해지면서 이반의 눈앞에서 별이 번쩍 하더니 그 빛이 사라졌다. 이반은 비틀거렸다. 정신을 차렸을 때는 이미 그 자리에 가브릴로는 없었다. 주위는 대낮처럼 환했는데, 마당 쪽에서는 마치 기계가 돌아가는 것처럼 무언가가 윙윙거리면서 탁탁 튀는 소리가 들려왔다. 이반이 몸을 돌리자, 뒤쪽 헛간이 온통 활활 타오르는 것이 보였다. 불은 옆에 있던 헛간까지 번졌고, 불꽃과 연기, 불붙은 지푸라기들이 집 쪽으로 날리고 있었다.

"이게 무슨 일이람!" 이반은 비명을 지르며 자기 넓적다리를 팔로 내리쳤다. "처마 밑에서 짚단을 꺼내 밟아 끄기만 했어도 됐는데! 이게 어떻게 된 일이람!"

이반은 같은 소리를 반복했다. 크게 외치고 싶었지만, 숨이 막혀 목소리가 나오질 않았다. 달리고 싶었지만 다리가 움직이지 않았고, 자기 다리에 스스로 걸려 넘어졌다. 걸음을 떼고 싶었지만, 다리가 휘청거리고 숨이 막혀왔다.

그는 잠시 서서 숨을 고르고 다시 달리기 시작했다. 헛간을 돌아 불이 난 곳까지 왔을 때는 측면 헛간도 온통 불길에 휩싸여 있었고, 집 모퉁이와 대문도 이미 화마에 휩싸여 집에서부터 불길이 나오는 바람에 들어갈 길을 찾을 수가 없었다. 사람들이 잔뜩 모여 있었지만, 할 수 있는 일이 아무것도 없었다. 이웃들은 자기 짐들을 끄집어내고, 마당에서 가축들을 몰아냈다. 이반의 집 다음으로 가브릴로의 집에도 불이 옮겨 붙었다. 바람이 세지면서 길 건너로 불길이 번진 것이었다. 그렇게 마을 절반이 잿더미로 변했다.

이반의 집에서는 노인만 겨우 끌어낼 수 있었고, 식구들도 입은 옷 그대로 몸만 빠져나오고 모든 것을 두고 나올 수밖에 없었다. 야간 방목을 나간 말들 빼고는 가축도 모조리 불에 탔고, 닭들도 횃대에서 불에 타 죽었으며 수레도, 쟁기도, 써레도, 아낙들의 궤짝도, 곳간의 곡물도, 모든 것이 타버렸다.

가브릴로의 집은 그나마 가축을 끌어내고 세간 몇 가지를 끄집어낼 수 있었다.

불은 밤새도록 오랫동안 타올랐다. 이반은 자기 집 주변에 서서 그 광경을 지켜보며 이런 말만 계속 되풀이할 뿐이었다. "이게 무슨 일이람! 짚단을 꺼내 밟아 불을 끄기만 했어도 되는데!" 집 천장이 내려앉자, 그는 불길 속으로 기어들어가 시뻘겋게 달아오른 통나무를 붙잡아 불 밖으로 끄집어내왔다. 아낙들이 이반을 보고 나오라고 외쳤지만, 그는 통나무를 꺼내고는 또 다른 통나무를 가지러 가다가 몸을 가누지 못하고 불 위에 넘어지고 말았다. 그러자 아들이 아버지를 구하러 들어가 그를 끄집어냈다. 이반은 구레나룻과 머리를 태워먹고, 옷이 타고 손에 화상을 입었지만, 아무것도 느끼지 못했다. "저 사람이 슬퍼서 정신이 나갔나 봐." 사람들이 말했다. 불길은 잦아들기 시작했지만, 이반은 여전히 서서 같은 말만 되풀이하고 있었다. "이게 무슨 일이람! 짚단만 끄집어냈어도!" 아침이 되자, 촌장이 이반을 데려오라고 아들을 보냈다.

"이반 아저씨, 아저씨. 부친께서 돌아가시겠어요. 작별인사를 하시겠다고 아드님을 찾으시네요."

이반은 아버지를 잊고 있었으므로 촌장 아들이 무슨 말을 하는지 이해하지 못했다.

"무슨 아버지요? 누구를 부른다고요?"

"아드님을 불러오라고 명하셨어요. 작별인사를 하시겠다고요. 부친께서 우리 집에서 돌아가시려고 해요. 같이 가세요, 이반 아저씨." 촌장의 아들이 이렇게 말하며 팔을 잡아 끌었고, 이반은 그를 따라갔다.

노인을 끄집어냈을 때, 불타는 짚단이 쏟아져 그는 화상을 입었다. 사람들은 노인을 마을 끝에 있는 촌장 집에 데려다놓았다. 그곳까지는 불에 타지 않았던 것이다.

이반이 아버지에게 왔을 때 집에는 촌장 부인인 노파와 벽돌난로 위에 아이들밖에 없었다. 모두 화재가 난 곳에 나가고 없었다. 노인은 손에 촛불을 들고 의자에 누워 문을 곁눈질하고 있었다. 아들이 들어오자, 그는 몸을 움직이기 시작했다. 노파가 그에게 다가가 아들이 왔다고 알렸다. 노인은 아들을 가까이 부르라고 명했다. 이반이 다가가자 노인이 말했다.

"바냐뜨까, 내가 뭐라고 했느냐? 누가 마을을 불태웠느냐?"

"그놈입니다, 아버지." 이반이 말했다. "그자요, 제가 그자를 봤어요. 내가 보는 데서 불을 지붕에 쑤셔 넣었어요. 불이 붙은 짚단을 끄집어내서 발로 밟아 끄기만 했어도 아무 일도 일어나지 않았을 텐데."

"이반, 나는 이제 죽을 때가 다 되었고, 너도 언젠가 죽을 게다. 이게 누구의 죄냐?"

이반은 아버지에게 시선을 고정시키고 입을 다물었다. 아무 말도 할 수 없었다.

"하나님 앞에서 말해라. 누구의 죄냐? 내가 네게 뭐라고 했느냐?"

그제서야 이반은 정신을 차리고 말뜻을 알아차렸다. 그는 숨을 깊이 내쉬고 말했다.

"제 죄입니다. 아버지!"

그는 아버지 앞에 무릎을 꿇고 울음을 터뜨리며 말했다.

"저를 용서하세요, 아버지. 아버지 앞에서, 하나님 앞에서 제가 죄를 지었습니다."

노인은 손을 움직여 왼손에 초를 옮겨 쥐고 오른손을 이마로 끌어올려 성호를 그리려 했지만, 미처 팔을 뻗지 못한 채 멈췄다.

"주께 영광, 주여! 주께 영광, 주여!"

그는 이렇게 말하고 다시 아들을 바라보았다.

"반까! 반까!"

"왜요, 아버지?"

"이제 무엇을 해야 하겠느냐?"

이반은 여전히 울고 있었다.

"모르겠어요, 아버지." 그가 말했다.

"이제 어떻게 살아야 할까요, 아버지?"

노인은 눈을 감고 마치 힘을 모으려는 듯 입술을 실룩이더니, 다시 눈을 뜨고 이렇게 말했다.

"살 수 있을 게다. 하나님을 모신다면, 살아갈 수 있을 게야."

노인은 또 잠시 입을 다물더니 미소를 짓고 말했다.

"보거라, 바냐. 누가 불을 질렀는지 말하지 마라. 다른 사람의 죄는 덮어주어라. 하나님께서 둘 다 용서해주실 것이다."

노인은 초를 양손으로 붙잡고, 두 손을 가슴에 포개더니 큰 숨을 내쉬고 몸을 쭉 뻗고 숨을 거두었다.

이반은 가브릴로가 한 짓이라고 말하지 않았다. 그래서 아무도 누구 때문에 불이 났는지 알 수 없었다. 이반의 마음에서 가브릴로에 대한 노여움이 사라졌고, 가브릴로는 이반이 아무에게도 자기가 한 짓을 말하지 않은 것에 놀랐다. 처음에 가브릴로는 그를 두려워했지만, 나중에는 익숙해졌다. 두 농부가 싸우기를 그만두자, 식구들도 싸우기를 그만두었다. 집을 지을 동안 두 가족은 한 마당에서 살았고, 마을이 지어지고 집들이 더 넓게 자리를 잡게 되자, 이반과 가브릴로는 다시 이웃이 되어 한 둥지 안에서 살게 되었다.

이반과 가브릴로는 노인들이 그랬듯이 이웃으로 사이좋게 살았다. 이반 쉬체르바꼬프는 불은 초반에 꺼야 한다는 노인의 명령과 하나님의 지시를 기억했다. 누군가가 그에게 나쁜 짓을 하면, 복수하기보다는 다른 방법을 택해 상황을 바꿔보려고 노력했다. 누군가가 그에게 나쁜 말

을 하면 더 악하게 대답하기보다는 나쁜 말을 하지 않도록 가르치려고
애썼다. 그렇게 아낙들도, 아이들도 가르쳤다. 이반은 점점 더 훌륭한 사
람이 되었고, 이전보다 훨씬 더 잘살게 되었다.

촛불

～

또 눈은 눈으로, 이는 이로 갚으라 하였다는 것을 너희가 들었으나, 나는 너희
에게 이르노니 악한 자를 대적하지 말라(마태복음 5:38-39).

～

이것은 지주들이 농노를 지배하던 시절의 이야기이다. 당시에는 별의별 지주가 있었다. 자신에게도 죽음의 시간이 온다는 것과 하나님을 기억하며 사람을 불쌍히 여기는 이들이 있는가 하면, 그런 건 아랑곳하지 않는 개들도 있었다. 하지만 가장 악랄하고 난폭한 자들은 농노 출신, 즉 밑바닥에서 출발하여 귀족의 대열에 낀 자들이었다. 그들 때문에 농민의 삶은 더욱 어려워졌다.

어느 지주의 영지에서 그런 관리인이 한 명 나타났다. 농부들은 부역에 동원되었다. 땅은 넓었고, 토질도 좋았다. 물도, 초지도, 숲도 모든 사람에게, 그러니까 지주나 농부에게도 충분했다. 그런데 이 지주가 다른 영지에서 일하던 머슴 하나를 이곳에 데려와 영지관리인으로 세웠던 것이다.

관리인은 권력을 쥐고 농부들의 어깨 위에 올라탔다. 그는 아내와 출가한 딸이 있는 가장으로 돈도 충분히 벌어놓았기 때문에 죄를 짓지 않더라도 살 수 있었음에도 욕심이 많아 죄에 빠져들었다. 정해진 날짜보다 더 많은 날 동안 농부들을 부역으로 내모는 것에서부터 문제가 시작되었다. 벽돌공장을 만들더니 아낙도, 농부도 모두 괴롭히며 그 일터에서 일을 하게 했고 그렇게 만들어진 벽돌을 판매했다. 농부들이 지주에게 하소연하러 모스끄바로 갔지만, 그들 뜻대로 되지 않았다. 지주는 농부들을 빈손으로 쫓아내고, 관리인의 권한을 그대로 두었다. 관리인은 농부들이 하소연하러 갔다는 얘기를 자세히 듣고는 그 일로 복수를 하기 시작했다. 농부들의 삶은 더 어려워졌다. 농부들 중 배신자가 나오기 시작했다. 그들은 자기 동료를 밀고하고 험담하기 시작했다. 마을 전체가 뒤죽박죽이 되었고, 관리인은 악독을 품었다.

관리인은 갈수록 심해져서 사람들은 그를 잔혹한 짐승 대하듯 두려워하게 되었다. 그가 마을에 나타나면 모두가 늑대 피하듯 피했고, 어디를 가든 그의 눈에 띄지 않으려고 애썼다. 관리인은 그 모습을 보고 자기를 무시한다고 더 심하게 성을 냈다. 그는 채찍과 노역으로 백성을 괴롭혔고 농부들은 많은 고통을 당했다.

당시는 그런 악당을 없애는 일이 종종 일어나던 시절이었다. 농부들 사이에서 이야기가 돌기 시작했다. 그리고 따로 모이면, 좀 더 용감한 사람들이 이런 말을 하곤 했다. "우리가 이 악당을 얼마나 오랫동안 참아야 한단 말이요? 이렇게 있다가 같이 죽느니 그런 자를 잡아 죽여도 죄가 될 건 없지 않겠소?"

부활절[20]이 되기 전에 농부들이 숲에 모인 적이 있었다. 지주의 숲을 벌목하라고 관리인이 그들을 보냈던 것이다. 그들은 점심을 먹으려고 모였다가 이 일을 논의하기 시작했다.

"이제 어떻게 살지?" 그들이 말했다. "일을 얼마나 시키는지 우리를 뿌리째 뽑아먹을 셈이야. 낮에도, 밤에도, 우리도, 마누라들도 쉴 틈이 없잖은가. 조금이라도 마음에 들지 않으면 생트집을 잡아 매를 때리니. 세묜이 저자한테 매를 맞아 죽었잖은가. 아니시마도 족쇄를 차고 고생

---

20 부활절은 예수 그리스도가 십자가에 못 박혀 죽은 지 사흘 만에 부활한 사건을 기념하는 기독교의 명절이다. 크리스마스와 함께 기독교의 가장 중요한 축일이다. 보통 4월 이후 봄에 온다. 러시아정교는 크리스마스보다 부활절을 더 큰 축일로 여긴다. 이런 이유로 러시아정교는 흔히 부활의 종교라고 부른다.

을 했지. 우리가 무얼 더 기다려야 한단 말인가? 저녁에 그자가 이곳으로 와서 다시 난폭한 짓을 하면 말에서 끌어내려 도끼로 때려죽이면 그것으로 그만일세. 개처럼 아무 데다 묻어버리고, 증거는 물에 버리는 거야. 다만 모두 힘을 합쳐 배신하지 않기로 약속해야 하네!"

바실리 미나예프가 이렇게 말했다. 그는 누구보다도 관리자에게 독을 품고 있었다. 관리인이 그를 매주 채찍으로 때리고 그의 아내를 데리고 가서 식모로 삼았던 것이다.

농부들이 때마침 이런 이야기를 나누었는데, 저녁에 그 관리인이 마을에 왔다. 말을 타고 와서 제대로 나무를 베지 못했다고 생트집을 잡기 시작했다. 나무더미에서 어린 피나무를 발견한 것이다.

"내가 피나무는 베지 말라고 했잖아. 누가 이것을 베었나? 말해라. 그렇지 않으면 모두를 매로 칠 테니!"

사람들이 누가 맡은 구역에 보리수가 있었는지를 찾아내기 시작했다. 시도르라는 것이 곧 밝혀졌다. 관리인은 시도르의 얼굴을 내리쳐 피를 보게 했다. 벤 나무가 적다고 바실리도 채찍으로 때렸다. 그러고는 집으로 돌아갔다.

저녁에 농부들이 다시 모였고, 바실리가 말문을 열었다.

"에이, 이런 사람들 같으니! 사람이 아니라, 참새일세. '뭉치자, 뭉치자' 하지만, 막상 움직여야 할 때는 처마 밑으로 숨는다니까. 그런 식으로 참새가 매에 맞서 어떻게 싸우겠는가. '배신하지 말고, 배신하지 말고, 뭉칩시다, 뭉칩시다!' 말하지만 막상 매가 날아오면 모두들 엉겅퀴 뒤로 숨는다니까. 그러니 매가 먹을 참새를 낚아채서는 끌고 가고 말지. 참새들은 나중에 튀어나와 한 마리가 없어진 걸 알고는 '짹짹!' 하고 마는 거야. '없어진 사람이 누구지? 반까구나. 에이, 그게 운명이야. 그럴 만한 녀석이지.' 댁들도 마찬가지야. 배신하지 말자, 배신하지 말자! 말만 하잖나. 그자가 시도르한테 손을 댔을 때, 뭉쳐서 끝장을 냈어야지. 그런데 '배신하지 말자, 배신하지 말자, 뭉치자, 뭉치자!' 해놓고는 덤벼 드니까, 다들 관목 숲으로 숨었지 않나."

농부들은 점점 더 이런 말을 주고받다가 관리인을 죽여버릴 마음을 굳혔다. 수난주간에 관리인은 부활주간[21]에 귀리 심는 부역을 할 채비를 해놓으라고 농부들에게 통고했다. 농부들은 그 명령에 속이 상했고, 수 난주간[22]에 바실리네 집 뒷마당에 모여 다시 이 문제를 논하게 되었다.

"하늘이 무섭지 않은가 보네. 이런 짓을 하려고 하다니, 정말로 저자 를 죽여야겠네. 어차피 죽는 거!"

뾰뜨르 미헤예프도 왔다. 그는 온유한 사람으로 농부들 모임에 온 적 이 없었다. 미헤예프가 와서 그들이 하는 말을 듣고 말했다.

"형제들, 엄청난 죄를 지을 생각을 하는구려. 사람을 죽이는 건 큰일 이요. 남을 죽이는 건 어렵지 않지만, 자기 영혼은 어떻게 하겠다는 말 이요? 나쁜 짓을 저지르면 나쁜 일이 오게 되어 있소. 형제들, 참아야 하 오."

바실리는 그 말을 듣고 벌컥 화를 냈다.

"똑같은 말을 되풀이하는군. 사람을 죽이는 건 죄라고? 그건 잘 알고 있지만, 어떤 사람을 죽인다는 말인가? 착한 사람을 죽이는 건 죄지만, 저런 개는 하나님도 죽이라고 명하셨네. 사람들이 불쌍해서 미친개를 죽여야 하네. 미친개를 죽이지 않는 게 더 죄일세. 그자가 사람을 절단

---

21 부활절인 성 일요일을 포함하여 그 뒤에 이어지는 한 주간을 의미한다.

22 수난주간은 러시아정교에서 예수의 마지막 일주일을 묵상하는 교회력 절기다. 예수의 예 루살렘 입성을 기념하는 수난성지주일로 시작하며, 부활성야 전까지, 곧 성 토요일까지를 말한다.

내는 걸 어떻게 하겠나! 우리야 고통을 당하겠지만, 다 다른 사람을 위해 그런 거 아닌가? 사람들이 우리에게 고맙다고 할 걸세. 계속 우물쭈물하다가는 그자가 모두를 끝장내고 말걸세. 미헤이치, 자네는 쓸데없는 말을 하는 거야. 그리스도의 축일에 모두 일하러 가는 건 덜한 죄란 말인가? 자네는 가지 않을 거잖아!"

그러자 뾰뜨르가 말했다.

"어째서 가지 않는다는 거지? 나를 보낸다면 경작하러 갈 거네. 자발적으로 가는 게 아니지 않은가. 하나님은 누구 죄인지 아실 거고, 우리는 그분만 잊지 않으면 되는 거네." 그가 말했다.

"형제들, 난 내 말을 하고 있는 게 아니야. 만일 악으로 악을 없앨 수 있었다면, 하나님이 그런 법을 주셨겠지. 그러나 우리에게는 다른 본을 보이지 않으셨나? 악을 없애면, 그 악은 자네 속으로 자리를 옮길 거네. 사람을 죽이는 건 현명하지 못해. 그 피가 영혼에 들러붙을 거네. 사람을 죽인다는 건 자기 영혼을 피로 더럽히는 것일세. 나쁜 사람을 죽였으니 악을 없앴다고 생각하겠지만, 도리어 가만히 보면 그건 더 나쁜 것을 자기 속에 끌어들이는 거네. 불행에 져주면, 불행도 우리한테 져줄 걸세."

농부들은 의견 조정을 보지 못하고 생각들이 나뉘었다. 어떤 이는 바실리의 말처럼 생각했고, 또 어떤 이들은 죄를 쌓지 말고 참자는 뾰뜨르의 말에 동의했다.

농부들은 첫째 날[23]인 주일을 즐겁게 보냈다. 저녁이 되자, 촌장이 지역보안관[24]과 함께 지주 집에 갔다 와서는 명을 전했다. 관리인인 미하

<hr />

23 부활주간의 첫 날로, 그리스도의 부활을 기념하는 일요일이다.
24 1889년부터 1917년까지 존속했던 러시아 제국의 관리이다. 군 단위보다 작은 단위의 영토에서 농민과 농민 공동체에 행정권을 행사하고 제한적인 재판권을 지니고 있었다.

일 세묘니치가 농부들에게 내일 귀리를 심으라고 명했다는 것이었다. 촌장은 지역보안관과 함께 마을 전체를 돌아다니며 모든 사람에게 누구는 강 건너, 누구는 큰길 쪽부터 밭을 일구라고 전했다. 농부들은 울분을 터뜨렸지만, 감히 불복할 생각을 하지 못하고 아침부터 손에 쟁기를 들고 나가 귀리 밭을 일구었다. 교회에서는 이른 오전 미사를 알리는 종소리가 울렸고 백성은 여기저기서 명절을 즐겼지만, 농부들은 밭을 일구러 나갔던 것이다.

느지막한 시간에 관리인 미하일 세묘니치는 잠에서 깨어나 농장을 둘러보러 나갔다. 집안 식구인 아내와 명절에 맞춰 집에 온 과부 딸은, 일꾼이 그들을 위해 마차를 준비해주자 옷을 차려입고 오전 미사를 다녀왔다. 하녀가 사모바르를 준비한 시각에 미하일 세묘니치도 돌아왔다. 그들은 차를 마시기 시작했다. 미하일 세묘니치는 차를 실컷 마시고 파이프 담배를 피우며 촌장을 불렀다.

"어떻게, 농부들은 밭일하러 보냈나?"

"보냈습니다, 미하일 세묘니치."

"그래, 모두 나갔나?"

"모두 나갔고, 제가 직접 농부들을 배치했습니다."

"배치한 건 배치한 거고, 그래서 밭을 일구고 있나? 가서 살펴보고, 내가 점심 이후에 간다고 말하게. 두 사람이 1데샤티나(약 3천 평)씩 밭을 일구되, 아주 잘 일궈놔야 한다고 말일세! 만일 빈곳이 발견되면 명절이고 뭐고 봐주지 않을 거라고!"

"알겠습니다요."

대답을 하고 촌장이 나가려고 하는데, 미하일 세묘니치가 그를 되돌아오게 했다. 그런데 직접 뭔가를 말하고 싶기는 한데 어떻게 말해야 할지 모르겠는지 우물쭈물하는 것이었다. 미하일은 좀 머뭇거리다가 마침

내 이렇게 말했다.

"그러니까 말일세, 저 일꾼들이 내 얘기를 뭐라고 하는지 좀 들어보게. 누가 욕을 하고 무슨 말을 하는지 내게 전부 말해주게. 난 일꾼들을 잘 알고 있네, 일하는 걸 좋아하지 않지. 누워서 빈둥거리기만 하고 싶겠지. 실컷 먹고 빈둥거리는 것만 하고 싶어 한단 말이네. 밭가는 시기를 놓치면 낭패라는 건 생각하지 못한다고. 그러니 자네가 가서 누가 뭐라고 하는지 잘 듣고 내게 모조리 전해주게. 내가 알아야겠네. 가서 살펴보고 아무것도 감추지 말고 전부 얘기해주게."

촌장은 몸을 돌려 집에서 나와 말을 타고 들판에 있는 농부들에게로 갔다.

관리인 부인이 촌장과 남편이 하는 이야기를 듣고 그에게 간청하기 시작했다. 관리인 부인은 온화하고 마음이 착한 여자였다. 그녀는 할 수 있는 한 남편을 누그러뜨리고 남편 앞에서 농부들 편을 들어주곤 했다. 그녀가 남편에게 와서 간청하기 시작했다.

"여보, 미셴까. 주님을 위한 대축일에는 그리스도를 생각해서 죄를 짓지 마세요. 농부들을 쉬게 해주세요."

미하일 세묘니치는 아내의 말을 받아들이기커녕 그녀를 조롱하기 시작했다.

"오랫동안 채찍 맛을 안 보니 아주 용감해졌군, 그래. 자기 일도 아니면서 끼어들지 말지?"

"미셴까. 여보, 당신에 대한 꿈이 좋지 않았어요. 내 말을 들어요. 농부들을 놓아줘요!"

"또 같은 소리 한다. 내가 말했잖아. 기름진 음식을 너무 많이 먹다 보니 채찍 맛을 잊은 모양이군. 조심해!"

세묘니치는 화가 잔뜩 나서 불이 붙은 파이프를 아내 입술 쪽으로 찔러 내쫓고는 점심을 내오라고 명했다. 미하일 세묘니치는 푹 고아서 만든 소고기 젤리, 파이, 돼지고기가 들어간 야채수프, 튀긴 새끼 돼지, 크림파스타를 먹고 앵두로 만든 과실주를 마시고 달콤한 파이를 먹은 다음 식모를 불러 앉혀 노래를 부르라고 명하고는 직접 기타를 집어 반주를 넣기 시작했다.

미하일 세묘니치는 명랑한 기분으로 앉아 트림을 하고 기타를 뜯으면서 식모와 시시덕거리고 있었다. 그때 촌장이 들어와 절을 하고 들판에서 본 것을 보고했다.

"어떻게, 밭을 갈던가? 시킨 것은 완료할 것 같던가?"

"벌써 절반 이상을 갈았습니다."

"빈터는 없고?"

"보지 못했습니다. 잘 갈고 있습니다. 두려운 거지요."

"어떻게, 흙 고르기는 잘되고 있던가?"

"흙도 부드럽게 골라서 마치 양귀비씨를 뿌려놓은 것 같습니다."

관리인은 입을 다물었다가 다시 물었다.

"이제, 나에 대해선 무슨 말을 하던가? 욕을 하던가?"

촌장이 머뭇거리자, 미하일은 사실대로 다 말하라고 다그쳤다.

"모조리 말해. 자네 말이 아니라, 저들이 하는 말을 전하는 거 아닌가. 사실대로 말하면 상을 줄 테지만, 숨기면 쪼개버리고 말 테야. 어이, 까쥬샤, 촌장에게 용기를 내게 보드카 한 잔 따라드려라."

하녀가 달려가 촌장에게 술을 따랐다. 촌장은 고맙다고 인사하고 술을 들이키고는 입을 닦고 말문을 열었다. '다 매한가지야. 저 자를 칭송하지 않는 게 내 탓은 아니잖아. 저 자가 명한 대로 사실을 말하자.' 그렇게 생각하고 촌장은 용기를 내서 말하기 시작했다.

"불평하고 있습니다, 미하일 세묘니치. 불평하고 있어요."

"뭐라고 하던가? 말해봐."

"똑같은 말을 하고 있습니다. 나리가 하나님을 믿지 않는다고요."

관리인이 웃음을 터뜨렸다.

"그건, 누가 한 소리냐?"

"모두가 하는 말입니다. 사람들 말이, 나리가 악마에게 복종한다고들 합니다."

관리인이 웃었다.

"그거 참, 좋은 일이야. 누가 무슨 말을 하는지 이제 개별적으로 말해봐. 바시까[25]는 무슨 말을 하던가?"

촌장은 자기 사람들에 대해 나쁜 말을 하고 싶지 않았지만, 바실리와는 오래전부터 사이가 좋지 않았다.

"바실리는 다른 누구보다도 욕을 더 많이 합니다."

"그러니까 뭐라고 하던가? 말해봐."

"말하기도 무섭습니다요. 그 사람 말이 나리가 회개도 하지 못하고 죽을 거라고 했습니다."

"아이고, 훌륭하군. 그럼 어째서 하품만 하고 죽이지는 않는 거야? 틀림없이 감히 손을 못 대고 있는 거겠지? 좋았어." 그가 말했다. "바시까, 너하고는 내가 셈을 치르고야 말 테다. 자, 그럼. 개자식 찌시까는? 역시 마찬가지겠지?"

"모두가 나쁜 말을 합니다."

"그래, 무슨 소리를 하는데?"

"제 입으로 전하기도 더럽습니다."

---

25 바실리를 비하해서 부르는 비칭이다.

"뭐가 더러워? 겁내지 말고 말해봐."

"사람들 말이 나리 배가 터져서 창자가 밖으로 튀어나올 거랍니다."

미하일 세묘니치는 기쁜 나머지 웃음마저 크게 터뜨렸다.

"누구 창자가 먼저 튀어나올지 한번 보자. 그런 말을 한 게 누구지? 찌시까?"

"아무도 좋은 말을 하는 사람이 없었습니다. 모두 욕을 하고, 모두 으르렁거립니다."

"자, 그럼 뻬뜨루시까[26] 미헤예프는 어떻든가? 뭐라고 하던가? 역시 욕을 했겠지?"

"아니요, 미하일로 세묘니치. 뾰뜨르는 욕하지 않았습니다."

"그자가 어떻게 된 일이지?"

"모든 농부 중에서 그자 한 명만 아무 말도 하지 않았습니다. 지혜로운 농부예요! 저도 놀랐습니다, 미하일 세묘니치!"

"뭐를 어떻게 했기에?"

"얼마나 놀라운 일을 하던지! 농부들 모두가 놀랐습니다."

"무슨 짓을 했다는 말인가?"

"아주 신기했습니다. 그자는 뚜르낀 정상에 있는 비탈진 땅을 일구고 있었습니다. 제가 그자한테 가까이 다가가서 들으니 누군가가 노래를 부르고 있는데, 구성지게 잘도 부르더군요. 그런데 쟁기 자루 사이에 무언가가 반짝이고 있는 겁니다."

"그래서?"

"반짝이는데, 꼭 불빛 같은 거예요. 가까이 다가가서 보니, 오 꼬뻬이

---

26 뾰뜨르의 애칭이다.

까짜리 양초가 버팀목에 붙어서 타고 있는데, 바람이 불어도 꺼지지 않는 거예요. 그런데 그자는 새 옷을 입고 걸어 다니며 땅을 일구면서 부활 찬송을 부르는 겁니다. 몸을 돌리고 흔들어대는데도 양초는 꺼지지 않았습니다. 내가 보는 앞에서 흔들어대고 곤봉을 바꿔 끼우고 쟁기를 이리저리 끌고 다니는데도 여전히 양초는 꺼지지 않는 겁니다!"

"그자가 뭐라고 하던가?"

"아무 말도 하지 않았습니다. 나를 보자, 부활절 인사를 하고는 다시 노래를 부르기 시작했지요."

"그럼, 자네는 그자와 무슨 말을 했는가?"

"저도 아무 말도 하지 않았습니다. 그때 농부들이 와서 그자를 비웃기 시작했어요. 미헤이치는 부활절에 밭을 갈았으니 평생 죄를 용서받을 수 없을 거라고들 말했지요."

"그자가 뭐라고 하던가?"

"이렇게 말하고 말더군요. '땅에는 평화가, 사람에게는 은총이 있기를!' 그러고는 다시 쟁기를 들고 말을 몰더니 가느다란 목소리로 노래를 부르기 시작했습니다. 여전히 양초는 타면서 꺼지지 않았고요."

관리인은 웃기를 그쳤다. 그리고 기타를 놓고 고개를 숙인 채 생각에 잠겼다.

그는 그렇게 한참을 앉아 있더니 하녀와 촌장을 내보낸 후 커튼 뒤로 가서는 침대에 누워 한숨을 내쉬며 마치 곡식 단이 실린 수레를 끌기라도 하듯 신음소리를 내기 시작했다. 아내가 그에게 와서 대화를 시도했지만, 그녀에게 대꾸하지 않았다. 다만 이렇게 말할 뿐이었다.

"그자가 나를 이겼어! 이제 내 차례가 된 거야!"

아내가 그를 설득하기 시작했다.

"가서 농부들을 풀어줘요. 분명 아무 일도 없을 거예요! 온갖 일을 다

하고도 무서워하지 않더니만, 지금은 왜 그렇게 겁을 내는 거예요?”

“난 이제 끝났어. 그자가 나를 이긴 거야.”

아내가 그에게 소리를 질렀다.

“‘이겼다, 이겼다’ 이 말만 되풀이하고 있으니, 원. 가서 농부들을 풀어줘요. 그럼 다 잘될 거예요. 가요, 내가 말에 안장을 얹으라고 할 테니.”

말을 대령했고, 관리인 아내는 농부들을 풀어주러 들판에 나가라고 남편을 종용했다.

미하일 세묘니치는 말을 타고 들판으로 나갔다. 울타리로 나가자 아낙이 대문을 열어주었고, 그는 시골 마을에 들어갔다. 관리인을 보자마자, 사람들은 모두 그를 피해 어떤 이는 마당 안으로, 어떤 이는 골목 뒤로, 어떤 이는 채소밭으로 숨어버렸다.

미하일은 마을 전체를 둘러, 빠져나가는 대문에 다가갔다. 대문은 잠겨 있었고, 말을 탄 채로는 문을 직접 열 수 없었다. 관리인은 문을 열라고 소리를 지르고 또 질렀지만, 아무도 응답하는 이가 없었다. 그는 직접 말에서 내려 문을 연 뒤 나가려고 다시 안장에 앉으려 했다. 발을 등자에 넣고 올라서서 안장 너머로 다리를 걸치려는 순간, 말이 돼지 한 마리한테 놀라 급히 목책 쪽으로 물러나고 말았다. 사람이 무게가 좀 있다 보니, 그는 안장에 올라타지 못하고 그만 목책에 배를 깔고 넘어지고 말았다. 목책에는 다른 것보다 조금 높고 끝이 뾰족한 말뚝 하나가 꽂혀 있었는데, 배가 곧바로 그 말뚝에 박히는 바람에 미하일의 배가 찢어지면서 그는 땅바닥으로 굴러 떨어지고 말았다.

농부들이 경작지에서 돌아왔다. 그런데 말들이 콧김을 내뿜으며 대문 안으로 들어가려고 하지 않는 것이었다. 농부들이 보니 미하일 세묘니치가 두 팔을 활짝 벌린 채 벌렁 누워 있었다. 눈동자는 멈춰 있었고, 내장이 온통 땅에 쏟아져 있었다! 피가 웅덩이를 이루어 땅마저 그 피를 빨아들이지 못했다.

농부들은 놀라서 말들을 뒤쪽으로 몰고 갔고, 뾰뜨르 미헤이치 한 사람만이 말에서 내려와 관리인에게 다가갔다. 관리인이 죽은 것을 보자, 눈을 감겨주고, 수레에 말을 맨 후 아들과 함께 죽은 자를 상자에 넣어 지주의 집으로 데려갔다.

지주는 그렇게 해서 그간의 사정을 다 알게 되었고, 농부들을 부역에서 풀어주며 소작료만 내도록 했다.

그렇게 해서 농부들은 하나님의 힘이 악에서가 아니라, 선에서 나타남을 깨닫게 되었다.

대자(代子)

～

또 눈은 눈으로, 이는 이로 갚으라 하였다는 것을 너희가 들었으나 나는 너희에
게 이르노니 악한 자를 대적하지 말라(마태복음 5:38-39).

원수 갚는 것이 내게 있으니 내가 갚으리라(로마서 12:19).

～

1

어느 가난한 농부의 집에 아들이 태어났다. 농부는 마음이 기뻐 이웃을 찾아가 대부[27]가 되어달라고 청했다.

하지만 이웃은 거절했다. 가난한 농부 아들의 대부가 된다는 것이 내키지 않았기 때문이었다. 농부는 다른 이웃에게 갔지만, 거기서도 거절을 당했다.

온 마을을 돌아다녔지만, 대부가 되어주겠다는 사람을 만날 수 없었다. 농부는 할 수 없이 다른 마을로 발걸음을 돌렸다. 그러다가 길을 지나가던 나그네와 마주쳤다.

나그네는 걸음을 멈추고 물었다.

"안녕하시오, 농부 양반. 어디 가시는 길이요?"

"주님께서 내게 아이를 줬다오. 아이는 어릴 때는 기쁨이요, 나이 먹어서는 위로요, 죽은 후에는 영혼을 위해 기도해주는 존재지요. 그런데 제가 가난한 탓에 우리 마을에서는 대부를 해주겠다는 사람을 찾을 수가 없군요. 그래서 다른 마을로 대부를 찾으러 갑니다."

---

27 태어난 아기가 영세나 견진성사를 받을 때 신앙의 증인으로 세우는 종교상의 남자 후견인을 말한다. 러시아에서는 태어난 지 일주일이 지난 후 대부와 대모 입회하에 세례를 베푼다.

그러자 나그네가 말했다.

"내가 대부가 되리다."

농부는 기뻐서 나그네에게 감사하며 말했다.

"대모는 누구로 할까요?"

"상인의 딸을 대모로 삼으세요. 시내로 가면, 광장에 상가 석조 건물이 보입니다. 그 집 입구에서 따님을 대모로 삼게 해달라고 상인에게 부탁하세요."

농부는 못 미더워했다.

"대부님, 제가 어떻게 부자 상인에게 갑니까? 상인은 저를 무시하고 딸을 내주지 않을 겁니다."

"그런 일은 없을 겁니다. 가서 부탁하세요. 내일 아침까지 준비해놓으세요. 내가 가서 세례를 받게 해줄 테니까요."

가난한 농부는 집으로 돌아와 시내의 상인에게 갔다. 그는 마당에 말을 세워놓았다. 곧 상인이 직접 밖으로 나왔다.

"무엇을 원하나?" 그가 말했다.

"그러니까요, 나리. 젊을 때는 기쁨이요, 늙어서는 위로요, 죽어서는 영혼을 위해 기도해주는 아이를 주님께서 제게 주셨습니다. 댁의 따님을 대모로 주시면 감사하겠습니다."

"자네 아이의 세례일이 언제인가?"

"내일 아침입니다."

"알겠네, 마음 편히 가게. 내일 오전 예배 때 가겠네."

다음날 대모가 오고, 대부도 와서 아기에게 세례를 주었다. 아기에게 세례를 주자마자 대부가 떠나는 바람에 그가 누구인지 아는 사람은 없었다.

그리고 그 후로 그를 본 사람도 없었다.

2

아기는 자라면서 부모에게 기쁨이 되었다. 아이는 건강하고 부지런하고 똑똑하고 온순했다.

소년은 열 살이 되었다. 부모는 아이에게 읽기 쓰기를 배우게 했다. 다른 아이들은 읽기 쓰기를 배우는 데 5년이 걸렸다면, 아이는 1년 만에 모든 것을 익혔다. 더 이상 아이에게 가르칠 것이 없을 정도였다.

부활절이 되었다. 아이는 대모에게 가서 부활절 인사를 하고 집으로 돌아와 물었다.

"어머니 아버지, 제 대부는 어디 사세요? 대부에게 가서 부활절 인사를 드리고 싶어요."

아버지가 그에게 답했다. "귀여운 아들아, 네 대부가 어디 있는지 우리도 모른다. 그래서 우리도 슬프단다. 대부가 네게 세례를 준 이후 그분을 본 적이 없단다. 그분 얘기를 들은 적도 없고 어디 사는지도 모른다. 심지어 그분이 살아 계신지조차 모른단다."

아들은 아버지와 어머니에게 절을 했다.

"저를 보내주세요, 어머니 아버지. 제가 대부를 찾아볼게요. 그분을 찾아서 부활절 인사를 드리고 싶어요."

부모는 그를 보내주었다. 소년은 자신의 대부를 찾으러 길을 떠났다.

3

소년은 집을 나와 하염없이 길을 걸었다. 소년은 반나절을 걷다가 한 나그네와 마주쳤다. 나그네가 다가와 걸음을 멈추고 물었다.

"안녕? 아이야, 어디로 가는 중이냐?"

소년이 대답했다.

"부활절 인사를 하러 대모께 다녀왔어요. 집에 돌아와 부모님께 제 대부가 어디 사시냐고 물었지요. 대부에게도 부활절 인사를 드리고 싶다고요. 그랬더니 부모님께서는 대부가 어디 계신지 당신들도 모른다고 하셨어요. 나에게 세례를 주시고는 곧바로 떠나셔서 그분에 대해 전혀 모르고, 그분이 살아 계신지도 모른다고요. 부모님도 대부를 보고 싶다고 하셨지요. 그래서 대부를 찾으러 가고 있습니다."

그러자 나그네가 말했다.

"내가 너의 대부란다."

소년은 크게 기뻐하며 대부에게 부활절 인사를 드렸다.

"어느 방향으로 가시는 중이세요, 대부님? 우리 집 쪽으로 가시는 중이면 집에 오세요. 만일 대부님 댁으로 가시는 중이면, 제가 대부님과 함께 가겠습니다."

그러자 대부가 말했다.

"지금은 마을마다 일이 있어서 네 집에 갈 틈이 없구나. 내일이면 내가 집에 가 있을 게다. 그때 우리 집에 오렴."

"제가 어떻게 대부님을 찾지요?"

"태양이 뜨는 쪽으로 계속 똑바로 가다 보면, 숲이 나온단다. 숲 한가운데 빈터가 보일 게다. 그 빈터에 앉아서 잠시 쉬면서 그곳에서 무슨 일이 일어나는지 보렴. 그 숲에서 나오면 정원이 보일 게다. 정원 안에 황금지붕이 있는 궁궐이 있단다. 그곳이 내 집이다. 대문으로 들어오렴. 내가 그곳에서 너를 맞이하마."

대부는 그렇게 말하고 대자의 시야에서 사라졌다.

4

소년은 대부가 그에게 명한 대로 걸어갔다. 걷고 또 걷다 보니 숲에 도
달했다. 숲의 빈터로 가니, 한가운데 소나무 한 그루가 서 있었다. 큰 가
지 위에는 50킬로그램 정도 되어 보이는 단단한 통나무가 밧줄로 매달
려 있었다. 통나무 아래에는 꿀이 담긴 통이 놓여 있었다.

왜 이곳에 꿀이 있는지, 통나무는 왜 매달려 있는지 궁금해하던 차에
숲에서 나뭇가지 밟히는 소리가 나더니 곰들이 나오는 것이 보였다. 맨
앞에 엄마 곰이 나왔고, 그 뒤로 돌쟁이 새끼 곰과 연이어 세 마리의 작
은 새끼 곰들이 따라 나왔다. 엄마 곰은 코를 벌름거리며 곧장 꿀통으로
갔고, 새끼 곰들도 엄마 곰의 뒤를 따랐다. 엄마 곰은 꿀에 코를 박고 새
끼 곰들을 불렀고, 새끼 곰들도 달려와 꿀통에 매달렸다. 그 바람에 얼마
떨어져 있지 않던 통나무가 휙 멀리 날아갔다가 다시 돌아와 새끼 곰들
을 때렸다. 어떤 녀석은 등을, 다른 녀석은 머리를 맞았다.

어미 곰이 그것을 보고 앞발로 통나무를 밀어냈다. 통나무는 멀리 밀
려났다가 다시 돌아와서는 새끼 곰들 사이로 밀고 들어와 누구는 등을,
누구는 머리를 쳤다. 새끼 곰들은 울부짖으며 멀리 물러났다. 어미 곰은
고래고래 소리를 지르고는 앞발로 통나무를 머리 위까지 잡아 올리더
니, 더 멀리 통나무를 밀어 보냈다. 통나무는 더 높이 날아갔고, 돌쟁이
새끼 곰은 꿀통 위로 뛰어올라 꿀에 머리를 박고 꿀을 쩝쩝 먹었다. 다른
곰들도 가까이 다가오기 시작했다. 그런데 다른 곰들이 가까이 오기 전
에 통나무가 되돌아와 돌쟁이 곰의 머리를 치는 바람에 돌쟁이 곰은 그
자리에서 죽고 말았다.

어미 곰은 전보다 더 크게 울부짖으며 통나무를 붙잡아 온 힘을 다해
통나무를 위로 날려버렸다. 통나무는 가지보다 더 높이 날아가 밧줄이

중간에 헐렁해질 정도였다. 어미 곰은 꿀통에 다가갔고, 다른 새끼 곰들도 어미 곰의 뒤를 따랐다. 통나무는 한참을 높이 날다가 멈춰서는 다시 아래로 떨어지기 시작했고, 떨어질수록 속력이 더 붙었다. 통나무는 어미 곰을 향해 신속하게 내려와 어미 곰의 머리를 치고 말았다. 어미 곰은 그 자리에서 고꾸라져서 네 발로 버둥대다가 숨을 거두고 말았다. 그리고 새끼 곰들은 사방으로 달아나버렸다.

5

소년은 놀라서 멀리 도망쳤다. 그는 큰 정원에 도착했고, 정원 안에는 황금빛 지붕을 얹은 높은 궁궐이 서 있었다. 그리고 대문 옆에 대부가 서서 미소를 짓고 있었다. 대부는 대자와 인사를 나누고 그를 대문 안으로 들여보낸 후 정원으로 안내했다. 소년은 그 정원처럼 그렇게 아름답고 유쾌한 곳을 꿈에서도 본 적이 없었다.

대부는 소년을 궁궐 안으로 안내했다. 궁궐은 더 훌륭했다. 대부는 소년에게 방을 차례로 보여주었다. 지날수록 방은 더 훌륭해졌고, 더 유쾌해졌다. 마침내 그는 소년을 봉인된 문으로 데려갔다.

"이 방이 보이느냐?" 대부가 말했다. "이 방에는 자물쇠가 없고, 봉인만 있단다. 네가 문을 열 수는 있지만 그러지 말라고 네게 명하마. 너는 원하는 곳 아무데서나 마음껏 살면서 즐겁게 지낼 수 있다. 즐길 만한 모든 것을 즐겨도 된다만, 단 한 가지, 이것만은 지켜다오. 이 문에는 들어가지 말거라. 만일 들어가면 숲에서 네가 본 것이 기억나게 될 게다."

대부는 이렇게 말하고 그 자리를 떠났다. 대자는 혼자 남아 살게 되었다. 거기서 사는 일이 너무 유쾌하고 기뻐서 3시간밖에 지나지 않았다고 생각했는데, 세월은 무려 30년이나 지나 있었다. 30년이 지난 어느 날 대자는 봉인된 문에 다가가 생각했다.

'대부는 어째서 저 방에 들어가지 말라고 명하신 걸까? 가서 저 방이 어떤 방인지 알아보자.'

그는 문을 밀어 봉인을 떼고 문을 열었다. 들어가서 보니 다른 어느 곳보다 더 크고 더 훌륭한 궁궐이 있었고, 궁궐 한 가운데에 황금 권좌가 있었다. 대자는 궁궐을 이리저리 거닐다가 권좌에 다가가 계단을 타고 올라가 그 권좌에 앉았다. 앉아서 보니 권좌 옆에 홀이 있었고, 대자는 손에 홀을 쥐었다.

홀을 손에 쥐자마자, 갑자기 궁궐의 사방 벽이 무너졌다. 대자가 주변을 둘러보니, 전 세계와 그 세계에서 사람들이 하는 일이 모두 보였다. 똑바로 앞을 보니 바다가 보였고, 배가 항해하고 있는 것이 보였다. 오른쪽을 보니 기독교도가 아닌 낯선 민족이 살고 있었다. 왼쪽을 보니 기독교도지만 러시아인이 아닌 민족들이 살고 있었다. 뒤를 보니 러시아인이 살고 있었다.

"우리 집은 어떻게 살고 있는지 보자. 우리 집은 곡식은 잘 자라고 있을까?" 자기 집 들판과 곡식 단이 서 있는 것이 보였다. 그는 곡식 단 수를 세어 보았다. 곡식이 얼마나 풍성한지 보았고, 들판에 수레가 가는 것과 그 수레 안에 농부가 앉아 있는 것을 보았다. 대자는 자기 아버지가 밤에 곡식 단을 거두러 간다고 생각했다. 그런데 가만히 보니 그는 바실리 꾸드랴쇼프라는 도둑이었다. 도둑은 곡식 단에 다가가 단들을 수레에 싣고 있었다. 대자는 속이 상해 외쳤다. "아버지, 들에서 곡식 단을 훔치고 있어요!"

야간 방목장에서 자던 아버지는 잠에서 깼다. "꿈에 곡식 단이 도둑맞는 꿈을 꾸었어. 가서 살펴봐야겠다." 아버지는 말을 타고 나갔다. 들판에 도착한 아버지는 바실리를 보고 소리 질러 농부들을 불렀다. 그들은 바실리를 마구 팬 후 포박하여 감옥에 보내버렸다.

또한 대자는 대모가 살고 있는 도시를 들여다보았다. 그녀는 상인과 결혼한 몸이었다. 대모는 누워 자고 있었으나, 그녀의 남편은 일어나 정부에게 가는 것이었다. 대자는 상인부인에게 외쳤다. "일어나요, 남편이 나쁜 짓을 하고 있어요."

대모는 벌떡 일어나 옷을 입고, 남편이 어디 있는지 찾아내서는 정부를 두들겨 패서 창피를 주고, 남편도 내쫓았다.

대자는 또 자기 어머니를 들여다보았다. 어머니가 오두막에 누워 있는데, 오두막에 강도가 숨어들어 궤짝을 부수는 것이었다. 어머니가 잠에서 깨어 비명을 질렀다. 강도가 그것을 보고 도끼를 들어 어머니에게 휘둘러 어머니를 죽이려고 했다. 대자는 더 이상 참을 수 없어서 홀을 강도에게 던졌고, 홀은 강도의 관자놀이에 정확히 박혀 그 자리에서 즉사했다.

6

대자가 강도를 죽이자마자, 다시 벽이 닫히면서 궁궐이 다시 예전 모습으로 돌아왔다. 문이 열리면서 대부가 들어왔다. 대부가 대자에게 다가와 그의 손을 붙잡고 권좌에서 내려오게 한 후 말했다.

"너는 내 명령을 지키지 않았구나. 나쁜 짓 하나는 금지된 방문을 연 것이고, 다른 나쁜 짓 하나는 권좌에 앉은 것이고, 또 다른 나쁜 짓 하나는 내 홀을 손에 쥔 것이다. 세 개의 나쁜 짓을 저질렀으니, 세상에 수많은 악을 보탰구나. 한 시간만 더 앉아 있었더라면, 세상 사람 절반을 망쳐놓았을 게다."

대부는 다시 대자를 권좌에 데려가 홀을 손에 쥐어주었다. 다시 벽들
이 열리고 모든 것이 보였다.

대부가 말했다.

"이제 보거라, 네가 아버지에게 무슨 짓을 했는지. 바실리는 1년 동안
감옥에 있었고, 온갖 악행을 배워 완전히 짐승처럼 변했다. 보거라, 네
아버지의 집에서 두 마리 말을 훔쳤고, 마당에 불을 질렀구나. 저게 네가
아버지에게 한 짓이다."

아버지의 집이 불길에 휩싸이는 것을 대자가 보자마자, 대부는 그 광
경을 거두고 다른 곳을 보라고 명했다.

"자, 네 대모의 남편이 아내를 버린 지 벌써 1년이 되었고, 다른 여자
들과 놀고 있구나. 네 대모는 술을 마시기 시작했고, 남편의 예전 정부는
완전히 타락했구나. 이게 네가 네 대모에게 저지른 짓이다."

대부는 그 장면도 닫고 대자의 집을 보여주었다. 그는 자기 어머니를
보았다. 어머니는 자신의 죄를 탄식하면서 회개하며 말하고 있었다. "그
때 강도가 나를 죽였더라면 더 좋았을 것을. 그럼, 내가 이렇게 많은 죄
를 짓지 않았을 텐데."

"자, 이게 네가 어머니에게 저지른 일이란다."

대부는 이 장면도 닫고 아래쪽을 보여주었다. 대자는 강도를 보았다.
두 명의 간수가 감옥 앞에서 도둑을 지키고 있었다. 대부가 말했다.

"이 사람은 아홉 명을 죽였다. 그는 스스로 자기 죗값을 치렀어야 했
는데, 이제 네가 이자를 죽였으니, 모든 죄에서 벗어나게 되었다. 이제
네가 그의 모든 죄를 지게 되었다. 바로 이게 네가 자신에게 저지른 짓이
다. 어미 곰이 한 번 통나무를 밀쳤을 때는 새끼 곰들이 놀라기만 했지.
또 한 번 밀쳤을 때는 돌쟁이 곰이 죽었고, 세 번째 밀쳤을 때는 자기 자

신을 죽이지 않았느냐. 너도 똑같은 짓을 한 게다. 네게 이제 30년의 세월을 주마. 세상에 가서 강도의 죗값을 치르렴. 만일 죗값을 치르지 못하면, 네가 그의 자리에 서게 될 것이다."

그러자 대자가 말했다.

"제가 그 사람의 죗값을 어떻게 치르지요?"

대부가 말했다.

"세상에 네가 가져다준 만큼 악을 없앤다면 너와 강도의 죗값을 모두 치른 셈이다."

대자가 물었다.

"어떻게 세상에서 악을 없애지요?"

대부가 말했다.

"곧바로 태양이 뜨는 곳을 향해 가라. 들판에 도착하면 사람들이 들판에 있을 게다. 사람들이 무슨 일을 하는지 보고 그 사람들에게 네가 아는 것을 가르치렴. 그러고 나서 앞으로 더 나아가렴. 가서 보이는 것을 유념하거라. 나흘째 숲에 도착하게 되면 거기에 독수방이 있을 것이고, 그 독수방에는 은수자가 살고 있을 것이다. 그분에게 있었던 일을 다 말하여라. 그분이 너를 가르칠 게다. 은수자가 네게 명하는 것을 다 하고 나면 너와 강도의 죗값을 모두 치르게 될 거다."

대부는 이렇게 말하고는 대자를 문밖으로 내보냈다.

7

대자는 길을 걷기 시작했다. 그는 걸으며 생각했다. '내가 세상에 있는 악을 어떻게 없애지? 사람들은 악한 사람을 유형(流刑) 보내고, 감옥에 가두고, 사형시키는 것으로 세상에서 악을 없애는데…. 나는 어떻게 해야 내게 얹힌 남의 죄를 거둬내고 악을 없앨 수 있을까?' 대자는 고민하고 또 고민했지만, 뾰족한 수를 생각해낼 수 없었다.

한참을 걷다 보니 들판에 도착했다. 들판에는 곡식이 다 자라 있었다. 좋은 곡식이 빼곡히 자라 추수할 시기였다. 대자는 그 곡식 안으로 송아지 한 마리가 들어가는 것을 보았다. 사람들이 그것을 보고 말에 올라타 곡식밭을 따라 이리저리 송아지를 몰고 있었다. 송아지는 곡식밭에서 나가고 싶었으나 사람들이 달려드는 바람에 다시 곡식밭 안으로 들어가곤 했다. 그러면 또 사람들이 송아지를 쫓아 밭을 헤집고 다녔다. 길에 한 아낙네는 서서 울고 있었다.

"저 사람들이 내 송아지를 궁지로 내몰고 있네."

대자는 농부들에게 말했다.

"왜 그렇게 하세요? 여러분이 곡식밭에서 나오세요. 그리고 저 주인 아주머니더러 송아지를 부르라고 해보세요."

사람들이 그의 말을 들었다. 아낙이 곡식밭 끝에 다가가 소리치기 시작했다.

"이리 오렴, 이리 오렴…, 송아지야! 쮸, 쮸, 쮸!"

송아지가 귀를 쫑긋 세우고 그 소리를 가만히 귀 기울여 듣더니, 아낙에게 달려가 얼굴을 아낙 치맛자락에 묻는 바람에 아낙은 뒤로 넘어질 뻔했다. 농부들도 기뻐했고, 아낙도 기뻐했고, 송아지도 기뻐했다.

대자는 앞으로 더 나아가며 생각했다. '내가 보니 악에서 악이 더 많아지는구나. 사람들이 악을 쫓아내려고 하면 할수록, 악은 더 만들어지는 거야. 악으로 악을 없앨 수는 없다는 말이구나. 하지만 어떻게 악을 없앨 수 있는지는 모르겠네. 송아지가 여주인의 말을 들은 건 잘된 일이지만, 그 소리를 듣고도 따르지 않는다면, 어떻게 불러내지?'

대자는 생각하고 또 생각했지만, 뾰족한 수를 떠올릴 수 없었다. 그는 계속 앞으로 나아갔다.

8

그는 걷고 또 걸어 마을에 도착했다. 그는 제일 끝에 있는 오두막에서 밤을 보낼 수 있게 해달라고 부탁했다. 여주인이 그를 들여보내 주었다. 오두막에는 아무도 없었고, 여주인 혼자 청소하고 있었다.

대자는 집 안으로 들어가서 벽돌난로로 올라가 여주인이 하는 일을 지켜보기 시작했다. 그가 보니 여주인이 오두막을 청소한 뒤 식탁을 씻기 시작했다. 식탁을 씻어낸 후 그는 더러운 걸레로 식탁을 문질렀다. 한 면으로 닦았지만, 식탁은 잘 닦이지 않았다. 걸레가 더러웠기 때문에 식탁에는 얼룩이 그대로 남았다. 걸레의 다른 면으로 닦았지만, 한 줄이 닦이면 다른 줄이 다시 생겼다. 세로로 닦기 시작했지만, 마찬가지였다. 더러운 걸레로 닦으니 아무 소용이 없었다. 얼룩 하나가 없어지면, 다른 얼룩이 생겼다.

대자가 보다 못해 말했다.

"뭐 하고 계시는 거예요, 아주머니?"

"보면 모르겠소. 명절을 맞아 청소하고 있잖소. 그런데 아무리 해도 식탁을 닦을 수가 없네요. 계속 더러워요. 아주 지쳐버렸어요."

"그럼, 걸레를 깨끗이 빠세요. 잘 닦일 겁니다."

여주인은 그의 말대로 했고, 식탁이 잘 닦였다.

"가르쳐줘서 고맙소."

대자는 여주인과 작별 인사를 하고 또 길을 떠났다. 하염없이 걷다 보니 숲에 들어서게 되었다. 거기서는 농부들이 바퀴테를 구부리고 있었다. 대자가 가까이 다가가서 보니 농부들이 빙글빙글 도는데도 바퀴테는 구부러지지 않았다.

대자가 가만히 살펴보니, 농부들이 붙든 받침대가 고정되어 있지 않고 그들과 함께 돌고 있었다. 대자가 보면서 말했다.

"여보세요, 뭐하고 계신 건가요?"

"보면 모르오, 바퀴테를 구부리고 있잖소. 두 번이나 땀을 빼서 완전히 지쳤는데도 여전히 구부러지질 않는군요."

"받침대를 고정시키세요. 받침대와 함께 돌고 계시잖아요."

농부들이 그의 말을 듣고 받침대를 고정하자, 일이 수월하게 풀렸다.

대자는 그들과 함께 하룻밤을 보내고, 또 길을 떠났다. 그는 하루 낮과 밤을 꼬박 걸어 동 트기 전에 목동들이 있는 곳에 도착해 그들 곁에 누웠다. 그런데 보니 목동들이 가축을 세워놓고, 불을 피우려던 중이었다. 마른 가지를 모아 불을 붙였지만, 곧바로 불 위에 젖은 가지를 올려놓고 있었다. 젖은 가지들은 쉭 소리를 내며 불을 꺼뜨렸다. 목동들은 다시 마른 가지를 모아 불을 붙이고는 또다시 젖은 가지를 그 위에 올려놓아 불을 꺼뜨리는 일을 반복했다. 그들은 그렇게 오랫동안 애썼지만, 불을 피울 수가 없었다.

그러자 대자가 말했다.

"그렇게 서둘러 잔가지를 얹지 마세요. 먼저 불을 잘 피우세요. 불이 활활 타면, 그때 얹으세요."

목동들이 그의 말대로 불을 강하게 피운 후 잔가지를 올려놓았다. 잔가지에 불이 옮겨 붙으며 모닥불이 활활 타올랐다. 대자는 그들과 잠시 함께 있다가 다시 길을 떠났다. 대자는 그가 본 이 세 사건의 의미를 곰곰이 생각하고 또 생각해보았지만, 그 의미를 깨달을 수 없었다.

9

대자는 하염없이 길을 걸었고, 그렇게 하루가 지났다. 그는 숲에 도착했고, 숲에는 독수방이 하나 있었다. 대자가 독수방에 다가가 문을 두드리자 안에서 어떤 목소리가 들렸다.

"게 누구요?"

"큰 죄인이 왔습니다. 다른 사람의 죗값을 치르려고 가는 중입니다."

장상[28]이 나와 물었다.

"자네가 치러야 하는 다른 이의 죄라는 것이 무엇을 말하는가?"

대자는 그에게 모든 것을 이야기했다. 대부에 대해, 새끼 곰과 어미 곰에 대해, 봉인된 궁궐에 있던 권좌에 대해, 대부가 그에게 명령한 것에 대해, 그가 들판에서 본 농부들에 대해, 그러니까 그들이 곡식밭을 온통 밟아놓았는데 여주인이 송아지를 어떻게 불러냈는지에 대해서도 이야기해주었다.

"악으로는 악을 없앨 수 없다는 걸, 이제 깨달았어요. 하지만 어떻게 악을 없앨 수 있는지는 모르겠습니다. 가르쳐주세요."

그러자 장상이 말했다.

"여행 중에 또 무엇을 보았는지 말해주겠나?" 대자는 청소를 하던 아낙, 바퀴테를 구부리던 농부, 불을 꺼뜨리던 목동들에 대해 이야기했다.

장상은 이야기를 다 듣더니, 독수방으로 돌아갔다가 이가 다 빠진 도끼를 가지고 나왔다.

"가세나."

---

28 수도를 하면서 신도와 다른 수도사 사이에서 영적인 권위를 지니고 가르침을 베푸는 영적인 지도자를 일컫는다.

장상은 독수방에서 조금 떨어진 곳으로 가서 거기 있던 나무 한 그루를 가리켰다.

"저 나무를 베어라."

대자가 나무를 베니, 나무가 넘어졌다.

"이번에는 나무를 세 토막으로 잘라라."

대자는 나무를 세 토막으로 잘랐다. 장상은 다시 독수방으로 들어갔다가 불을 가지고 나왔다.

"이 세 개의 통나무에 불을 지펴라."

대자는 불을 지펴 통나무 세 개를 태웠고, 숯 세 덩이가 만들어졌다.

"숯을 땅에 절반만 묻어라. 이렇게 말이다."

대자는 숯을 묻었다.

"저기를 봐라. 산 아래 강이 있으니, 그 강에서 물을 입에 담아 이곳에 부어라. 네가 아낙을 가르쳤듯 이 숯에 물을 주어라. 네가 바퀴테를 휘던 사람에게 가르쳤던 대로 물을 주어라. 네가 목동을 가르쳤던 대로 물을 주어라. 이 세 숯이 자라 세 그루의 사과나무가 된다면, 어떻게 하면 사람들에게서 악을 없앨 수 있는지도 알게 되고, 그러면 죗값도 치를 수 있을 것이다."

장상은 이렇게 말하고 독수방으로 돌아갔다. 대자는 생각하고 또 생각했지만, 장상이 그에게 한 말의 뜻을 이해할 수 없었다. 대자는 명을 들은 대로 움직이기 시작했다.

10

대자는 강으로 가서 한 입 가득히 물을 머금고 와서 숯에 물주기를 여러 번 반복했다. 수백 번을 오가서 숯 한 덩이 주변 땅을 조금 적실 수 있었다. 그는 또 여러 번 왕복하여 다른 두 숯에도 물을 주었다. 대자는 파김치가 되었고, 배가 몹시 고팠다. 그는 독수방으로 돌아가 장상에게 먹을 것을 달라고 부탁할 참이었다.

문을 열어보니, 장상이 죽은 채로 의자에 누워 있었다. 대자는 주변을 뒤져 마른 빵을 찾아 먹었다. 그리고 삽을 찾아 장상의 무덤을 파기 시작했다. 그는 밤에는 물을 길어다가 부었고, 낮에는 무덤을 팠다. 무덤을 다 판 후 장상을 묻으려고 하는데, 마을에서 사람들이 올라왔다. 장상에게 음식을 가져온 것이었다.

사람들은 장상이 죽으면서 대자에게 자기 자리를 물려주었음을 알아차렸다. 그들은 장상을 묻고 대자에게 빵을 준 다음 빵을 더 가져오겠다고 약속하고 떠났다.

대자는 그렇게 남아 장상의 자리에 앉아 살아갔다. 대자는 사람들이 가져다주는 것으로 먹고살면서 장상이 명한 일을 계속했다. 강에서 물을 한 입 가득 물고 와서 숯에 계속 부었던 것이다.

대자가 그곳에 산 지 1년이 되자, 그를 찾는 사람들이 많아졌다. 숲에 성스러운 사람이 살면서 구도를 하는데, 산 밑에서 입으로 물을 머금고 날라 다 탄 나무 등지에 물을 준다는 소문이 돌았다. 많은 사람이 그에게 오기 시작했다. 부유한 상인도 와서 그에게 선물을 주었다. 대자는 꼭 필요한 물건 외에는 아무것도 취하지 않고, 받은 물건을 모두 가난한 사람에게 나누어 주었다.

대자는 그렇게 살아가기 시작했다. 하루의 절반은 입으로 물을 날라 숯에 주었고, 다른 절반은 쉬면서 사람들을 맞이했다. 대자는 그가 명을 받은 대로 살면서 그렇게 함으로써 악을 없애고 죄를 갚아나간다고 생각하기 시작했다.

대자는 그렇게 또 1년을 지냈고, 단 하루도 빠짐없이 물을 주었지만, 여전히 단 하나의 숯에서도 싹이 나지 않았다.

한번은 그가 독수방에 앉아 있는데, 그 옆으로 어떤 사람이 말을 타고 지나가면서 노래를 부르는 것이었다. 대자는 나가서 그가 어떤 사람인지 쳐다보았다. 젊고 건강한 사람이었다. 옷차림이 훌륭했고, 말과 그가 앉은 안장도 비싼 것이었다.

대자는 그를 세워 누구인지, 어디로 가고 있는지 물었다.

그 사람이 멈춰 섰다.

"나는 강도다. 이리저리 다니면서 사람들을 죽이지. 그리고 사람을 죽이면 죽일수록 더 명랑하게 노래를 부른다."

대자는 공포를 느끼며 생각했다. '이 사람은 자기가 쌓은 악을 저렇게 자랑하는구나. 저런 자에게서 어떻게 악을 없애지? 내게 와서 스스로 자기 죄를 뉘우치는 사람들에게 이야기하는 거야 쉽지.' 대자는 아무 말도 하지 않고 멀리 물러나 생각했다. '어떻게 하지? 이 강도가 습관처럼 여기로 다녀서 사람들을 놀라게 하는 바람에 사람들이 더 이상 오지 않는다면? 사람들에게도 유익이 될 게 없고, 나는 또 어떻게 살까?'

대자는 여기서 생각을 멈추고 강도에게 말했다.

"이곳, 내게 오는 사람들은 악을 자랑하지 않고, 회개하며 죄를 줄인다오. 하나님이 두렵다면, 당신도 회개하시오. 회개하고 싶지 않으면, 여기를 떠나 절대로 오지 마시오. 나를 괴롭히지 말고, 사람들을 놀라게 하지도 마시오. 이 말을 듣지 않으면 하나님이 당신을 심판하실 거요."

강도가 웃음을 터뜨렸다.

"나는 하나님 말도, 당신 말도 듣지 않아. 당신이 내 주인도 아니고."

그가 말했다.

"당신은 순례자들이 주는 것으로 먹고살지만, 나는 강도질로 먹고살지. 모두 뭔가로는 먹고살아야 하는 거야. 당신은 오는 아낙들이나 가르치고, 나를 가르칠 생각은 하지 마. 당신이 하나님을 언급했으니, 내일 나는 두 명을 죽이겠다. 당신도 지금 죽일 수 있지만, 내 손을 더럽히고 싶지 않아. 앞으로는 내 눈에 띄지 않게 조심해."

강도는 그렇게 위협하고 떠났다. 그는 더 이상 지나가는 일이 없었고, 대자는 이전처럼 평온하게 살았다. 8년 동안 그렇게 살자, 대자는 따분함을 느꼈다.

11

어느날 밤에 대자는 숯덩이에 물을 붓고는 독수방으로 쉬러 들어가 앉아 사람들이 오는지 오솔길을 바라보았다. 그날은 한 사람도 오지 않았다. 대자는 홀로 저녁까지 앉아 있다가 지루한 마음이 들어 자기 삶을 곰곰이 생각해보기 시작했다. 신자들 덕분에 먹고산다고 비난하던 강도의 말이 생각났다.

대자는 자기 삶을 돌아보았다.

'나는 장상이 명한 대로 살고 있지 못한 것 같아. 장상은 내게 참회하라고 했는데, 나는 그것으로 먹을 것과 영광을 취하고 있으니. 어찌나 미혹되었는지, 이제는 사람들이 내게 오지 않으면 따분함을 느끼는구나. 사람들이 오면 그들이 내 거룩함을 칭송하는 것을 기뻐하고. 이렇게 살아서는 안 된다. 나는 세상 영광 때문에 혼란에 빠졌어. 예전의 죄를 갚지도 않았는데, 새로운 죄를 더하게 되었구나. 숲으로 더 깊이 들어가 사람들이 나를 찾지 못할 장소로 가야겠다. 옛 죄를 갚고 새 죄를 더하지 않게끔 혼자 살아야겠다.'

대자는 이렇게 생각하고는 마른 빵 한 주머니와 삽을 들고 독수방에서 멀리 떨어진 계곡으로 들어가 외딴 곳에 땅굴을 파고 들어갔다.

대자가 자루와 삽을 들고 가는데 강도가 그를 덮쳤다. 대자는 놀라서 도망치려고 했지만, 강도가 그를 따라잡았다.

"어디로 가는 거냐?" 그가 물었다.

대자는 사람들에게서 떠나고 싶다고, 아무도 오지 못할 장소로 가고 싶다고 말했다.

강도가 놀라서 물었다.

"사람들이 오지 않으면, 이제 어떻게 먹고살려고?"

예전에는 이런 생각을 해본 적이 없다가 강도의 질문에 음식을 어떻게 해야 할까 하는 생각이 들었다.

"하나님이 주시는 대로 하지, 뭐." 그가 말했다.

강도는 아무 말도 하지 않고 가버렸다.

'어쩜담, 저 사람 삶에 대해 아무 말도 하지 못했군! 지금은 어쩌면 회개할지도 모르는데. 오늘은 어쩐지 더 부드러워진 것 같은데…. 죽이겠다고 위협도 하지 않고.'

대자는 강도의 뒤를 따라가며 소리쳤다.

"회개해야 합니다. 당신은 하나님을 피할 수 없어요."

강도는 말을 돌렸다. 허리춤에서 칼을 꺼내 대자를 향해 휘둘렀다. 대자는 놀라서 숲으로 도망갔다.

강도는 그를 더 이상 쫓지 않고, 이렇게 말할 뿐이었다.

"당신을 두 번 용서했으니, 노인, 세 번째는 눈에 띄지 마라. 죽이고 말테다!"

그는 이렇게 말하고 떠났다. 저녁에 숲에 물을 주러 간 대자는 새싹 하나가 난 것을 보았다. 그 새싹에서 사과나무가 자라고 있었다.

12

대자는 사람을 피해 혼자 숨어 살기 시작했다. 갖고 있는 마른 빵이 다 소진되었고, 이런 생각이 들었다. '자, 이제 나무뿌리라도 찾아야겠다.' 나무뿌리를 찾으러 막 나서려는데, 보니 나뭇가지에 마른 빵 자루가 걸려 있는 것이었다. 대자는 그 자루를 내려 그것으로 먹고 살기 시작했다.

그 빵 자루를 다 먹자, 또 다른 자루가 나뭇가지에 걸려 있었다. 대자는 또 그것으로 먹고살았다. 그가 품은 슬픔은 딱 하나, 강도가 두려운 것뿐이었다. 강도 소리만 들려도, 숨어서 생각했다.

'저자가 나를 죽이면 죗값을 치르지 못할 거야.'

그렇게 또 10년이 지났다. 사과나무 한 그루만 자라고, 숯 두 덩이는 그대로 남아 있었다.

어느 날 대자는 아침 일찍 일어나 해야 할 일을 하러 갔다. 숯덩이 옆에 있는 땅을 적시고 지쳐서 쉬려고 앉았다. 쉬면서 그는 생각했다.

'내가 죄를 지었어, 죽음을 두려워하니 말이야. 하나님께서는 내가 죽음으로 죄를 갚길 원하시는데.'

이런 생각을 하자마자, 갑자기 강도가 지나가면서 욕하는 소리가 들렸다. 대자가 그 소리를 듣고 생각했다. '하나님 외에는 어느 누구도 내게 나쁜 짓도, 선한 일도 하지 못할 거야.'

그는 강도를 만나러 나갔다. 보니 강도는 혼자가 아니라, 자기 뒤 안장에 사람을 태우고 가는 중이었다. 그 사람은 손이 묶여 있고, 입이 봉해져 있었다. 그 사람은 입을 다물고 있었고, 강도는 그에게 욕을 하고 있었다. 대자는 강도에게 다가가 말 앞에 섰다.

"그 사람을 어디로 데려가는가?"

"숲으로 데려간다. 이자는 상인의 아들이야. 아버지가 돈을 어디 숨겼는지 말하지 않고 있어. 저 녀석이 말을 할 때까지 매질을 할 거야.”

강도는 지나가려고 했다. 그러나 대자가 그를 놓아주지 않고 말고삐를 붙잡았다.

“이 사람을 놓아주게.”

강도는 대자에게 화를 내며 그를 향해 팔을 번쩍 들었다.

“당신도 당하고 싶냐? 내가 죽이겠다고 했다. 놓아라.”

대자는 놀라지 않았다.

“놓아주지 않겠네. 나는 자네가 두렵지 않아, 하나님만 두려울 뿐이야. 하나님께서 자네를 그냥 두라고 하지 않으시네. 자, 이 사람을 놓아주게.”

강도는 얼굴을 찌푸리고는 칼을 잡아 밧줄을 풀고 상인의 아들을 놓아주었다.

“꺼져버려. 너희 둘 다. 다음에는 내 눈에 띄지 마.”

상인의 아들은 펄쩍 말에서 뛰어내려 도망치기 시작했다. 강도가 가려고 하는데, 대자가 그를 또 붙잡고 흉악한 삶을 그만두라고 그에게 말하기 시작했다. 강도는 잠시 서서 그의 말을 듣더니 아무 말도 하지 않고 떠났다.

아침에 대자가 숯에 물을 주러 갔다. 보니, 다른 숯에서 싹이 나서 사과나무가 또 자라고 있었다.

13

또 10년이 흘렀다. 어느 날 대자가 앉아 있는데, 아무것도 원하는 게 없고, 아무것도 두려울 게 없고, 그저 그의 마음이 기쁜 것이었다. 대자는 혼자 생각했다. '하나님께서 우리에게 얼마나 많은 복을 주시는데! 그런데도 사람은 쓸데없이 자신을 괴롭히는구나. 그저 기쁘게 살면 되는 것을.'

그리고 사람들이 스스로 괴롭히며 악을 쌓는다고 생각하자 대자는 그들이 불쌍하다는 생각이 들었다. '공연히 내가 이렇게 살고 있구나. 내가 알고 있는 것을 사람들에게 이야기해줘야겠다.'

이런 생각을 하자마자, 강도가 오는 소리가 들렸다. '내가 이 사람에게 무슨 말을 한들, 이해하지 못할 거야.' 대자는 그렇게 생각하며 제 길을 가게 두었다.

처음에는 이렇게 생각하다가, 나중에는 생각을 바꿔 길로 나갔다. 강도는 음울한 모습으로 땅을 보며 말을 타고 가고 있었다. 대자는 그를 보고는 불쌍하다는 생각이 들어 달려가 그의 무릎을 잡았다.

"사랑하는 형제여. 자네 영혼을 불쌍히 생각하게! 자네 안에도 하나님의 영이 있지 않은가. 스스로도 괴롭고, 다른 사람도 괴롭히고 있지 않은가? 앞으로가 더 괴로울 걸세. 하나님이 자네를 얼마나 사랑하시는지, 얼마나 많은 복을 내리시는지! 스스로를 죽이지 말게, 형제. 삶을 바꾸게."

강도는 얼굴을 찌푸리고 돌아섰다.

"저리 비켜."

대자는 강도의 무릎을 더 세게 붙잡고 눈물을 흘리기 시작했다. 강도는 눈을 들어 대자를 보았다. 보고 또 보다가 말에서 내려와 대자 앞에 무릎을 꿇었다.

"당신이 나를 이겼소, 노인. 난 20년 동안 당신과 싸웠소. 당신이 이겼소. 이제 나는 나를 어쩌지 못하겠소. 내게 원하는 대로 하시오. 당신이 나를 처음 설득했을 때, 나는 더 화를 내기만 했소. 당신이 사람을 떠났을 때야 당신 말을 곰곰이 생각해보고, 당신 스스로 사람들에게 요구하는 게 아무것도 없다는 것을 깨달았소."

대자는 아낙이 걸레를 빨고 나서야 탁자를 닦을 수 있었던 것이 기억났다. 자신에 대한 걱정을 멈추고, 마음을 닦은 후에야 다른 이의 마음을 씻어줄 수 있게 된 것이었다.

그리고 강도가 말했다.

"당신이 죽음을 두려워하지 않는 것을 보고서야 내 마음이 바뀌었소."

대자는 바퀴테 만드는 사람들이 받침대를 고정시킨 후에야 바퀴테를 휠 수 있었던 것을 기억했다. 그가 죽음을 두려워하지 않고 삶을 하나님께 고정시키자, 불순종하는 마음이 순종으로 돌아섰다.

또 강도가 말했다.

"당신이 나를 불쌍히 여기고 내 앞에서 울자, 내 마음은 완전히 녹아내렸소."

대자는 기뻐서 숯들이 있는 장소로 강도를 데려갔다. 그들이 다가가자, 마지막 숯에서 사과나무 싹이 돋아났다. 대자는 불이 활활 타오르자, 농부들의 젖은 장작이 타오른 것이 기억났다. 그의 마음에 불이 일자, 다른 사람의 마음에도 불이 일었던 것이다.

대자는 이제 죄를 갚았다는 것을 알아차리고 기뻤다. 그는 이 모든 것을 강도에게 말하고 죽었다. 강도는 그를 묻고, 대자가 그에게 명한 대로 살면서 사람들을 가르치기 시작했다.

바보 이반

1

아주 옛날 옛적, 한 왕국에 어떤 부자 농부가 살고 있었다. 이 부자 농부에게는 아들 셋, 그러니까 군인 세묜과 배불뚝이 따라스, 바보 이반이 있었고, 농아인 딸 말라니야를 슬하에 두었다. 군인인 세묜은 황제를 섬기기 위해 전쟁에 나가고, 배불뚝이 따라스는 장사를 하러 도시에 있는 상인에게 갔으며, 바보 이반은 누이와 집에 남아 등이 굽도록 땅을 일구고 있었다. 군인 세묜은 높은 벼슬과 영지를 받고 지주의 딸과 혼인했다. 그는 봉급도 많이 받고, 큰 영지도 있었지만, 여전히 쪼들리며 살았다. 남편이 돈을 벌어도 부인이 귀부인이라서 흥청망청 돈을 낭비하는 바람에 여전히 돈이 없었던 것이다. 세묜은 수익금을 받으려고 영지에 갔다. 관리인이 그에게 말했다.

"돈이 나올 데가 없습니다. 우리 땅에는 가축도, 농기구도, 말도, 암소도, 쟁기도, 써레도 없습니다. 이 모든 걸 받으면 그때는 수익금도 있을 겁니다."

그래서 군인 세묜은 아버지에게 갔다.

"아버지, 아버지는 부자인데도 나에게 아무것도 주지 않았어요. 내게 재산의 3분의 1을 주면 내 영지로 가져갈게요."

노인이 말했다.

"넌 내 집에 아무것도 기여한 게 없는데, 어째서 3분의 1을 달라고 하느냐? 이반과 딸애가 속상해할 거다."

그러자 세묜이 말했다.

"이반은 바보이고, 여동생은 농아예요. 그 애들한테 뭐가 필요하겠어요?"

노인이 말했다. "이반이 하자는 대로 하마."

이반이 말했다. "그렇게 하세요, 가져가라 하세요."

군인 세묜은 집에서 자기 몫을 챙겨 자기 명의로 바꾸고 황제를 섬기러 떠났다. 배불뚝이 따라스도 돈을 많이 벌어 상인 딸과 결혼했지만, 여전히 돈이 부족해서 아버지에게 와서 말했다.

"제 몫을 떼어주세요."

노인은 따라스에게도 재산을 주고 싶지 않았다.

"네가 우리에게 준 게 아무것도 없고, 집에 있는 건 다 이반이 번 것이다. 너 역시 이반과 네 누이를 속상하게 하면 안 된다."

그러자 따라스가 말했다.

"그 애한테 뭐가 그렇게 필요하겠어요, 바보인데요. 결혼도 못할 겁니다. 시집오겠다는 사람도 없을 거예요. 농아인 여동생한테도 역시 아무것도 필요하지 않아요. 제게 주세요," 그가 말했다.

"이반, 내게 곡식 절반을 다오, 농기구는 가져가지 않을 게. 가축 중에서는 하얀 종마만 가져가마. 그 종마는 밭을 일구는 데 쓸모가 없어."

이반은 웃음을 터뜨렸다.

"그렇게 하세요." 그가 말했다.

"말에게 가서 재갈을 물릴게요."

그렇게 따라스에게도 재산을 나눠주었다. 따라스는 곡물을 도시로 옮기고, 하얀 종마를 데려갔다. 이반은 예전처럼 늙은 암말 한 마리만 데리고 농사를 지으며 부모를 봉양했다.

2

늙은 마귀는 재산 분할을 할 때 형제들이 다투지 않고 의좋게 헤어진 것이 불만이었다. 그는 작은 악귀 셋을 불렀다.

"봤냐, 저기 세 형제가 살고 있다. 군인 세묜, 배불뚝이 따라스, 바보 이반이다. 저들 모두 쌈박질하는 게 정상인데, 사이좋게 산단 말이다. 서로 환대하면서 말이다. 저 바보가 모든 일을 망쳐버렸다. 너희 셋이 가서 셋을 맡아라. 저들이 서로 눈알을 뽑도록 괴롭히란 말이다. 할 수 있겠느냐?"

"할 수 있습니다." 그들이 말했다.

"어떻게 할 텐가?"

"이렇게 하지요. 우선 먹을 것이 하나도 없도록 완전히 망하게 만들고, 한 자리에 모이게 하면 서로 으르렁거리면서 살 겁니다."

"좋았어, 너희가 일을 할 줄 아는구나. 가서 셋 모두를 싸우게 만들기 전에는 돌아오지 마라. 그러지 못하면 너희 세 놈들 껍질을 벗겨버릴 테다."

작은 악귀들은 습지로 가서 어떻게 일을 꾸밀지 의논하기 시작했다. 그들은 더 쉽게 일을 끝내려고 옥신각신하다가 누가 누구를 맡을지 제비 뽑기로 했다. 먼저 일을 끝낸 악귀가 다른 악귀를 도와주러 오기로 했다. 작은 악귀들은 제비를 뽑고, 다시 소택지에 모일 때를 정했다. 그때 누가 일을 끝냈고, 누구를 도우러 갈지 알아보기로 했다.

그날이 되자, 약속한 대로 작은 악귀들이 소택지에 모였다. 그들은 진행한 일을 서로 말하기 시작했다. 군인 세묜을 맡은 첫 번째 작은 악귀가 말했다.

"내 일은 잘 되었어. 세묜은 내일 아버지 집으로 갈 거야."

"어떻게 한 거야?" 친구들이 그에게 물었다.

"우선, 세묜에게 대단한 용기를 불어넣어 황제에게 전 세계를 정복하겠다는 약속을 하게 했지. 황제는 세묜을 사령관으로 삼아 인도 황제를 치러 보냈어. 전쟁을 하려고 그들이 한 자리에 모였지. 나는 그날 밤 세묜의 군대에 가서 모든 화약을 적셔놓았고, 인도 황제에게 가서는 지푸라기로 병사들을 잔뜩 만들어놓았지. 세묜의 병사들은 사방에서 지푸라기 병사들이 쳐들어오는 것을 보고 겁을 집어먹었어. 군인 세묜은 사격 명령을 내렸지만, 대포도, 소총도 발사되지 않았어. 세묜의 병사들은 놀라 염소처럼 도망을 쳤고 인도 황제는 그들을 격파했지. 군인 세묜은 망신을 당했고 영지도 빼앗겨 내일이면 사형을 당할 거야. 세묜이 집으로 도망가도록 감옥에서 탈출시키는 데는 하루면 충분해. 내일이면 일을 다 마칠 테니, 둘 중 누구를 도우러 가면 되는지 말해줘."

따라스에게서 온 다른 작은 악귀가 자기 일을 말하기 시작했다.

"난 도움 필요 없어. 내 일도 역시 잘됐거든. 따라스는 일주일도 버티지 못할 거야. 내가 먼저 한 일은 우선 녀석의 배를 잔뜩 부풀려 시기심을 불어넣은 거야. 그자는 남의 물건에 얼마나 시기심이 큰지 눈에 보이는 건 전부 사고 싶어 해. 전 재산으로 물건을 다 샀는데도 또 사고 있다니까. 이제 차용증까지 써주면서 사기 시작했어. 어찌나 많이 빌렸는지 뒤죽박죽 해결할 방법이 없어. 일주일 후면 돈을 갚을 기간이 다 차는데, 내가 물건을 다 못쓰게 만들 거야. 그럼, 돈을 갚지 못하니 아버지에게 가겠지."

그들은 이반에게 갔던 세 번째 작은 악귀에서 물어보기 시작했다.

"네 일은 어때?"

"글쎄, 나는 일이 잘 안 되고 있어. 내가 제일 먼저 한 일은 저 바보가 배앓이를 하게 보리음료가 담긴 항아리에 침을 뱉어놓고, 이반의 밭에 가서는 감당할 수 없을 정도로 밭을 돌처럼 단단하게 만들어놓은 거야. 그자가 당연히 밭을 일구지 못할 거로 생각했는데, 바보 같은 자가 쟁기를 가져와서 땅을 파기 시작하는 거야. 배가 아파 끙끙대면서도 계속 밭을 갈더라고. 그래서 쟁기 하나를 망가뜨렸지. 그랬더니 바보가 집에 가서 다른 자루를 가져와서 새로 끼워서는 다시 밭을 일구는 거야. 땅에 기어들어가 쟁기 날을 붙잡아보려고 했지만, 도저히 안 되는 거야. 힘이 얼마나 세던지, 쟁기 날이 날카로워 내 손만 베이고 말았지. 밭을 거의 다 일궈서 이제 한 고랑밖에 안 남았어." 그가 말했다.

"형제들이여, 와서 좀 도와주게. 우리가 그자 한 명을 감당하지 못하면 모든 노력이 허사가 되네. 만일 바보가 농사를 계속 짓게 된다면, 저 자들은 부족한 걸 모를 거고, 바보가 형제 둘을 다 먹여 살릴 거야."

세푼에게 갔다 온 작은 악귀가 내일 가서 도와주겠다고 약속했고, 작은 악귀들은 그러기로 하고 헤어졌다.

3

이반은 놀리던 땅을 다 갈고 이제 고랑 하나만 남겨두었다. 그는 마저 갈려고 밭에 왔다. 배가 아팠지만, 밭을 끝까지 갈아놓을 참이었다. 고삐 줄을 한 번 내리치고 쟁기를 돌려 밭을 갈기 시작했다. 방향을 돌려 되돌아오려고 하는데 꼭 나무뿌리에 걸린 듯 쟁기가 뭔가에 걸려서 움직이지 않았다. 그건 쟁기 술에 작은 악귀가 걸려 꼼짝 못하는 바람에 그런 것이었다.

'참 신기하네!' 이반이 생각했다. '이곳에는 뿌리가 없었는데, 뭐가 걸린 걸까?' 이반이 밭고랑에 손을 넣어 더듬어보니 뭔가가 물컹거렸다.

끄집어내 보니, 뿌리처럼 검은 것이었는데 그 뿌리에서 뭔가가 꼼지락 거리고 있었다. 자세히 보니 살아 있는 작은 악귀였다.

"에이, 추잡한 것이 있네!"

이반은 팔을 번쩍 들어 쟁기머리에 작은 악귀를 내동댕이치려고 했다. 그때 작은 악귀가 빽빽 소리를 지르기 시작했다.

"나를 치지 마. 네가 원하는 대로 다 해줄게."

"나한테 뭘 해줄 건데?"

"원하는 걸 말하기만 해."

이반이 머리를 긁적였다. "배가 아파, 낫게 해줄 수 있어?"

"할 수 있어."

"그럼, 고쳐줘."

작은 악귀는 밭고랑에 몸을 굽혀 손톱으로 땅을 뒤적이더니 세 갈래로 갈라진 나무뿌리를 캐내 이반에게 주었다.

"자, 한 뿌리만 먹어도 모든 통증이 사라질 거야."

이반은 나무뿌리에서 한 뿌리를 잘라 삼켰다. 배앓이가 금세 나았다. 작은 악귀는 다시 빌기 시작했다.

"이제 나를 놓아줘. 땅속으로 들어가 다시는 나다니지 않을게."

"그렇게 하지 뭐. 하나님이 함께하시기를!"

이반이 하나님 얘기를 하자마자, 작은 악귀는 돌이 물에 떨어지듯 얼른 땅 밑으로 들어가 그 자리에 구멍만 남았다. 이반은 나머지 두 뿌리를 모자 안에 넣고 마저 밭을 갈기 시작했다. 한 고랑을 끝까지 다 판 후에 그는 쟁기를 돌려 집으로 돌아갔다.

이반은 말을 풀어 오두막으로 들어갔다. 큰 형 세묜은 아내와 함께 앉아 저녁을 먹고 있었다. 형은 영지를 몰수당하고 감옥에서 가까스로 도망쳐 나와 아버지 집에 눌러앉을 생각이었다. 세묜은 이반을 보았다.

"이 집에서 살려고 왔다. 새 장소를 찾을 때까지 아내와 나를 먹여 살려다오."

"그렇게 해요. 이곳에 사세요."

이반은 의자에 앉고 싶었을 따름인데, 귀부인은 이반이 풍기는 냄새가 마음에 들지 않았다. 그녀가 남편에게 말했다.

"참을 수가 없어요. 악취 나는 농부와는 저녁을 함께 먹을 수 없어요."

군인 세묜이 말했다.

"내 아내가 말하는데, 너한테서 나쁜 냄새가 난다는구나. 너는 문간방에서 밥을 먹었으면 좋겠다."

"그렇게 하죠. 그렇지 않아도 야간 방목을 할 때예요. 말을 먹여야 하거든요."

이반은 빵과 농민외투를 들고 야간방목을 하러 나갔다.

4

그날 밤에 군인 세묜을 맡은 작은 악귀가 일을 마치고 약속한 대로 이반의 작은 악귀를 찾으러 왔다. 바보를 애먹이는 걸 도와주려고 온 것이었다. 밭에 와서 친구를 찾고 또 찾았지만, 아무 데도 보이지 않고 구멍만 덩그러니 뚫려 있을 뿐이었다. '녀석에게 불행한 일이 생겼군. 친구를 대신해야겠어. 밭을 다 갈았으니, 목초지에서 바보를 괴롭혀야겠다.'

작은 악귀는 초지로 나가 이반의 목초지에 물이 넘치게 했다. 목초지는 온통 진흙탕이 되었다. 이반은 새벽녘에 야간 방목에서 돌아와 낫을 벼리고 풀을 베러 나갔다. 이반은 초지에 나와 풀을 베기 시작했다. 낫을 한 번 휘두르고 두 번 휘두르니, 날이 무뎌져서 베어지지가 않았다. 날을 갈아야 했다. 이반은 힘겹게 애를 쓰고 또 썼다.

"아니다. 집에 가서 숫돌과 둥근 빵도 가져와야겠다. 일주일이라도 버틸 거야. 다 베기 전까지는 자리를 뜨지 않을 테다."

작은 악귀는 이 소리를 듣고 생각에 잠겼다.

'멍청이. 이 바보는 끄떡도 하지 않겠군. 다른 방도를 생각해야겠어.'

이반이 다시 와서 낫을 벼리고 풀을 베기 시작했다. 작은 악귀는 풀 속으로 기어들어가 뒤꿈치로 낫을 붙잡아 날이 풀 대신 땅을 치도록 했다. 이반은 힘에 겨웠지만, 풀을 다 베고 소택지 한 구역만 남겼다. 작은 악귀는 소택지로 가서 혼자 생각했다. '내 손발이 잘린다 해도 풀을 베지 못하게 하겠다.'

이반은 소택지에 들어갔다. 보니 풀은 빽빽하지 않았지만, 낫이 잘 들지 않았다. 이반은 화가 나서 온 힘을 다해 낫을 휘두르기 시작했다. 작은 악귀는 항복할 수밖에 없었다. 미처 피하기가 힘들었던 것이다. 그는 일이 잘 안 돼가는 것을 보고는 관목 숲으로 숨어들어 갔다. 이반은 팔을 크게 휘둘러 관목을 치다가 작은 악귀의 꼬리 절반을 자르고 말았다. 이반은 풀 베기를 다한 뒤 누이동생에게 풀을 모으라고 하고는 호밀을 베러갔다.

그는 큰 낫을 가지고 나갔지만, 꼬리가 잘린 작은 악귀가 벌써 그곳에서 호밀들을 다 엉클어놓아 낫이 말을 듣지 않았다. 이반은 돌아가 긴 낫을 가져와 호밀을 베기 시작해 전체를 다 베어버렸다.

"이제, 귀리를 베어야겠다."

꼬리가 잘린 작은 악귀는 이 소리를 듣고 생각했다. '호밀은 실패했지만, 귀리는 애를 먹게 하겠어. 내일 아침이 되기만 해봐라.' 그런데 아뿔싸! 작은 악귀가 아침에 귀리 밭에 나갔는데, 귀리가 벌써 베어져 있었다. 귀리 낟알이 덜 떨어지도록 이반이 밤에 다 베어놓았던 것이다. 작은 악귀는 화가 머리끝까지 났다.

"저 바보가 날 이렇게 괴롭히다니. 전쟁에서도 이런 재액(災厄)은 본적이 없었어! 저주받을 녀석, 잠도 자지 않으니 저 녀석을 어떻게 할 수가 없네! 이제 볏가리에 가서 전부 썩게 해버리겠다."

작은 악귀는 호밀 단으로 가서, 단들 사이로 기어들어가 썩게 만들기 시작했다. 그런데 작은 악귀는 볏가리를 덥히다가 자리가 뜨뜻해지니 곧 잠이 들고 말았다.

이반은 암말에 수레를 메고 누이동생과 함께 호밀 단을 나르러 왔다. 그는 호밀 단에 다가와 짐수레에 단을 던지기 시작했다. 두 단을 던지고, 다시 갈퀴를 찔렀는데 그게 작은 악귀의 엉덩이를 찌르게 되었다. 악귀를 들어 올려 자세히 보니, 꼬리 잘린 작은 악귀가 산 채로 갈퀴에 걸려 있었다. 꼬리 잘린 악귀는 몸을 움츠리고 갈퀴에서 빠져나가려고 몸을 버둥거렸다.

"에이그, 너 추잡한 것! 여기 또 있냐?"

"나는 다른 악귀야. 아까는 내 형제였어. 나는 네 형제 세푼한테 있었어."

"네가 누구든, 똑같지 뭐!" 이반이 악귀를 이랑에 내리치려고 하자, 악귀가 애걸하기 시작했다.

"나를 놓아줘. 다시는 안 그럴게. 네가 원하는 건 뭐든지 해줄게."

"뭘 해줄 수 있는데?"

"나는 네가 원한다면 무엇으로든 병사를 만들 수 있어."

"그걸 어디다 쓰라고?"

"무엇이든 시키고 싶은 게 있으면, 다 할 수 있어."

"노래도 부를 수 있나?"

"할 수 있지. 호밀 단을 들어서 아래쪽 끝을 땅에 대고 흔들며 이렇게

만 말해봐. '내 종이 명하니, 이제 너희는 곡식 단이 아니다. 지푸라기 수만큼 병사가 되어라.'"

이반은 단을 들어 땅에 흔들면서 작은 악귀가 명한 대로 말했다. 호밀 단이 사방으로 튀더니 병사가 되었다. 북치는 병사와 나팔수가 앞에서 음악을 연주했다. 이반은 웃음을 터뜨렸다.

"이것 봐라. 멋지군! 이거 아가씨들을 재미있게 해줄 수 있겠는데."

"자, 이제 놓아줘."

"아니, 난 낟알을 턴 짚단으로만 만들 거야. 그렇지 않으면 공연히 알곡만 떨어지잖아. 다시 단으로 만드는 법을 가르쳐줘. 탈곡을 해야 하니까."

작은 악귀가 말했다.

"'병사 숫자만큼 지푸라기가 되어라. 내 종이 명하니 곡식 단이 되어라!'라고 말하면 돼."

이반이 그렇게 말하자 다시 단이 되었다. 작은 악귀는 다시 애걸하기 시작했다.

"놓아줘. 지금."

"그렇게 하지 뭐!"

이반은 그를 이랑에 고정시키고 손으로 잡아 갈퀴에서 빼내주었다.

"하나님이 함께하시기를."

하나님 얘기를 하자마자, 작은 악귀는 물에 빠진 돌처럼 땅속으로 급히 몸을 감추었고, 구멍만 덩그러니 남았다.

이반이 집에 돌아오자, 집에는 다른 형제가 와 있었다. 따라스가 아내와 함께 앉아 저녁식사를 하는 중이었다. 배불뚝이 따라스는 빚을 갚지 못하고 도망쳐 아버지에게 온 것이었다. 그는 이반을 보고 말했다.

"자, 내가 다시 장사해서 돈을 벌어올 때까지 너는 나와 내 아내를 먹여다오."

"그렇게 하세요. 함께 사시지요."

이반은 농민외투를 벗고 식탁에 앉았다. 그러자 따라스의 부인이 말했다.

"나는 바보와는 함께 식사할 수 없어요. 악취가 난다고요."

배불뚝이 따라스가 말했다.

"이반, 너한테서 좋지 않은 냄새가 난다. 문간방에 가서 먹으렴."

"그러죠, 뭐." 이반은 대수롭지 않은 듯 말했다.

그는 빵을 들고 마당으로 나갔다.

"마침 야간 방목을 하러 갈 시간이야. 암말에게 먹이를 줘야지."

5

그날 밤, 따라스를 괴롭히던 작은 악귀가 약속대로 친구들을 도와 바보 이반을 괴롭힐 작정으로 도착했다. 밭에 와서 친구들을 찾고 또 찾았지만, 보이지 않았고 오직 구멍만 보일 뿐이었다. 초원에 나가 소택지에서 꼬리를 발견하고, 호밀이 베어진 밭에서는 다른 구멍을 발견했다.

'친구들에게 나쁜 일이 생긴 모양이로군. 대신해서 바보를 손봐주어야겠다.'

작은 악귀는 이렇게 생각하고 이반을 찾으러 다녔다. 이반은 밭을 떠나 숲에서 나무를 베고 있었다. 형제들이 함께 살기 비좁으니 나무를 베어 새 집을 지으라고 바보에게 일렀던 것이다.

작은 악귀는 숲으로 달려가 굵은 나뭇가지 속에 숨어 이반이 나무를 벌목하는 걸 방해하기 시작했다. 이반은 나무가 빈터에 쓰러지게끔 밑동을 제대로 쳤지만, 나무가 엉뚱한 방향으로 쓰러지면서 나뭇가지에 걸리는 것이었다. 이반은 지렛대를 만들어 나무를 굴려 가까스로 빈터에 쓰러지게 했다. 이반은 다른 나무에 도끼질을 시작했는데, 열 그루를 채 베지도 못하고 벌써 밤이 되었다.

이반은 지칠 대로 지쳤다. 마치 숲에 안개가 낀 듯 그에게서 증기가 피어올랐지만, 이반은 여전히 일을 그만두지 않았다. 그는 계속 도끼질을 했고, 등이 꺾이면서 더 이상 힘을 낼 수 없자 도끼를 꽂고 잠시 쉬려고 앉았다. 작은 악귀는 이반이 잠잠해진 것을 보며 기뻐했다. '그럼, 그렇지. 힘이 빠져 때려치웠구나. 나도 이제 좀 쉬자.' 그는 나뭇가지 위에 앉아 기뻐했다. 그런데 이반이 일어나 도끼를 빼더니 다른 방향으로 팔을 크게 휘두르는 것이었다. 그러자 금방 나무가 갈라지면서 쾅 넘어졌다. 작은 악귀는 미처 피하지도, 발을 빼지도 못했다. 나뭇가지가 꺾이면서 악귀의 팔이 가지에 끼고 말았다.

이반은 나무를 손질하다가 다시 나타난 악귀를 보고 깜짝 놀랐다.

"어이쿠, 또 너구나. 정말 추잡하군! 또 여기 있는 거냐?"

"나는 다른 악귀야. 네 형 따라스 옆에 있던 악귀."

"네가 어떤 악귀든, 너도 똑같이 당해야지!" 이반은 도끼를 휘둘러 도끼 등으로 그를 때려죽이려고 했다. 작은 악귀가 애걸했다.

"나를 치지 마. 네가 원하는 대로 해줄게."

"무슨 일을 할 수 있는데?"

"나는 네가 원하는 만큼 돈을 만들 수 있어."

"그렇다면, 한번 해봐!"

작은 악귀가 그에게 가르쳐주었다.

"이 참나무에서 나뭇잎을 가져다가 손으로 문질러 봐. 땅으로 금이 떨어질 거야."

이반이 나뭇잎을 가져다가 문지르니 금이 떨어졌다.

"사람들과 소풍 가서 놀 때 이거 좋겠네."

"이제 놓아줘." 작은 악귀가 말했다.

"그렇게 하지 뭐!" 이반은 지렛대를 가져와 작은 악귀를 놓아주었다.

"하나님이 함께하시기를!" 그가 하나님을 언급하자마자, 작은 악귀는 돌이 물속으로 떨어지듯 땅으로 꺼져 구멍만 덩그러니 남게 되었다.

6

형제들은 집을 짓고 따로 살았다. 밭에서 수확을 끝낸 이반은 맥주를 빚어 형제들을 잔칫상 앞으로 불렀다. 형제들은 이반의 초대에 응하지 않았다.

"우리는 농사꾼의 잔치를 본 적이 없어." 그들이 말했다.

이반은 농사꾼과 아낙들을 불러 대접하고 자기도 술을 마시고는 취해서 거리로 나갔다. 이반은 함께 모여 원무(圓舞)를 추는 이들에게 다가가 아낙들에게 자신을 칭찬해달라고 청했다.

"그렇게 한다면 여러분이 살면서 한 번도 보지 못한 것을 내가 줄게요." 아낙들이 웃음을 터뜨리고는 그를 추켜세우기 시작했다. 이반을 많이 칭찬한 후에 그들이 말했다.

"자, 이제 줘봐."

"이제 가져올게." 그는 씨뿌리기용 광주리를 집어 숲으로 달려갔다. 아낙들이 웃어재꼈다. "저 바보 좀 보소!" 그러고는 그에 대해 잊어버렸다. 그런데 이반이 다시 돌아오는데, 뭔가가 가득 담긴 광주리를 끌고 오는 것이었다.

"나누어 줄까?"

"나눠 줘."

이반이 금 한줌을 집어서 아낙들에게 던져주었다.

맙소사! 아낙들은 금을 주우려고 달려들었다. 농부들은 펄쩍 뛰며 서로 금을 낚아채고 빼앗았다. 노파 하나는 거의 죽을 정도로 사람들에게 밟히고 말았다. 이반은 웃고만 있었다.

"아이, 여러분은 바보야." 그가 말했다. "어째서 할머니를 밟은 거예요. 좀 쉬엄쉬엄 하세요. 그럼 더 줄 테니까."

이반이 금을 더 힘껏 던졌다. 사람들은 모여들었고, 그는 광주리를 다 비웠다. 사람들이 더 요청했다.

"이게 다예요, 다음에 또 드릴게요. 이제 춤을 추고, 노래를 부르세요."

아낙들이 노래를 부르기 시작했다.

"그 노래는 별로네요."

"그럼, 어떤 노래가 더 좋아?" 그들이 물었다.

"내가 이제 보여드릴게요."

그는 곡식창고로 가서 곡식 단을 빼내 낟알을 털더니, 똑바로 세워 탁탁 두들겼다.

"내 종이 명하니, 이제 너희는 단이 아니라 지푸라기다. 지푸라기 수만큼 병사가 되어라."

곡식 단이 벌떡 일어서더니 병사들이 되어 북을 치고 나팔을 불었다. 이반은 병사들에게 노래를 연주하라고 명한 뒤, 그들과 함께 거리로 나갔다. 사람들은 어리둥절해했다. 병사들이 잠시 노래를 연주한 후 이반은 그들을 곡식창고로 데려갔다. 아무도 자기를 따라오지 말라고 명하고는 병사를 다시 곡식 단으로 만든 후 낟가리에 던졌다. 그는 집에 돌아와 짐승우리에 누워 잠이 들었다.

7

큰 형 세묜이 이 일을 알게 된 후 아침에 이반을 찾아왔다.

"문 열어다오. 병사를 어디서 데려와서 어디로 데려간 거냐?"

"뭐에 쓰려고?" 그가 물었다.

"뭐에 쓰다니? 병사들이 있으면 뭐든 할 수 있어. 왕국을 얻을 수도 있다고."

이반은 깜짝 놀랐다.

"그래? 왜 진즉에 이야기하지 않았어? 형이 원하는 만큼 만들어줄게. 다행히 동생과 함께 탈곡을 많이 해놓았어."

이반은 형을 곡식창고에 데려가 말했다.

"봐, 내가 병사를 만들 테니 병사들을 데려가. 그렇지 않고 저들을 여기서 먹이면 마을 전체 식량이 하루 만에 동날 거야."

군인 세묜은 병사들을 데려가겠다고 약속했고, 이반은 병사를 만들기 시작했다. 탈곡장에서 곡식 단을 탁탁 치니 중대 하나가 만들어졌고, 다른 곡식 단을 치니 또 중대 하나가 나왔다. 이반은 들판 전체를 가득 메울 정도로 많은 병사를 만들어냈다.

"어때, 이 정도면 되겠어?"

세묜이 기뻐하며 말했다.

"됐다. 고맙다, 이반."

"알았어요. 더 필요하면 또 와. 내가 또 만들어줄게. 요즘은 지푸라기가 많아."

군인 세묜은 병사들에게 명령을 내려 그들을 모아 싸우러 나갔다.

세묜이 떠나자마자, 배불뚝이 따라스가 왔다. 그 역시 어제 이야기를 듣고 동생에게 부탁하기 시작했다.

"어디서 금화들이 났는지 말해봐. 나한테 그렇게 자유롭게 쓸 수 있는 돈이 있다면, 온 세상 돈을 다 끌어 모을 수 있을 텐데."

"맙소사! 진즉 나한테 말하지 그랬어. 형이 원하는 만큼 떨어줄게."

형이 기뻐했다.

"바구니 세 개만 채워 갖다 줘."

"그러지 뭐. 숲에 가자. 말에 수레를 매지 않으면 옮길 수 없을 거야."

그들은 숲으로 갔다. 이반은 참나무에서 나뭇잎을 문지르기 시작했다. 거대한 금화가 쏟아져 내렸다.

"이 정도면 되겠어?"

따라스는 기뻐했다.

"당분간은 괜찮겠어. 고맙다, 이반."

"다행이다. 더 필요하면 와. 내가 또 문질러 만들게. 나뭇잎이 아직 많이 남아 있으니까."

배불뚝이 따라스는 짐수레를 가득 채워 장사를 하러 갔다. 두 형제가 그렇게 떠났다. 세묜은 전쟁을 시작했고, 따라스는 장사를 시작했다. 군인 세묜은 나라를 정복했고, 배불뚝이 따라스는 큰돈을 벌었다. 형제들은 함께 모여 세묜은 병사들이 어디서 났는지, 따라스는 돈이 어디서 났는지 서로에게 털어놓았다.

군인 세묜은 형제에게 말했다. "나는 왕국을 정복했고, 잘살아. 다만 병사들을 먹일 돈이 조금 모자라는구나."

배불뚝이 따라스가 말했다. "돈을 산더미처럼 벌었는데, 딱 한 가지 슬픈 건, 돈을 지킬 사람이 없다는 거야."

"동생 이반에게 가자. 이반에게 병사를 만들라고 할게. 그래서 네 돈을 지키게 병사들을 줄게. 너는 병사들을 먹일 수 있게 돈을 문질러 만들라고 해라."

그들은 이반에게로 왔다. 먼저 세묜이 말했다.

"동생아, 내 병사로는 부족하구나. 병사를 더 만들어다오. 볏가리 두 단만이라도 병사로 만들어다오."

하지만 이반은 머리를 흔들었다.

"아니, 더 이상 형한테 병사를 만들어주지 않을 거야."

"아니 왜? 약속했잖아?"

"약속했지. 그래도 더 이상은 만들지 않을 거야."

"바보, 어째서 그런 거야?"

"형의 병사들이 사람들을 죽였잖아. 내가 얼마 전에 길옆에서 밭을 갈고 있는데, 그 길로 아낙이 관을 끌고 가면서 통곡을 하는 거야. 내가 물었지, '누가 죽었소?' 아낙 말이, '전쟁에서 세묜의 병사들이 남편을 죽였어' 하는 거야. 나는 병사들이 노래만 부른다고 생각했는데, 사람을 죽인 거야. 더 이상은 만들어주지 않을 거야."

그렇게 고집을 피우면서 그는 더 이상 병사를 만들지 않았다.

배불뚝이 따라스도 바보 이반에게 금화를 더 만들어달라고 부탁했다.

하지만 이번에도 이반은 머리를 흔들었다.

"아니, 더 이상은 이파리를 문지르지 않을 거야."

"왜? 약속했잖아?"

"약속했지. 그래도 더 이상은 안 할 거야."

"이 바보야, 어째서 그런 거야?"

"형의 금화가 미하일로브나에게서 암소를 빼앗아갔으니까."

"그게 무슨 말이야?"

"미하일로브나에게는 젖소 한 마리가 있어서, 아이들이 우유를 먹을 수 있었어. 그런데 얼마 전에 그 아이들이 내게 와서 우유를 달라고 하는 거야. 내가 물었지, '너희 젖소는 어디 있는데?' 했더니 아이들 말이, '배불뚝이 따라스의 관리인이 와서 엄마에게 금화 세 개를 주었고, 엄마는 그 사람에게 암소를 주었어. 그래서 우리는 지금 먹을 우유가 없어,' 그러는 거야. 나는 형이 금화를 갖고 놀고 싶어 그런 줄 알았는데, 형은 아이들에게서 젖소를 뺏어 갔어. 더 이상 만들어주지 않을 거야!"

바보는 고집을 피우며 더 이상 금화를 만들지 않았다. 그래서 형제들은 빈손으로 떠나야 했다. 형제들은 떠나면서 서로 어떻게 어려움을 벗어나게 도울지 의논하기 시작했다.

세몬이 말했다. "이렇게 하자. 너는 나한테 병사를 먹일 돈을 줘. 나는 네게 돈을 지킬 수 있게 병사와 왕국의 절반을 줄게."

따라스도 동의했다. 형제들은 절반씩 나눠 가졌고, 둘 다 황제가 되고 부자가 되었다.

8

이반은 집에 살면서 부모를 봉양하고 농아인 누이동생과 함께 들판에서 일했다. 한 번은 이런 일이 있었다. 이반의 마당에 사는 늙은 개가 병이 들어 피부에 옴이 나 거의 죽게 되었다. 이반은 그 개가 불쌍해서 여동생에게서 빵을 얻어 모자에 넣고는 개에게 가져가 던져 주었다. 그런데 모자에 난 구멍으로 빵과 함께 가는 뿌리도 하나 떨어졌다. 늙은 개는 빵과 함께 그 뿌리를 꿀꺽 삼켰다. 삼키자마자, 개는 펄펄 뛰면서 놀고 짖으며 꼬리를 흔들기 시작했다. 즉시 건강을 되찾은 것이었다. 아버지와 어머니가 그것을 보고 놀라워했다.

"무엇으로 개를 낫게 한 거냐?"

"저한테 가는 뿌리가 두 개 있었는데요, 모든 병을 낫게 해주는 거예요. 그런데 개가 하나를 먹었네요."

그 무렵 황제의 딸이 병이 났고, 황제는 온 도시와 마을에 포고문을 내려 딸을 고치는 사람에게 포상을 내리고 그가 총각이면 딸을 시집보내겠다고 알렸다. 이반이 있는 시골에도 포고문이 내려왔다. 아버지와 어머니는 이반을 불러 그에게 말했다.

"황제가 하신 말씀을 들었느냐? 너한테 가는 뿌리가 있다고 하지 않았느냐? 가서 황제의 딸을 고쳐줘라. 너는 평생 행복하게 살게 될 게다."

"그렇게 하죠, 뭐."

이반은 떠날 준비를 했다. 이반이 좋은 옷을 입고 현관계단을 나서려는데, 손이 굽은 여자 걸인이 서 있는 게 보였다.

"내가 들으니 네가 병을 고친다며? 내 손을 고쳐다오. 나는 혼자 신발도 신을 수가 없어."

이반이 말했다.

"어쩔 수 없군. 그렇게 하지, 뭐."

그는 가는 뿌리를 꺼내 걸인에게 주고는 삼키라고 했다. 여자 걸인은 가는 뿌리를 삼키고 건강해져 이제 손을 마음대로 움직일 수 있게 되었다. 이반의 부모가 황제에게 가는 이반을 배웅하러 나왔다가 그가 마지막 남은 뿌리를 걸인에게 내주는 바람에 황제의 딸을 고칠 수 없게 되었다는 소리를 듣고는 꾸짖기 시작했다.

"비렁뱅이 여자는 불쌍하고, 황제의 딸은 불쌍하지 않는 게냐!"

듣고 보니 황제의 딸도 불쌍한 마음이 들었다. 그는 수레에 말을 매고, 짚을 수레에 싣고는 떠나려고 앉았다.

"어디 가는 거냐, 바보야?"

"황제의 딸을 고치러 가요."

"너한테는 고칠 뿌리가 없지 않느냐?"

"그래도 어쩔 수 없죠." 이렇게 말하고 이반은 말을 몰았다.

황제의 궁궐에 도착했는데, 이반이 현관계단에 발을 딛자마자 황제의 딸이 건강을 되찾았다.

황제는 기뻐하며 이반을 불러오라고 명하고 그에게 옷을 입히고 멋지게 치장을 해주었다.

"자네가 내 사위가 되어주게."

"그렇게 하죠, 뭐." 그가 말했다.

이반은 그렇게 공주와 결혼했다. 황제는 곧 숨을 거두었고, 이반은 황제가 되었다. 그렇게 세 형제는 모두 황제가 되었다.

9

세 형제는 나라를 다스렸다.

큰형 세묜은 잘살았다. 그는 지푸라기로 만든 병사와 함께 진짜 병사도 모집했다. 그는 온 나라에 열 집마다 병사 한 명씩을 보내라고 명했다. 그리고 병사는 키가 크고 몸이 하얗고 얼굴이 깨끗해야 한다고 했다. 그런 병사를 많이 모집해 온갖 훈련을 시켰다. 무엇이든 그를 반대하면 세묜은 병사들을 보내 자기가 생각하는 대로 처리해버렸다. 그러니 모두가 그를 두려워했다.

머리에 떠오르기만 해도, 보고 눈짓만 해도 모든 것이 세묜의 소유가 되었다. 그는 병사를 보내 필요한 것을 다 골라 오고, 날라 오고, 가져오게 했다.

배불뚝이 따라스도 잘살았다. 이반에게서 얻은 돈을 탕진하지 않고 크게 불렸다. 그는 자기 왕국에서 훌륭하게 질서를 잡았다. 자기 집 궤짝 안에 돈을 쌓아두고, 백성들에게서는 돈을 거두어들였다. 사람에도, 보드카에도, 맥주에도, 결혼식에도, 장례식에도, 통행에도, 수피화에도, 각반에도, 주름장식에도 세금을 매겼다. 그는 자기가 원하는 모든 것을 손에 넣었다. 백성은 돈이 필요했기 때문에 돈을 얻으려고 그에게 모든 것을 가져왔고, 일을 하러 왔다.

바보 이반도 괜찮게 살았다. 장인의 장례를 치르자마자 그는 황제의 의복을 벗어 궤짝에 넣어두라고 아내에게 주고는, 다시 대마로 된 셔츠와 바지를 입고 수피화를 신고 일을 하러 나갔다.

"갑갑해서 살 수가 없네. 배도 나오고, 입맛도 없고, 잠도 오지 않고."

어머니와 아버지, 누이동생을 데려온 후 그는 다시 일을 하러 나가기 시작했다.

사람들이 말했다.

"당신은 황제이십니다!"

"그렇다고 해도, 황제도 실컷 먹어야지."

대신 하나가 와서 "봉급 줄 돈이 없습니다"라고 그에게 말했다.

"어쩔 수 없지, 뭐. 돈이 없으니, 지불하지 마시오."

"그럼, 근무를 하지 않을 겁니다."

"어떻게 하겠소. 그러라고 하시오. 근무를 하지 않으면, 더 자유롭게 일을 할 수 있겠군. 거름을 내오라고 하시오. 거름은 많이 만들어놓았을 테니."

어떤 사람이 재판을 해달라고 이반에게 왔다.

"저 사람이 내 돈을 훔쳤습니다."

"어쩌겠나! 돈이 필요했나 보군."

그렇게 해서 모두가 이반이 바보라는 것을 알게 되었다. 아내가 그에게 말했다.

"사람들이 당신을 바보라고 해요."

"하는 수 없지, 뭐."

이반의 아내는 생각하고 또 생각했지만, 그녀 역시 바보였다.

"내가 어떻게 남편을 거역할 수 있겠어? 바늘 가는 곳에 실도 가는 거지."

그녀도 황궁의 의복을 벗어 궤짝에 넣어두고 농아 시누와 함께 일하는 것을 배우러 갔다. 그녀는 일하는 것을 배워 남편을 돕기 시작했다. 똑똑한 사람은 이반의 왕국을 모두 떠나고 하나같이 바보들만 남았다. 누구에게도 돈이 없었다. 그들은 살면서 일하며 자급자족했고, 선량한 사람들도 먹여 살렸다.

10

늙은 마귀는 작은 악귀들이 세 형제를 어떻게 망하게 했는지 그 소식을 들으려고 기다리고, 기다리고 또 기다렸지만, 아무 소식도 들을 수 없었다. 그는 직접 알아보기 위해 그들을 찾아 나섰다. 찾고 또 찾았지만, 아무데도 없고 구멍 세 개만 보일 뿐이었다. '이런, 이것들이 힘에 부쳤나 보군. 내가 직접 처리해야겠다.'

그는 이반 형제들을 찾아 나섰지만, 옛 장소에서 그들을 찾을 수는 없었다. 다른 왕국에서 그들을 발견했다. 게다가 셋 다 자기 왕국을 지배하고 있었다. 늙은 마귀는 속이 상했다.

"자, 내가 직접 일을 처리하마."

그는 먼저 사령관의 모습으로 둔갑하여 황제 세묜에게 나아갔다.

"황제 세묜이시여, 황제께서 대단한 군인이라고 들었습니다. 저는 군대에 관한 한 배운 것이 확실하니, 황제를 섬기고 싶습니다."

세믄은 이것저것 물어본 후에 사람이 똑똑한 것을 보고는 받아들였다. 새 사령관은 황제 세믄에게 어떻게 하면 더욱 강한 군대를 모집할 수 있는지 가르치기 시작했다.

"최우선으로 할 일은 더 많은 병사를 모으는 겁니다. 폐하의 왕국에는 놀고먹는 백성이 너무 많습니다. 모든 젊은이를 선별 없이 징집해야 합니다. 그렇게 하면 전보다 다섯 배가 커지게 될 겁니다. 두 번째 일은 새로운 소총과 대포를 만드는 겁니다. 제가 한 방에 백 발씩 나가는 소총을 만들어 드리지요. 마치 콩이 튀기듯이 나갈 겁니다. 대포도 모든 것을 불로 태워버릴 것을 만들어 드리겠습니다. 사람이든, 말이든, 벽이든, 모조리 태워버릴 겁니다."

황제 세믄은 새 사령관의 말을 듣고 모든 청년을 차례로 징집하라는 명령을 내렸다. 그리고 새 공장을 지어 소총과 새 대포를 만들고는 이웃 황제와 전쟁을 시작했다.

군대가 그들과 싸우러 나오자마자, 황제 세믄은 병사들에게 총을 쏘고 대포에서 불을 발사하라고 명했고, 순식간에 군대의 절반을 불구로 만들고 태워버렸다. 이웃 황제는 놀란 나머지 항복하고 자기 왕국을 내놓았다. 황제 세믄은 기뻐했다.

"이제, 인도 황제를 정복해야겠다."

인도 황제는 황제 세믄에 대한 이야기를 듣고는, 그가 사용한 방식을 모방하고 또 자신만의 전략도 새롭게 고안했다. 인도 황제는 청년 외에도 홀로 된 아낙들도 병사로 모집해 세믄보다 군대가 훨씬 많았다. 세믄에게서 소총과 대포 기술을 모방한 데다가 공중으로 날아가 위에서 폭탄을 떨어뜨리는 방법도 추가로 도입했다.

하지만 세믄은 인도 황제와의 전쟁에서도 이전처럼 이길 수 있다고 생각했다. 적들을 치고 또 쳐서 금방 끝낼 수 있다고 생각했던 것이다. 인도 황제는 세폰의 군대가 총과 대포를 발사하기도 전에 아낙들을 세폰 군대 위로 보내 폭탄을 떨어뜨리게 했다. 아낙들은 세폰의 군대 위에서 마치 바퀴벌레 위에 약을 뿌리듯이 폭탄을 쏟아 붓기 시작했다. 세폰의 전 군대는 사방으로 도주하여 황제 혼자만 남게 되었다. 그렇게 해서 인도 황제는 세폰 왕국을 차지했고, 군인 세폰은 눈길이 닿는 대로 줄행랑을 쳤다.

늙은 마귀는 그렇게 큰 형을 처리하고 배불뚝이 황제 따라스에게 갔다. 그는 상인으로 변신해서 따라스 왕국에 자리를 잡고 가게를 열어 돈을 마구 뿌려대기 시작했다. 상인은 온갖 물건을 비싸게 주고 샀고, 온 백성이 돈을 벌려고 그에게 달려왔다. 돈이 많아지자, 백성은 그간의 미납금을 지불하고 기간 내에 모든 세금을 꼬박꼬박 냈다. 황제 따라스는 기뻐했다. '그 상인에게 고맙군. 이제 돈이 더 늘어나니, 내 형편도 더 좋아지겠어.'

황제 따라스는 새로운 방도를 궁리하다가 새 궁궐을 짓기로 했다. 그는 백성에게 나무와 돌을 가져오라고, 그리고 가서 일을 하라고 명했고, 임금을 많이 주겠다고 했다. 황제 따라스는 이전처럼 돈을 보고 백성이 일을 하러 쏟아져 올 것이라고 생각했다. 그런데 보니 나무나 돌 할 것 없이 상인에게 가져가고 모든 일꾼이 그에게 몰려가는 것이었다. 황제 따라스가 임금을 올리면, 상인은 거기에 더 액수를 보탰다. 황제 따라스는 돈이 많았지만, 상인에게는 더 많았고, 상인은 황제가 매긴 가격을 계속 경신했다. 그러니 황제의 궁궐은 건설되지 못했다.

황제 따라스는 정원을 만들 생각을 했다. 그에게 와서 정원에 나무를 심으라고 백성에게 명했지만, 아무도 오지 않았다. 모든 백성이 연못을 파러 상인에게 갔던 것이다.

겨울이 왔다. 따라스는 새로운 외투를 만들려고 검은색 담비 모피를 구매할 생각이었다. 담비를 사도록 대사를 보냈지만, 그가 다녀와서 말했다. "담비가 없습니다. 상인이 모든 모피를 가지고 있습니다. 더 비싸게 사서 담비로 양탄자를 만들었습니다."

황제 따라스는 종마를 사야 할 일이 생겼다. 신하들을 보낸 후 얼마 안 있어 그들이 돌아왔다. 좋은 종마는 모두 상인이 사들여 연못을 만든다고 물을 퍼다 나르고 있었다. 황제를 위해서는 아무 일도 하지 않았고, 모두가 상인을 위해서만 일하면서 황제에게는 세금만 낼 뿐이었다.

황제에게는 놓을 데가 없을 정도로 돈이 쌓였지만, 살기는 더 팍팍해졌다. 황제는 이제 아무 일도 도모하지 않았고 어찌어찌 살아가기는 했지만, 그것마저 여의치 않을 때가 많았다.

모든 게 불편했다. 그에게 있던 요리사도, 마부도, 하인도 그를 떠나 상인에게로 갔다. 이제는 먹을 것도 얻기 힘들어졌다. 뭔가를 사라고 사람을 시장에 보내도 남아 있는 게 아무것도 없었다. 상인이 다 사버리면, 백성은 황제에게 세금으로 돈만 가져오는 것이었다. 황제 따라스는 화가 머리끝까지 나서 상인을 나라 밖으로 내쫓았다. 그러나 상인은 국경 지역에 자리를 잡고 똑같은 일을 했다. 마찬가지로 사람들은 상인의 돈을 받으려고 모든 물건을 상인에게로 가져갔다. 황제는 살기가 아주 형편없어져 며칠씩 먹지도 못할 정도가 됐다. 거기 더해 상인이 뻐기면서 황제의 아내도 사고 싶어 한다는 소문이 들렸다. 황제 따라스는 주눅이 들어 어찌해야 할 바를 몰랐다.

그때 군인 세묜이 동생 따라스에게 와서 말했다.

"나를 도와다오. 인도 황제한테 나라를 빼앗겼구나."

하지만 황제 따라스도 사정이 형편없었다.

"나는 이틀 동안 먹지도 못했소."

11

늙은 마귀는 그렇게 두 형제를 손봐준 후에 이반에게 갔다. 이번에는 사령관으로 변신해서 이반에게 가서 나라에 군대를 두라고 설득하기 시작했다.

"황제가 군대 없이 산다는 건 합당하지 않습니다. 저에게 명령만 내리시면 황제 백성으로 병사를 소집해 군대를 만들겠습니다."

이반은 그의 말을 귓등으로 들었다.

"그렇게 하든지. 군대를 만들어 노래나 더 잘하게 가르쳐보게. 나는 그걸 좋아하네."

늙은 마귀는 이반의 왕국을 다니며 마음대로 병사를 모았다. 모두 머리를 깎으라고, 보드카 한 병과 붉은 모자를 모두에게 주겠노라고 알렸다. 하지만 바보들이 웃음을 터뜨렸다.

"포도주요? 우리에겐 먹을 것이 넘쳐요, 직접 빚으니까. 모자도 아낙들이 원하는 대로, 알록달록한 것도 만들어줘요. 술 달린 것도 된다니까요."

그러니 아무도 군대에 가지 않았다. 늙은 마귀가 이반에게 왔다.

"아무도 오지 않네요. 황제의 바보들은 자발적으로가 아니라, 힘으로 독촉할 필요가 있겠습니다."

"그렇게 하든지. 힘으로 동원해보게."

늙은 마귀는 바보들에게 모두 군인으로 등록하라고, 오지 않는 사람은 이반이 죽음으로 처벌할 것이라고 공지했다. 바보들이 사령관에게 와서 말했다.

"우리가 군대에 가지 않으면 황제가 사형에 처할 거라고 하지만, 병사가 되면 우리에게 어떤 일이 벌어질지는 이야기해주지 않았잖아. 사람들 말로는 병사는 죽음으로 내몰린다고 하던데."

"그렇지, 그렇게 될 수도 있지."

바보들이 그 소리를 듣고 고집을 부렸다.

"가지 않을 거야. 집에서 사형 당하는 게 낫겠어. 어차피 죽음을 피할 수는 없잖아."

"바보들 같으니, 정말 바보들이야!" 늙은 마귀가 말했다.

"병사는 죽을 수도 있고, 죽지 않을 수도 있어. 그런데 가지 않겠다니, 황제 이반이 너희를 꼭 사형에 처할 거야."

바보들이 고심하다가 황제인 바보 이반에게 가서 물었다.

"사령관이 나타나서는 우리 모두에게 병사가 되라고 명합니다. '만일 군대에 가면, 그곳에서 죽을 수도 있고 죽지 않을 수도 있는데, 황제 이반은 너희를 틀림없이 사형에 처할 것이다'라고 하던데요. 그 말이 정말입니까?"

이반이 웃음을 터뜨렸다.

"그게 무슨 말이에요. 나 혼자 여러분 모두를 죽인다고요? 만일 내가 바보가 아니었다면, 무슨 말인지 이해를 시켜드렸을 텐데. 저도 무슨 말인지 이해할 수가 없네요."

"그럼, 우리는 가지 않겠습니다."

"그렇게 하세요. 가지 마세요."

바보들은 사령관에게 가서 병사로 가지 않겠다고 거절했다.

늙은 마귀가 보니 제대로 되는 일이 없었다. 그래서 그는 타라칸의 황제에게 가서 살살 부추겼다.

"전쟁하러 갑시다. 황제 이반을 정복합시다. 그자는 돈만 없다 뿐이지, 곡식에, 가축에, 온갖 것이 아주 많습니다."

그러자 타라칸 황제가 전쟁을 하러 나왔다. 그는 거대한 군대를 모았

고, 소총과 대포를 정비해서 국경으로 나가 이반 왕국으로 진입하려고
했다.

사람들이 이반에게 와서 말했다.

"타라칸 황제가 우리와 전쟁을 하러 옵니다."

"어쩔 수 없지, 뭐. 오라고 해요."

타라칸 황제가 군대와 함께 국경을 넘어 이반의 군대를 찾으려고 척
후병을 보냈다. 척후병들은 찾고 또 찾았지만, 군대가 보이지 않았다. 기
다리고 또 기다렸지만, 도대체 군대는 어디에 있을까? 군대에 대한 소문
도 없었고, 맞서 싸울 사람도 없었다.

타라칸 황제는 마을을 점령하라고 군대를 보냈다. 병사들이 한 마을
에 들어갔는데, 남녀 바보들이 모여 병사들을 바라보며 놀라는 것이었
다. 병사들은 바보들한테서 곡식과 가축을 차출하기 시작했고, 바보들
은 다 내주고 누구 하나 방어하는 사람이 없었다. 병사들이 다른 마을에
들어갔는데, 그곳도 마찬가지였다. 병사들은 온종일 여기저기를 다녔고,
다음 날도 마찬가지였는데, 어디서나 그랬다. 모든 것을 내주고 아무도
방어하려 들지 않으며 자기 집에서 같이 살자고 부르는 것이었다.

"불쌍한 사람, 당신 나라에서 살기 어려우면 아예 우리나라에 와서 살
아요."

병사들이 이곳저곳을 다녀봤지만, 군대는 없었다. 그런데 모든 백성이
잘살면서 잘 먹고, 또 잘 먹여주면서 방어도 하지 않고 자기 집에 와서
살라고 부르는 것이었다.

병사들은 재미가 없어져서 황제에게 갔다.

"여기서는 싸울 수 없습니다. 우리를 다른 데로 데려가주세요. 전쟁이
전쟁다워야 흥이 나는데, 이건 꼭 칼로 물 베기 같으니 이곳에서는 더 이
상 싸우지 못하겠습니다."

타라칸 왕은 진노해서 병사들에게 전 왕국을 돌아다니며 마을과 집을 부수고, 곡물을 불태우고, 가축들을 베라고 명령했다.

"내 명령을 듣지 않으면, 너희 전체를 내가 말한 대로 해주겠다."

병사들은 기겁하여 황제가 명령한 대로 행하기 시작했다. 집과 곡물을 태우고 가축을 베기 시작한 것이다. 그런데도 바보들은 여전히 방어할 생각은 하지 않고 울기만 했다. 할아버지들이 울고, 할머니들도 울고, 어린아이들도 울었다.

"무엇 때문에 우리를 괴롭히는 거예요? 어째서 선을 악으로 갚는 겁니까? 필요하다면 좋은 것을 가져가세요."

병사들은 자신의 행동이 역겹다는 생각이 들었다. 더는 진격하지 못하고 모든 군대가 사방으로 달아나고 말았다.

12

그렇게 군대를 동원해도 이반을 뚫지 못하자 늙은 마귀는 잠시 떠났다가 말끔한 신사의 모습으로 변신해 다시 이반의 왕국에 들어왔다. 배불뚝이 따라스처럼 돈으로 이반을 무너뜨릴 작정이었다.

"저는 황제께 좋은 일을 해드리고 싶습니다. 지혜와 식견을 알려드리지요. 황제의 나라에서 집을 짓고 사업을 하겠습니다."

"그렇게 하세요. 우리나라에서 사세요."

말끔한 신사는 하룻밤을 자고 아침에 광장으로 나가 거대한 금화가 든 자루와 종이를 한 장 내와서 이렇게 말했다.

"여러분은 모두 돼지처럼 살고 있는 겁니다. 제가 어떻게 살아야 하는지 가르쳐드리지요. 제게 이 설계도에 따라 집을 지어주십시오. 제가 여러분에게 금화를 지불할 겁니다."

신사는 금을 보여주었다. 바보들은 깜짝 놀랐다. 그들의 공장에는 금이 없었고 물물교환하면서 서로 일을 해주는 방식으로 대가를 지불해왔기 때문이었다. 그들은 금을 보고 놀라워했다.

"정말 멋진 물건일세."

그들은 금화를 받으려고 물건을 가져오기도 하고 일을 하기도 했다. 늙은 마귀는 따라스의 왕국에서 그랬던 것처럼 금화를 마구 찍어냈고, 사람들은 금과 교환하려고 온갖 물건을 가져오고 온갖 일을 다 했다.

늙은 마귀는 기뻐하며 생각했다.

'이제야 일이 잘 되어가는군! 따라스처럼 이제 바보를 파산시켜야지. 저들의 내장까지도 다 사버리고 말 테다.'

바보들은 금화를 가져가서는 아낙에게 목걸이를 만들라고 내어주었고, 모든 아가씨가 금화 고리로 머리를 땋고, 아이들은 거리에서 금화를 가지고 놀았다.

하지만 모든 백성에게 금화가 많아지자, 더 이상 사람들은 그것을 가지러 가지 않았다. 말끔한 신사의 대저택은 아직 절반밖에 지어지지 않았고, 곡식과 가축은 아직 1년분도 확보하지 못했다. 신사는 일을 하러 오라고, 곡식과 가축을 가져오라고 알렸다. 모든 물건에, 온갖 노동에 많은 금을 내주겠다고 고지했다.

그러나 아무도 일하러 오지 않고, 아무것도 가져오지 않았다. 소년 혹은 소녀가 들러 달걀 하나에 금을 바꿔 갔지만, 그 애들마저 없으면 정말 아무도 없어서 그에게는 아무것도 남지 않았다. 말끔한 신사는 굶주림에 시달리다가 마을을 다니며 점심을 사먹기 시작했다. 마당 한 곳에 들어가 닭 한 마리를 먹고 금을 내주었지만, 주인 여자는 받지 않았다.

"그거 아니더라도 나한테 많아요." 그녀가 말했다.

혼자 사는 아낙에게는 청어 한 마리를 사면서 금을 주었다.

"필요 없어요, 아저씨. 아이도 없으니 줄 사람도 없고. 난 그냥 보기 드문 물건이라 세 개만 가져오고 말았어요."

빵을 얻으려고 농부의 집에 들어갔다. 농부도 돈을 받지 않았다.

"필요 없어요. 잠시 기다리세요. 마누라에게 빵을 좀 잘라오라고 할게요. 그냥 그리스도를 위해."

그 말에 마귀는 침을 퉤 뱉고 농부의 집에서 도망쳐 나왔다. 그리스도의 이름으로 뭘 받는 건 둘째치고, 그 말을 듣는 것 자체로도 칼에 찔리는 것보다 더 끔찍했던 것이다. 그래서 그는 빵도 얻지 못했다. 모두가 이미 실컷 금을 가지고 있었다. 늙은 마귀가 어디를 가든, 아무도 돈을 받으려고 뭔가를 내놓지 않았다. 그저 모두가 이렇게 말했다.

"무엇이든 다른 것을 가져오든지, 일을 하러 오든지 하세요. 그렇지 않으면 그리스도를 위해 그냥 가져가세요."

하지만 마귀에게는 돈 외에 아무것도 없었고, 일하고 싶은 마음도 없었다. 그렇다고 그리스도를 위해 받는 일은 꿈에도 생각할 수 없었다. 늙은 마귀는 화가 머리끝까지 났다.

"돈을 주겠다는데 또 뭐가 필요한 겁니까? 금으로 사고 싶은 거 다 사고, 일꾼도 고용하면 됩니다."

바보들은 그의 말을 듣지 않았다.

"아니요, 우리는 필요 없어요. 돈을 쓸 데도 없고 세금도 내지 않는데, 돈이 우리에게 무슨 필요가 있겠소?"

늙은 마귀는 저녁도 먹지 못하고 자려고 누웠다.

이 소식이 바보 이반의 귀에까지 들렸다. 사람들이 와서 물었다.

"어떻게 하면 좋을까요? 우리 마을에 말끔한 신사가 나타났습니다. 잘 먹고 잘 마시고 싶고, 옷도 깨끗하게 입길 원하는데, 일하기는 싫어하고 그리스도의 이름으로 부탁도 하지 않고, 모든 이에게 금붙이만 줍니다. 금화가 없을 때야 그 사람에게 내주었지만, 이제는 더 이상 주지 않습니다. 저 사람을 어떻게 하면 좋을까요? 저러다가 굶어 죽을까 봐요."

이반은 이야기를 끝까지 들었다.

"어쩌겠나. 밥은 먹여야지. 목동처럼 집집마다 다니게 두게."

어찌할 도리가 없었다. 늙은 마귀는 집집마다 다니기 시작했다. 이반의 집에 순서가 돌아왔다. 늙은 마귀가 점심을 먹으러 들어왔는데, 이반의 집에서는 농아인 누이동생이 점심 식사를 차렸다. 그런데 평소에 좀 게으른 사람들이 그녀를 자주 속이곤 했다. 일도 하지 않고, 점심을 먹으러 조금 일찍 와서는 죽을 다 먹어버리곤 했던 것이다. 누이동생은 손만 보아도 건달인지 알아볼 정도로 영리해졌다. 손에 굳은살이 있는 사람은 식사를 하게끔 앉히고, 없는 사람에게는 먹다 남은 음식을 주었다.

늙은 악마가 식탁에 앉았는데, 농아인 누이동생은 그의 손을 보고는 굳은살이 없고 손이 매끈하고 깨끗할 뿐만 아니라 손톱도 긴 것을 보았다. 농아는 우우 소리를 내며 마귀를 탁자에서 끄집어내렸다.

이반의 아내가 그에게 말했다.

"뭐라 하지 마세요, 신사 양반. 우리 시누이는 굳은살이 없는 사람은 식탁에 앉지 못하게 해요. 그러니 사람들이 다 먹을 때까지 조금 기다렸다가 남은 것을 드세요."

늙은 마귀는 황제의 집에서 돼지 취급을 당했다는 생각이 들어 기분이 나빴다. 그는 이반에게 말했다.

"당신 왕국에서 모든 사람이 손으로 일해야 한다는 법은 정말 바보 같습니다. 어리석어서 그런 법을 만든 겁니다. 사람들이 과연 손으로만 일을 해야 합니까? 영리한 사람은 무엇으로 일한다고 생각하십니까?"

이반이 말했다.

"바보 같은 우리가 어찌 알겠습니까? 우리는 그저 손에 굳은살이 박이도록 일을 할 뿐입니다."

"그래서 바보라고 하는 겁니다. 내가 머리로 일하는 법을 여러분에게 가르쳐드리겠습니다. 그러면 머리로 일하는 것이 손으로 일하는 것보다 훨씬 더 좋다는 것을 알게 될 겁니다."

이반은 깜짝 놀랐다.

"이런, 우리를 괜히 바보라고 부르는 게 아니군!"

늙은 마귀가 말했다.

"다만 머리로 일한다는 것이 쉽지만은 않습니다. 손에 굳은살이 없다고 내게 먹을 것을 주지 않지만, 머리로 일하는 게 백배는 더 어렵다는 것을 여러분은 모릅니다. 어떤 때는 머리가 지끈지끈 아픕니다."

이반은 생각에 잠겼다.

"가련한 사람, 어째서 자신을 그렇게 괴롭히십니까? 머리가 지끈거리는 게 과연 견디기 쉽겠습니까? 가벼운 일을 손에 못이 박히도록 하는 게 더 낫겠습니다."

그러자 마귀가 말했다.

"여러 바보들을 불쌍히 여기니까 내가 이렇게 괴로운 게 아니겠습니까? 내가 괴롭지 않으면, 여러분이 영원히 바보로 있을 테니까요. 나는 머리로 일을 하니, 이제 여러분에게 가르쳐 드리겠습니다."

이반이 놀랐다.

"가르쳐주세요. 우리 손이 지칠 대로 지치면, 그때는 머리로 바꿔 일해 보죠."

그래서 마귀는 머리로 일하는 법을 가르쳐주기로 약속했다. 이반은 말끔한 신사가 와서 우리에게 머리로 일하는 법을 가르쳐줄 것이며, 그렇게 하면 손으로 일하는 것보다 더 많은 일을 할 수 있을 테니 와서 배우라고 온 나라에 알렸다.

이반의 왕국에는 높은 망루가 세워져 있었고, 곧은 계단이 나 있고 꼭대기에는 탑이 있었다. 이반은 모든 이에게 보이도록 말끔한 신사를 그곳으로 데리고 올라갔다. 신사는 망루에 올라가 거기서 연설을 하기 시작했다. 바보들은 그 장면을 보러 모여들었다. 신사가 손 없이 머리로 어떻게 일하는지 실제로 보여주리라고 생각한 것이다. 늙은 마귀는 일하지 않고 살 수 있다는 것을 오직 말로만 가르쳐주었다.

하지만 바보들은 아무것도 이해하지 못했다. 그들은 보고 또 보다가 자기 일을 하러 이리저리 흩어졌다.

늙은 악마는 하루 동안 망루에 꼬박 서 있었고, 그다음날도 서서 모든 것을 말했다. 그는 밥을 먹고 싶었다. 바보들은 망루에 음식을 가져다 줘야 한다는 것을 미처 생각하지 못했다. 그들은 그가 손보다 머리로 일을 더 잘할 수 있다면, 자기 음식도 머리를 써서 쉽게 장만할 수 있을 거라고 생각한 것이다. 늙은 마귀는 그다음날도 꼬박 탑에 선 채로 모든 것을 이야기했다. 백성은 다가와서 그를 보다가 흩어졌다.

이반도 물어보았다.

"어떤가요, 그가 머리로 일하기 시작했나요?"

"아직 아닙니다. 여전히 아직은 두서없이 말하고 있습니다."

늙은 마귀는 탑에 하루 더 서 있었다, 그러니 몸이 약해져서 비틀거리다가 머리를 기둥에 부딪쳤다. 한 바보가 그것을 보고 이반의 아내에게 말했고, 이반의 아내는 경작지에 있는 남편에게 달려갔다.

"보러, 갑시다. 드디어 신사가 머리로 일하기 시작했대요."

이반이 놀라서 말했다.

"그게 정말이요?"

그는 말을 돌려 망루로 갔다. 망루에 가보니, 늙은 마귀가 굶주림에 완전히 힘이 빠져 비틀거리며 머리를 기둥에 부딪치고 있었다. 이반이 다가가자, 마귀는 비틀대다 고꾸라져서는 계단 아래로 곤두박질치면서 머리를 계단 층층마다 부딪치며 떨어지고 말았다.

"진짜, 말끔한 신사가 사실을 말했군. 지난번에 머리가 깨지겠다고 얘기했거든. 굳은살은 문제도 아니고, 그렇게 일하다가는 머리에 혹이 날거라고 했거든."

늙은 마귀는 계단 아래로 떨어져 머리를 땅에 처박았다. 이반은 그가 일을 얼마나 많이 했는지 보려고 다가갔는데, 갑자기 땅이 갈라지면서 늙은 마귀가 땅속으로 꺼지더니 구멍만 덩그러니 남는 것이었다.

이반은 머리를 긁적였다.

"맙소사, 정말 추잡한 것이었군! 또 그 마귀였어! 아주 건장했던 걸 보니 분명 애비였을 거야!"

이반은 오늘날까지도 살아 있고, 모든 백성이 그의 왕국으로 쏟아져 들어왔다. 형제들도 그에게 왔기 때문에 이반은 그들도 부양했다. 그에게 온 사람들은 이렇게 말했다.

"우리를 먹여주세요."

"그렇게 하세요. 여기 사세요, 우리나라에는 모든 게 풍족해요."

다만 그의 왕국에서는 지켜야 할 풍습이 하나 있었다. 손에 굳은살이 있는 사람은 식탁에 앉고, 없는 사람은 남은 음식을 먹는 것이었다.

사람에게는 얼마만한 땅이 필요한가

1

도시에 살던 언니가 시골에 사는 동생에게 놀러왔다. 언니는 도시 상인에게, 동생은 시골 농부에게 시집을 갔다. 자매들은 차를 마시며 대화를 나누었다. 언니가 우쭐대며 도시의 삶을 칭송하기 시작했다. 얼마나 넓고 깨끗한 집에서 사는지, 아이들은 어떻게 입히는지, 어떻게 먹고 마시는지, 어떻게 말과 썰매를 타고 산책 나가고 극장을 다니는지….

동생은 기분이 나빠져서 상인의 삶을 흉보고, 자기가 사는 농부의 삶을 칭송하기 시작했다.

"나는 내 삶을 언니 삶과 바꾸지 않을 거야. 평범하게 살아도 무서울 게 없거든. 상인들은 더 깔끔하게 살고 장사로 큰돈을 벌기도 하겠지만, 언제라도 빈털터리가 될 수도 있으니 말이야. 그런 속담도 있잖아, '얻는 게 있으면 잃는 것도 있는 법.' 지금은 부자지만, 내일은 창 밑에서 구걸하는 경우도 종종 있지. 하지만 농부의 삶은 더 탄탄해. 농부의 삶은 가늘고 길어서 부자는 아니어도 배는 부르거든."

언니가 말문을 열었다.

"대체 그 배가 부르다는 게 뭐야? 돼지와 소들과 함께 뒹구는 거? 우아함이나 예의 따윈 찾을 수도 없이! 네 주인양반이 아무리 일을 열심히 해도 거름 위에서 사는 거나 마찬가지고. 또 그렇게 살다 죽게 되겠지. 아이들도 마찬가지고."

"어쩌겠어. 우리 일이 그런 건데. 하지만 우리는 탄탄하게 살고 아무에게도 굽실거리지 않고 아무도 두려워하지 않아. 언니는 유혹이 많은 도시에서 살잖아. 지금은 괜찮은데 내일은 부정한 녀석이 꼬이잖아. 봐, 언니 주인양반을 도박으로 유혹하는가 하면, 술로 혹은 여자로 유혹하잖아. 모든 게 헛것으로 돌아가는 거야. 그런 일 종종 있지 않았어?"

주인인 빠홈이 벽돌난로에서 아낙들이 주고받는 소리를 들었다.

"저 말이 정말 맞는 말이네. 우리 형제는 어릴 때부터 이 땅을 파먹고 살아가느라 바보 같은 짓을 할 생각이 아예 머리에 들어오지 않았지. 한 가지 서러운 게 있다면, 땅이 적다는 거야! 땅만 충분하다면 나는 그 누구도, 악마도 두렵지 않아!"

아낙들은 차를 다 마시고 옷차림에 대해 수다를 더 떤 후 설거지를 하고 자러 갔다.

악마가 벽돌난로 뒤에 앉아 모든 말을 들었다. 그는 농부의 아내가 남편에게 잔뜩 바람을 넣은 게 기뻤다. 땅만 있다면 악마도 남편을 유혹하지 못할 거라고 자랑했던 것 말이다.

'좋았어. 한번 겨뤄보자. 네게 땅을 많이 주마. 내가 땅으로 너를 취하겠어.'

2

농부들 가까이에 크지 않은 영지를 가진 여지주가 살았다. 그녀에게는 120데샤티나(1데샤티나는 약 10,920제곱미터 혹은 약 3,300평. 120데샤티나는 대략 사십만 평) 정도의 땅이 있었다. 그녀는 농부들과 사이좋게 살았고, 농부들을 괴롭히지 않았다. 그런데 지주가 퇴역병사를 영지관리인으로 고용했는데, 그 관리인이 벌금으로 농부들을 못살게 굴기 시작했다. 빠홈이 아무리 조심해도, 말이 귀리밭에 들어가거나 암소가 정원을 배회하거나 수레가 목초지로 나가면 어김없이 벌금이었다.

빠홈은 벌금을 내면서 욕을 하며 식구들에게 손찌검을 했다. 여름내 빠홈은 이 영지관리인 때문에 죄를 많이 지었다. 겨울이 되어 가축이 안뜰에 있자, 사료가 아깝기는 했지만 걱정거리가 없어서 기뻤다.

겨울에 여지주가 땅을 팔고 난데없이 집 관리인이 그 땅을 살 작정이라는 소문이 돌았다. 농부들은 그 소리를 듣고 탄식하며 생각에 잠겼다. '땅이 집 관리인에게 돌아가면 마님 때보다 더한 벌금으로 우리를 괴롭히겠지. 우리는 다들 이 땅이 없으면 먹고사는 게 힘드니 말이야.' 농부들이 촌락공동체의 이름으로 여지주를 찾아가 집 관리인에게 땅을 팔지 말고 자기들에게 내어달라고 부탁했다. 값을 더 비싸게 지불하겠다고 약속했던 것이다.

여지주는 동의했다. 농부들은 촌락공동체 명의로 땅 전체를 살 작정이었다. 한두 번 집회를 열었지만, 농부들은 합의에 이르지 못했다. 부정한 악마가 모임을 깨서 그들은 결코 합의할 수 없었던 것이다. 농부들은 힘에 닿는 만큼 각자 땅을 사기로 결정했다. 여지주도 이 안에 동의했다. 빠홈은 한 이웃이 여지주에게서 20데샤티나(약 6만 7천 평)를 샀는데, 우선 땅값의 절반만 지불하고 나머지는 1년 안에 갚기로 했다는 소식을 들었다. 빠홈은 시기심이 들었다. '사람들이 땅을 다 사버리면, 내가 살 땅이 없을 텐데.' 그는 아내와 의논했다.

"사람들이 땅을 사니, 우리도 10데샤티나 정도는 사야 할 텐데. 그렇지 않으면 살기가 힘들어. 영지관리인이 벌금으로 못살게구니."

그들은 어떻게 살지 이리저리 궁리했다. 그들에게는 모아둔 돈 100루블이 있었는데, 수놈 망아지도, 벌통 절반도 팔았다. 그리고 아들을 일꾼으로 보내 미리 돈을 받고, 처남에게서도 돈을 빌려 절반을 마련했다.

빠홈은 그렇게 돈을 모아 마음에 드는 땅을 골라잡았다. 작은 숲이 있는 15데샤티나(약 5만 평)의 땅이었다. 그는 여지주에게 가서 땅을 흥정해 계약하고 계약금을 주었다. 그들은 시내로 가서 계약서에 서명했고, 빠홈은 돈의 절반을 준 후 2년 안에 나머지를 지불하겠다고 약속했다.

그렇게 빠홈은 땅을 갖게 되었다. 빠홈은 씨앗을 빌려 구입한 땅에 가서 뿌렸다. 농작이 잘 되어 1년 만에 여지주와 처남에게 빌린 부채를 모두 갚을 수 있었다. 빠홈은 지주가 되어 자기 땅을 경작하고, 씨를 뿌리고, 건초를 베고, 벌목을 하고, 가축들을 먹였다. 영원히 자기 것이 된 땅에 나가 새싹과 목초지를 보고 오면서 빠홈은 기뻐 견딜 수가 없었다. 풀이 자라고 꽃이 피는데, 다른 어느 곳에서도 그렇게 잘 자라는 것 같지 않았다. 예전에 그 땅을 지날 때는 다른 땅과 다를 바 없다고 생각했는데 이제는 그 땅이 아주 특별하게 느껴졌다.

3

빠홈은 더할 나위 없이 기뻤다. 이웃 농부들이 빠홈의 호밀과 목초지를 함부로 사용하지 않았더라면 모든 것이 좋았을 터였다. 그는 농부들에게 진심으로 부탁했지만, 상황은 나아지지 않았다. 가령 목동들이 암소를 목초지에 풀어놓는가 하면, 밤에 목초지로 나온 말들이 호밀밭으로 기어들어오곤 했다. 처음엔 가축만 쫓아내고 그 주인에게는 죄를 묻지 않고 재판을 걸지 않았다. 땅이 좁다 보니 그런 것이지 농부들이 나쁜 의도로 그러는 게 아니라는 것을 빠홈도 알았다.

하지만 점점 이런 생각이 들었다. '마냥 허용해서는 안 돼. 그렇지 않으면 계속 훼손할 거야. 따끔하게 가르쳐야지.' 그런 일이 반복되자 나중에는 하도 지겨워서 지역재판소에 고소하게 된 것이다.

빠홈은 한번 따끔하게 가르치려는 생각으로, 재판을 걸어 몇몇 농부들에게 벌금을 물렸다. 그러자 이웃 농부들은 빠홈에게 불만을 품고 그 후에는 일부러 훼손하기 시작했다. 그리고 어떤 사람은 밤에 몰래 숲에 들어가 껍질을 얻으려고 보리수 열 그루를 베기도 했다. 빠홈이 숲을 지나다 보니 허연 게 보였다. 다가가 보니 껍질이 벗겨진 보리수 몽둥이가 널브러져 있었고, 나무 밑둥치만 남아 있었다. 관목 중에서 끝만 자르고 하나라도 남겨뒀다면 그래도 좀 나았을 텐데, 악한 사람들이 한 열 전체를 모조리 발라냈던 것이다.

빠홈은 울화통이 치밀었다. '에이, 누가 이런 짓을 했는지 알았으면 좋겠네. 복수를 해줄 텐데.' 누가 그랬을까, 생각하고 또 생각했다. '셈까 외에는 이런 짓을 할 사람이 없어.' 그는 셈까 마당에 가서 증거를 찾아봤지만, 아무것도 발견하지 못해 욕지거리만 주고받고 왔다. 그러니 빠홈은 셈까가 그랬다는 데 더 확신을 갖게 되었다. 그는 고소장을 제출해 셈까를 재판에 불러냈다.

재판했지만, 농부는 죄가 없다는 판결을 받았다. 증거가 없었기 때문이다. 빠홈은 더 화가 났다. 그는 촌장과 재판관들과도 대판 싸웠다. "당신들은 도둑 손을 들어주고 있는 거예요. 당신들이 제대로 살았으면, 도둑을 두고 절대로 죄가 없다고 말하지는 않았을 거요." 빠홈은 재판관들과도, 이웃과도 이렇게 대판 싸웠다. 여기저기서 그의 집을 태워버리겠다는 위협이 들리기 시작했다. 빠홈은 넓은 땅에서 살게 되었지만, 촌락공동체에서 사는 게 전보다 더 팍팍해졌다.

그때 사람들이 새 장소로 이사 간다는 소문이 돌았다. 빠홈은 생각했다. '내 땅에서 내가 나갈 이유는 전혀 없지. 이 마을에서 누군가가 나간다면, 우리는 더 넓게 살 수 있을걸. 그자들 땅을 취해서 우리 것으로 만들어야겠다. 살기 더 좋아질 거야. 지금은 여전히 비좁지 뭐.'

빠홈이 집에 앉아 있는데, 지나가던 농부가 들어왔다. 그는 하룻밤 지내고 가라고 농부를 집 안으로 불러들여 밥을 먹이고 이야기를 함께 나누었다. "어디서 오는 게요?"라고 묻자, 농부는 저 아래 볼가 강 쪽에서 오는 길이라고, 그곳에서 일했다고 대답했다. 농부는 사람들이 어떻게 거기 정착하러 가는지 이야기해주었다. 그 사람 말이 이랬다.

"그곳에 정착해서 촌락공동체에 등록하면, 한 사람당 10데샤티나(약 3만 3천 평)씩을 떼어줍니다. 땅 상태가 어떠냐 하면, 호밀을 심으면 말이 보이지 않을 정도로 줄기가 자라고, 얼마나 빽빽하게 자라는지 다섯 줌이 한 단 두께예요. 정말 가난한 농부가 빈손으로 왔는데, 지금은 말이 여섯 마리이고, 암소가 두 마리예요."

빠홈의 마음이 뜨거워졌다. 그는 생각했다. '만약 그렇게 잘살 수만 있다면, 이 좁은 구석에서 불행하게 살 게 뭐람. 이곳 땅과 뜰을 팔고, 그 돈으로 저쪽에서 새로운 삶을 건설하고 집을 다시 짓자. 이 좁은 구석에 살다 보면 골치 아픈 일만 늘 뿐이야. 직접 가서 알아볼 필요가 있어.'

그는 여름에 채비를 차려 길을 떠났다. 사마라까지는 볼가 강을 따라 증기선을 타고 내려갔고, 그 후에는 4백 킬로미터를 걸어갔다. 그렇게 해서 장소에 도착했다.

모든 것은 정확히 그가 말한 대로였다. 농부들은 넉넉한 땅에서 살았고, 한 사람당 10데샤티나의 땅이 배당되었고, 촌락공동체에도 기꺼이 들어갈 수 있었다. 돈을 가진 사람은 분할 대여된 토지 외에 원하는 만큼 1데샤티나마다 3루블씩 내고 땅을 영구히 살 수도 있었다!

빠홈은 모든 것을 알아보고 가을 정도에 집으로 돌아와 모든 것을 팔기 시작했다. 그는 이익을 남겨 땅, 농가, 가축 전부를 팔고, 촌락공동체에서도 탈퇴한 뒤 봄까지 기다렸다가 새 장소로 이사했다.

4

빠홈은 가족과 함께 새 장소에 가서 큰 부락 공동체에 등록했다. 노인들에게 술을 대접하고 모든 서류를 정리했다. 마을은 빠홈을 받아들였고, 목초지 말고도 여러 들판에 있는 50데샤티나(16만 5천 평)의 분여지를 내주었다. 빠홈은 집을 짓고 가축을 사왔다. 예전에 비해 땅만 세 배가 넘었다. 곡물이 풍성하게 수확되는 땅이어서 과거 살림살이보다 열 배는 더 좋아졌다. 경작에 적합한 땅이었고, 꼴도 충분했다. 가축은 원하는 만큼 키울 수 있었다.

처음에는 건물을 짓든, 가축을 치든, 모든 것이 빠홈에게 좋게 느껴졌지만, 익숙해지다 보니 이 땅도 좁다는 생각이 들었다. 빠홈은 첫해에 배분된 일인당 분여지에 밀을 심었고, 수확이 좋았다. 그는 밀을 더 심고 싶었지만, 분여지가 좁았다. 이미 뭔가를 심은 땅은 더 이상 밀을 심기 적합하지 않았다. 밀은 나래새가 자라 있거나 오래 묵혀둔 땅에 파종해야 했기 때문이다. 그래서 첫해에는 파종을 하고, 두 번째 해에는 나래새가 다시 자랄 때까지 내버려두었다. 그런데 그런 땅을 원하는 사람은 많아서 모든 사람이 씨를 뿌리기에는 충분치 않았던 것이다.

그것 때문에 싸움이 일어났다. 부자들은 직접 씨를 뿌리고 싶어 했고, 가난한 사람들은 세금을 내려고 땅을 상인에게 내놓았다. 다음 해에 빠홈은 파종을 더 많이 하고 싶었다. 그는 상인에게 가서 1년 약정으로 땅을 빌렸다. 그렇게 해서 파종을 더 많이 하고 수확도 좋았다. 촌락에서 멀어서 15킬로미터 정도를 운반해야 했다. 보니 근처에 장사를 겸하는 농부들이 농장을 지어 부유하게 살고 있었다. 빠홈은 생각했다. '영원히 땅을 사서 농장을 지으면 좋겠다. 한 울타리 안에 모든 것이 있게.' 빠홈은 어떻게 하면 땅을 영원히 자기 것으로 만들 수 있을까 고민하기 시작했다.

빠홈은 그렇게 3년을 살았다. 땅을 빌려 밀을 파종했는데 몇 해는 그렇게 잘 지냈고 밀도 수확이 잘되고 돈도 모았다. 사는 것은 괜찮았는데, 빠홈은 매년 사람들에게서 땅을 빌리고 땅 때문에 다투는 게 지겹게 느껴졌다. 좋은 땅이 있다고 하면 농부들이 그곳으로 달려가 모두 가져갔다. 그 땅을 차지하지 못하면 파종할 땅이 없었다. 3년째 되는 해에 그는 방목지를 농부에게서 상인과 반반씩 빌려 개간했는데, 농부들이 소송을 거는 바람에 일이 날아가고 말았다. '내 땅이 있다면 아무 눈치도 볼 것 없고, 이렇게 불쾌한 일도 일어나지 않았을 텐데.'

그래서 빠홈은 영구히 자기 것으로 살 수 있는 땅을 알아보기 시작했다. 그러다가 한 농부를 만났다. 그는 500데샤티나(약 165만 평)의 땅을 샀는데, 파산하는 바람에 헐값에 판다는 것이었다. 빠홈은 그와 흥정하기 시작했다. 거듭 얘기를 하다가, 마침내 1,500루블에 사기로 하고 절반은 그 자리에서, 나머지 절반은 나중에 주기로 잠정 합의했다.

그렇게 타협이 되어가던 참에 한번은 여행하는 상인이 말 모이를 주려고 빠홈의 집에 들르게 되었다. 그들은 차를 마시며 이야기를 나누었다. 상인은 자기가 바시끼르에서 오는 길인데, 그곳 사람들한테서 5,000데샤티나(약 1,650만 평)의 땅을 샀다고 했다. 땅 구입에 모두 합쳐 1,000루블이 들었다는 것이다.

빠홈은 자세히 캐묻기 시작했다. 상인이 얘기해줬다. 그 사람 말이 "다만 노인들을 흡족하게 해드려야 해요. 100루블 정도 되는 가운과 양탄자, 차 한 상자, 술 마시는 사람에게는 포도주를 먹였어요. 그랬더니

1데샤티나를 20꼬뻬이까에 내주더군요." 그는 땅문서를 보여주었다. 상인이 말했다. "강 옆에 있는 땅이고, 초지는 풀이 나 있는 미개간지에요." 빠홈은 뭐가 어떻게 된 일인지 자세히 물었다.

상인은 말했다. "1년을 다녀도 다 못 다닐 정도로 큰 땅인데, 모두 바시끼르의 땅입니다. 사람들이 꼭 양처럼 순해요. 거의 거저 땅을 얻을 수 있습니다." 빠홈은 생각했다. '지금 땅 500데샤티나를 사려면 1,000루블을 들이고 거기다가 빚까지 져야 하는데, 저곳에서는 1,000루블에 얻을 수 있는 땅이 대체 얼마나 넓다는 말인가!'

5

빠홈은 어떻게 가면 되는지 묻고 상인을 배웅한 뒤 떠날 준비를 했다. 집은 아내에게 맡기고, 그는 일꾼과 함께 짐을 챙겨 길을 떠났다. 시내에 들러 상인이 말해준 대로 모든 것, 그러니까 차 상자와 선물, 포도주를 샀다. 그는 500킬로미터 이상 한참 말을 달렸다. 그들은 7일 째가 되는 날에 바시끼르 유목민의 숙박지에 도착했다.

모든 것이 상인이 말한 그대로였다. 강 위에 있는 초원에서 모두가 펠트 천막을 치고 살았다. 그들 스스로는 파종을 하지도, 호밀 빵을 먹지도 않았다. 가축들은 초원을 다녔고, 말들은 문설주에 매어 있었다. 천막에는 망아지가 매어져 있었고, 하루에 두 번 암말을 데려왔다. 암말은 망아지에게 젖을 먹이고, 사람들은 마유에서 젖술을 만들었다. 아낙들은 젖술을 휘저어 치즈를 만들고, 남정네들은 끊임없이 젖술과 차를 마시고 양고기를 먹고 피리를 불었다. 이처럼 모두가 거침 없고 명랑해서 여름 내내 즐겁게 놀았다. 이들은 전혀 문명을 모르고 러시아어도 몰랐지만,

친절했다.

바시끼르인은 빠홈을 보자마자, 천막에서 나와 손님을 둘러쌌다. 그들은 통역할 수 있는 사람을 찾아왔다. 빠홈은 땅을 보러 왔다고 말했다. 그들은 기뻐하며 빠홈을 붙잡아 근사한 천막 양탄자로 데려가 밑에 푹신한 방석을 깔아주고 주변에 둘러앉아 그에게 차와 젖술을 대접하기 시작했다. 그들은 양고기를 잘라 푸짐하게 차려주었다. 빠홈은 짐 보따리에서 선물을 꺼내 바시끼르인에게 나누어 주기 시작했다. 빠홈은 바시끼르인에게 선물을 주고 차를 나누어 주었다.

바시끼르인은 기뻐했다. 그들은 자기들끼리 낮은 소리로 얘기를 주고받더니, 통역하는 이에게 말하게 했다.

"손님에게 이렇게 말하라고 시키네. 이 사람들이 손님을 좋아하고 우리에게는 이런 풍습이 있다고. 그러니까 손님이 만족스럽게 모든 일을 해주었다면 선물에 보답하는 게 풍습이라고. 손님은 우리에게 선물을 줬으니, 이제 우리가 손님께 보답을 할 수 있도록 무엇이 마음에 드는지 말해보시오."

"제 마음에 든 것은 다른 무엇보다도 여러분의 땅입니다. 우리 땅은 좁고 경작이 다 되어 있는데, 당신들 땅은 넓고 좋습니다. 저는 이런 땅을 본 적이 없어요."

통역사가 그의 말을 전했다. 바시끼르인은 이야기를 나누고 또 나누었다. 빠홈은 그들이 무슨 말을 하는지 이해하지 못했지만, 그들이 즐거워하면서 무슨 소리를 외치면서 웃는 것을 보았다. 잠시 후 그들은 잠잠해지고 통역사는 빠홈에게 말했다.

"저 사람들이 손님에게 전하라고 하기를, 손님이 원하는 대로 원하는 만큼 땅을 주겠다고 하네. 어떤 땅을 원하는지 손가락으로 보여주기만 하면, 그것이 손님 땅이라고."

그들은 이야기를 나누고는 뭔가 논쟁하기 시작했다. 빠홈은 무슨 논쟁을 하느냐고 물었다. 통역사가 말했다.

"어떤 이는 촌장에게 땅에 대해 물어야 한다고 하는군. 촌장 없이는 안 된다고. 다른 사람은 촌장이 없어도 된다고 하고."

6

바시끼르인이 갑론을박할 때, 갑자기 여우 털모자를 쓴 사람이 걸어왔다. 모두가 입을 다물고 일어났다. 통역사가 말했다.

"저분이 바로 촌장이네."

빠홈은 가장 좋은 가운을 집어서 촌장에게 가져다주었고, 또한 차 2킬로그램 이상을 선물로 주었다. 촌장은 그의 선물을 받아들고 제일 상석에 앉았다. 이제 바시끼르인이 촌장에게 뭔가를 말하기 시작했다. 촌장은 그들의 말을 가만히 귀 기울여 듣더니 입을 다물라는 표시로 고개를 끄덕이고는 빠홈에게 러시아어로 말하기 시작했다.

"가능하네. 마음에 드는 곳에서 가져가게. 땅은 많네."

'원하는 만큼 갖는다는 게 어떻게 하라는 걸까? 확실히 할 필요가 있어. 그렇지 않으면 가져가라고 해놓고는 나중에 빼앗을지도 몰라.'

"좋은 말씀에 감사합니다. 여러분에게는 땅이 많지요. 저는 땅이 조금 필요합니다. 어떤 땅이 제 것이 될지 말씀해주시면 좋을 텐데요. 어떻게 든 측량을 해서 제 것을 확실히 해주실 필요가 있겠습니다. 살고 죽는 건 하나님 마음이지요. 여러분은 선량한 분들이라 이렇게 주시지만, 나중에 여러분의 자손들이 도로 가져갈지도 모르지요."

"자네 말이 맞네. 확실히 할 수 있네."

그러자 빠홈이 말문을 열었다.

"여러분에게 어떤 상인이 왔다 갔다는 말을 들었습니다. 여러분이 그에게 땅을 선물로 주고 문서를 작성했다던데요. 저 역시 그렇게 하고 싶습니다."

촌장은 모든 것을 이해했다.

"다 가능하네. 우리 마을에 서기관이 있으니 시내로 가서 문서에 도장을 찍세."

"가격은 어떻게 될까요?" 빠홈이 말했다.

"가격은 똑같네. 하루에 천 루블이라네."

빠홈은 이해하지 못했다.

"이게 무슨 측량이지요? 하루에? 그럼 몇 데샤티나가 되는 건가요?"

"그런 건 우리가 헤아릴 줄 모르네. 하루 동안 다닌 땅이 손님 것이니, 그 가격이 천 루블이라네."

빠홈은 놀랐다.

"하루 동안 다닌 땅이라면 꽤 넓을 텐데요."

촌장이 웃음을 터뜨렸다.

"모두 손님 거라네! 다만 한 가지 약속을 하세. 만일 자네가 출발한 그 장소로 하루 안에 되돌아오지 못한다면, 손님 돈은 사라지는 거네."

"그럼, 제가 지나간 땅은 어떻게 표시합니까?" 빠홈이 물었다.

"손님이 선택한 자리에는 우리가 서 있을 거라네. 손님은 가서 원을 그리게. 막대를 가져가 필요한 곳에 표시하게. 구멍을 파고 잔디를 심는 걸세. 나중에 우리가 쟁기로 구덩이들을 연결해놓겠네. 지나간 모든 땅이 손님 것이네. 다만 해 지기 전에는 출발한 장소로 오시게."

빠홈은 뛸 듯이 기뻤다. 다음 날 아침 일찍 나가기로 하고는 이야기를 더 나누면서 젖술을 조금 더 마시고 양고기를 먹고 차를 또 실컷 마시다

보니 밤이 가까워졌다. 바시끼르인은 **빠홈**이 잘 수 있도록 푹신한 자리를 마련해주고 흩어졌다. 그들은 내일 아침노을이 떠오를 때 모이기로 약속하고 해가 뜨기 전에 출발할 자리에 나가 있기로 했다.

7

빠홈은 깃털이불에 누웠지만, 잠은 오지 않았고 여전히 땅 생각으로 가득했다. '엄청나게 넓은 땅을 차지해야지. 하루에 50킬로미터 이상은 걸을 수 있어. 요즘 하루는 꼭 1년 같잖아. 그 정도를 걸으면 어떻게 되겠어? 좀 나쁜 땅은 팔거나 농부들을 풀고, 좋은 땅은 내가 골라서 직접 경작해야지. 쟁기 끌 황소 두 마리를 키우고, 일꾼 두 명 정도를 고용해야겠다. 50데샤티나 정도에는 농사를 짓고, 나머지 땅은 가축을 풀어 키워야겠다.'

빠홈은 밤새도록 잠을 설쳤다. 새벽이 되기 전에야 잠시 눈을 붙였을 뿐이었다. 깜빡 잠이 들자마자, 그는 꿈을 꾸었다. 같은 천막에 누워 있는데 누군가가 바깥에서 킥킥거리며 웃는 소리가 들리는 것 같았다. 누가 웃고 있는지 알고 싶어서 일어나 천막 바깥으로 나갔다. 가서 보니 천막 앞에 바시끼르 촌장이 앉아 양손으로 배꼽을 잡고 구르며 뭔가를 보며 웃고 있는 것이었다. 그는 다가가서 물었다. "뭐가 그리 웃깁니까?"

그런데 **빠홈**이 자세히 보니, 바시끼르 촌장이 아니라, 자신에게 땅 이야기를 해주었던 얼마 전에 만난 그 상인으로 변해 있었다. **빠홈**은 상인에게 물었다. "이곳에 온 지 오래되셨습니까?" 그러자 그는 더 이상 상인이 아니라, 오래전에 아래 지방에서 올라와 자기 집에 들른 바로 그 농부로 바뀌어 있었다.

빠홈은 그가 농부가 아니라, 뿔과 발굽이 달린 마귀임을 알아차렸다. 마귀는 앉아서 웃고 있고, 그 앞에 셔츠를 입고 좁은 바지를 입은 사람이 맨발로 누워 있는 것이 보였다. 빠홈은 그게 누구인가 들여다보았다. 자세히 보니 한 사람이 죽어 있는데, 그는 다름 아닌 바로 자기 자신이 아닌가!

빠홈은 소스라치게 놀라 잠에서 깼다. 그는 벌떡 일어났다. '무슨 꿈인들 못 꿀까?' 주변을 둘러보니 문이 열려 있고 날은 환해지기 시작했다.

'사람들을 깨워야겠다. 이제 갈 시간이야.' 빠홈은 일어나서 사륜마차에 있던 일꾼을 깨워 말을 마차에 매라고 하고는 바시끼르인들을 깨우러 갔다.

"초원에 가서 땅을 측량할 때가 되었소." 그가 말했다.

바시끼르인이 일어나서 모두 모였고, 촌장도 나왔다. 바시끼르인들은 말 젖술을 마시기 시작했고 빠홈에게 차를 대접하려고 했지만, 그는 기다릴 마음이 없었다.

"가기로 했으면 갑시다. 때가 되었습니다."

8

바시끼르인은 한자리에 모였다. 누구는 말을 탔고, 누구는 사륜마차를 타고 출발했다. 빠홈은 일꾼과 함께 자기 사륜마차를 타고 가다가 삽 하나를 챙겼다. 그들이 초원에 도착하자, 새벽노을이 떠오르기 시작했다. 그들은 작은 언덕, 바시끼르어로 시한이라는 곳에 들어섰다. 사람들은 사륜마차에서 내렸고, 말에서도 내려 한 무리로 모여섰다. 촌장이 빠홈에게 다가가 손으로 가리켰다.

"자, 눈에 보이는 모든 것이 우리 땅이라네. 아무 땅이나 고르시게."

빠홈의 눈동자는 이글이글 타올랐다. 땅은 온통 미나리가 가득 자라 있었고, 손바닥처럼 평평하고 양귀비처럼 검었다. 작은 분지에는 여러 풀이 가득 자라 있었는데, 그 키가 가슴까지 올라와 있었다.

촌장은 여우 털모자를 벗고 땅에 놓았다.

"자, 이게 표시가 될 것이네. 여기서 출발해서 여기로 오시게. 돌아다닌 모든 땅이 자네 것이라네."

빠홈은 돈을 꺼내 모자 안에 넣고 긴 농민외투를 벗어 반외투 차림으로 배에 혁대를 더 팽팽하게 조이고 빵이 든 작은 가방을 품속에 넣고 물통을 혁대에 맨 후 장화목을 끌어올리고는 일꾼에게서 삽을 받아 출발할 채비를 했다. 그는 어느 방향으로 갈지 생각하고 또 생각했다.

사방은 모두 훌륭했다. 어디든 똑같으니 '태양이 뜨는 동쪽으로 가자'고 생각했다. 그는 얼굴을 태양 쪽으로 향하고, 몸을 풀며 지평선에서 해가 떠오를 때까지 기다렸다. '절대로 시간을 낭비하지 않겠어. 날씨가 서늘하면 걷기 더 쉽겠군.' 태양이 지평선에서 솟구치자, 빠홈은 어깨에 삽을 들쳐 메고 초원을 걷기 시작했다.

빠홈은 늦지도 않게 그렇다고 빠르지도 않게 걸었다. 1킬로미터 정도 떠나서는 멈춰 서서 구덩이를 파고 표시가 나도록 작은 잔디를 올려놓았다. 그는 앞으로 더 나아갔다. 근육을 풀고 발걸음을 더 빨리했다. 더 멀리 가서는 다른 구덩이를 팠다.

빠홈은 주변을 둘러보았다. 햇빛 아래서 작은 언덕이 잘 보였다. 사람들이 서 있었고, 사륜마차의 바퀴살이 빛나고 있었다. 빠홈은 5킬로미터 정도 왔다고 짐작했다. 더워지기 시작하니 반외투를 벗어 어깨에 걸치고는 더 걷기 시작했다. 그는 5킬로미터 정도를 더 걸었다.

해를 보니, 벌써 아침 먹을 때 즈음이었다.

'말이 먹지 않고 쉬지 않고 밭을 갈 만큼의 시간이 지났군.' 빠홈은 생각했다. '하루를 넷으로 나눈다면, 아직 방향을 바꾸기엔 일러. 일단 신발을 벗어야겠다.' 그는 앉아서 신발을 벗고 장화를 허리춤에 찬 후 더 걷기 시작했다. 걷기가 훨씬 편했다.

그는 생각했다. '5킬로미터만 더 가서 왼쪽으로 돌자. 장소가 아주 좋아 그냥 버리기가 아깝군. 가면 갈수록 더 좋아보이고.' 그는 똑바로 더 걷기 시작했다. 뒤를 돌아보니 작은 언덕이 아직도 보였고, 사람들은 개미처럼 언덕 위에 거뭇하게 보이면서 뭔가가 반짝거렸다.

'자, 이쪽 방향으로는 충분히 취했으니까, 구부러지자. 땀을 많이 흘렸더니 목 마르다.' 그는 멈춰서 구덩이를 더 크게 파고 잔디를 얹은 후 물병을 풀어 물을 마시고는 왼쪽으로 가파르게 방향을 틀었다. 그는 걷고 또 걸었다. 풀이 높게 자라 있었고, 날씨는 무더워졌다.

빠홈은 지치기 시작했다. 그는 태양을 보고 점심때가 된 것을 확인했다. '자, 이제 좀 쉬어야 해.' 빠홈은 멈추고 그 자리에 앉았다. 빵과 물을 마셨지만, 눕지는 않았다. 누웠다가는 잠이 들 것 같아서였다. 그는 잠시 앉았다가 다시 걷기 시작했다.

처음에는 걷는 것이 쉬웠다. 음식을 먹어 힘이 났던 것이다. 그런데 너무 더워지자 잠이 쏟아지기 시작했다. 그러나 그는 여전히 걸으며 '잠시 참고 평생 호강하자'라는 생각으로 버텼다.

그 방향으로 더 많이 걷다가 왼쪽으로 틀고 싶었지만, 둘러보니 습기가 많은 협곡이 보였다. 그걸 버리기가 아까웠다. '여기서는 아마가 잘 자라겠군.' 그는 다시 앞으로 똑바로 나갔다. 협곡을 취한 뒤 협곡 뒤에 구덩이를 파고 두 번째 모서리를 돌았다. 빠홈은 작은 언덕 쪽을 돌아봤다. 따뜻한 공기 때문인지 안개가 끼기 시작했고, 공기 중에 뭔가가 흔들리며 짙은 안개 사이로 저 멀리 작은 언덕에 사람들이 보일 듯 말 듯했다. 그곳까지 15킬로미터 정도는 되어 보였다.

'자, 길이는 충분히 잡았으니, 이제 더 짧게 길을 잡아야겠다.'

그는 세 번째로 방향을 잡아 걸으며 발걸음을 재촉했다. 해를 보니 저녁때에 다가가고 있었고, 세 번째 방향으로는 겨우 2킬로미터 정도만 걸었을 뿐이었다. 돌아갈 장소까지는 여전히 15킬로미터 정도가 남은 상태였다.

'아니야, 모양이 비뚤어지는 한이 있어도, 시간 안에 똑바로 가야 해. 나머지는 취하지 말자. 땅은 이것만으로도 많아.' 빠홈은 서둘러 구덩이를 파고 곧바로 작은 언덕을 향해 방향을 돌렸다.

9

빠홈은 곧바로 작은 언덕을 향해 걸었지만 이미 몸은 지칠대로 지쳐 있었다. 땀이 비 오듯 흐르며 기진맥진했고, 맨발의 다리는 여기저기 베이고, 타박상을 입었으며 오금이 떨리기 시작했다. 그는 쉬고 싶었지만, 그럴 수 없었다. 지금 상태로는 해가 지기 전까지 제 장소에 도달할 수 없을 것 같았기 때문이었다. 태양은 기다려주지 않고, 점점 더 아래로 아래로 내려가고 있었다.

그는 생각했다. '아, 내가 실수한 건 아닐까? 땅을 너무 많이 취했나? 어떻게 실패할 수 있지?' 그는 앞에 있는 작은 언덕을 보고 해를 번갈아 보았다. 장소는 아직 먼데, 태양도 벌써 지평선에서 멀지 않았다.

빠홈은 계속 그렇게 걸었고, 힘들었지만 계속 발걸음을 재촉하고 또 재촉했다. 그는 걷고 또 걸었다. 그러나 아직 갈 길은 멀었다. 그는 빨리 달리기 시작했다. 반외투도, 장화도, 물병도, 모자도 벗어던지고, 몸을 지탱할 삽만 쥐고 있었다.

'아, 내가 너무 욕심을 부렸어. 모든 걸 망쳐버렸어. 해가 질 때까지 못 갈 거 같아.' 이런 생각이 공포가 되어 숨이 더 막혀왔다. 빠홈은 달렸고, 셔츠와 바지는 땀 때문에 몸에 달라붙었고, 목이 탔다. 가슴은 대장장이의 풀무처럼 부풀어 올랐고, 심장은 망치로 내리치듯 고동쳤으며, 다리도 자기 다리 같지 않게 자꾸만 꺾였다. 빠홈은 무서운 생각이 들었다.

'이러다 죽는 건 아닐까.'

죽는 것이 두려웠지만 멈출 수는 없었다. '얼마나 달렸는데, 이제 와서 멈추면 바보라고 할 거야.' 그는 달리고 달려 마침내 가까이 가서 바시끼르인이 찢어질 듯 그에게 소리치는 소리까지 들었다. 그들이 지르는 소리 때문에 심장은 더 타올랐다. 빠홈은 마지막 힘을 다했지만, 해는 지평선에 다다라 안개 속으로 들어가면서 더 크고, 더 빨갛고, 더 핏빛으로 변해갔다.

빠홈은 작은 언덕에 있는 사람들이 손을 흔들며 자신을 재촉하는 것을 보았다. 땅에 놓인 여우 털모자도 보였고, 그 위에 있는 돈도 보였다. 촌장이 양손으로 복부를 감싸고 땅에 앉아 있는 모습도 보였다. 빠홈은 꿈이 떠올랐다. 그는 생각했다. '땅은 많지만, 하나님이 그 땅에서 살 수 있게 허락해주실까? 오, 난 파멸했구나. 저기까지 가지 못할 거야.'

빠홈은 해를 봤다. 해는 땅까지 이르러 지평선 너머로 지기 시작했고, 지평선 쪽으로 궁형을 이루며 잘려 있었다. 그는 마지막 남은 힘을 짜내 몸의 무게중심을 앞으로 쏟으며 넘어지지 않게 억지로 다리를 지탱하고 있었다.

빠홈은 작은 언덕에 다가갔는데, 갑자기 어두워졌다. 돌아보니 이미 태양은 지고 보이지 않았다. 빠홈은 탄식했다. '내 모든 노력이 수포로 돌아갔구나.' 그는 생각했다.

그는 그만두려 했지만, 바시끼르인 전체가 지르는 소리가 들려왔다. 아래에서 볼 때는 태양이 진 것 같지만, 작은 언덕에서 보면 아직은 아니라는 생각이 들었다. 빠홈은 숨을 한껏 들이마시고 작은 언덕을 올라갔다. 언덕은 아직 환했다. 빠홈은 언덕에 올라와서 모자를 봤다. 모자 앞에 촌장이 앉아서 양손을 배에 대고 킥킥대며 웃고 있었다. 빠홈은 꿈이 떠올라서 탄식이 나왔다. 다리에 맥이 풀리면서 그는 앞으로 고꾸라졌고, 손은 모자 끝에 닿았다.

"어이, 훌륭해!" 촌장이 외쳤다. "많은 땅을 차지했군!"

빠홈의 일꾼이 달려와 그를 일으켜 세우려고 했지만, 빠홈은 입에서 피를 쏟으며 엎드러져 죽었다. 바시끼르인은 혀를 끌끌 차며 안타까워했다.

일꾼은 삽을 들고 빠홈의 무덤을 파기 시작했다. 빠홈은 정확하게 머리에서 다리까지 들어갈 수 있는 2미터가량의 무덤에 묻혔다.

노동과 죽음과 질병

남아메리카 인디언 사이에는 이런 전설이 있다. 그들의 말에 따르면, 신이 사람을 창조하셨고, 처음에 사람은 노동할 필요가 없었다고 한다. 집도 의복도 음식도 필요 없이 그들은 백 세까지 아무 병도 걸리지 않고 살았다고 한다. 시간이 흘러 사람들이 어찌 사는지 신이 내려와서 보자, 사람들은 주어진 삶을 기뻐하는 대신 각자 자기만 걱정하며 서로 다투고, 삶을 기뻐하기는커녕 저주하며 살아가고 있었다.

그러자 신은 혼자 말했다. "이건 저들이 각자 자기만을 위해 따로 살아서 저렇다." 그렇게 살지 않도록 신은 사람들이 노동하지 않고는 살수 없게 만들었다. 그들은 추위와 배고픔으로 고통당하지 않기 위해 집을 짓고 땅을 파고 식물을 키우고 열매와 알곡을 거두어야만 했다. 신은 생각했다. '노동이 그들을 하나되게 하는구나. 혼자서는 통나무를 베고 끌고 와서 집을 지을 수는 없지. 혼자서는 농기구를 준비할 수도, 파종을 할 수도, 거둘 수도, 실을 자을 수도, 길쌈을 할 수도, 옷을 지을 수도 없지. 사이좋게 일을 하면 할수록 더 일을 잘하고 살기도 더 좋아진다는 것을 알 거야. 이것으로 저들은 더 협동하게 될 거야.'

또 시간이 흐르자, 신은 사람들이 어떻게 사는지 보러 왔다. 그러나 사람들은 이전보다 더 못살았다. 그들은 어쩔 수 없이 서로 소통하며 일했지만, 모두 함께 있는 것이 아니라 몇 무리로 나뉘었고, 각각의 무리는 다른 무리에게서 일을 빼앗으려고 안간힘을 썼다. 그들 모두 서로 훼방하고 싸우는 데 시간과 힘을 탕진했고 모두가 그악스러웠다.

이것도 좋지 않다고 생각한 신은 사람들이 자기가 죽는 시간을 알 수 없게 하고 언제든 죽을 수 있게끔 만들어버렸다. 그리고 그것을 사람들에게 알렸다. 누구든지 언제든 죽을 수 있음을 알게 된 사람들이 언제든 끊어질 수 있는 생명에 대한 염려 때문에 서로 화내지 않고 예정된 삶의 시간을 낭비하지 않으리라고 생각했던 것이다.

하지만 그렇지 않았다. 사람들이 어떻게 사는지 보려고 신이 다시 돌아왔을 때 삶은 더 나빠져 있었다. 다른 사람보다 힘이 더 센 사람들이 언제든 죽을 수 있다는 것을 이용해서 더 약한 사람들을 죽이고 나머지는 죽이겠다고 협박하며 굴복시켰던 것이다. 강한 사람과 그들의 후손만 아무 일도 하지 않고, 할 일이 없어 따분해하는 그런 삶이 이어지고 있었다. 약자는 힘에 부치도록 노동했고, 쉴 시간이 없어 괴로워했다. 강자도 약자도 서로를 두려워하고 증오했다. 사람들의 삶도 훨씬 불행해졌다.

이런 상황을 고치기 위해 신은 마지막 수단을 사용하기로 결심했다. 그는 사람들에게 온갖 종류의 질병을 보냈다. 모든 사람이 병에 걸린다면, 건강한 사람이 병든 사람을 불쌍히 여기고 자기들이 아플 때 건강한 이가 자신을 돌봐주도록 병든 사람을 도우리라고 생각했다. 신은 또다시 사람들을 두고 갔지만, 그들이 어떻게 사는지 살펴보려고 돌아왔을 때는 병에 걸린 이후로 사람들의 삶이 훨씬 더 나빠진 것을 보았다. 신이 생각하기에 사람들을 서로 돕게 해야 하는 그 질병이 그들을 더욱 갈라놓았던 것이다.

다른 사람을 부릴 수 있을 정도로 센 사람들은 자신이 아프자 이번에는 사람들에게 자기 병시중을 들게 했다. 그러면서 남은 돌보지 않았다. 다른 사람을 위해 억지로 일하고 환자를 보살펴야만 했던 이들은 일에 치여 정작 가족이 아프면 돌볼 여력이 없었고 방치해야만 했다. 아픈 사람이 눈에 띄면 부자들이 언짢아진다며 따로 집을 지었지만, 환자들은 동정어린 위로는커녕 자신을 불쌍히 여기지도 않는, 심지어 혐오스러워하는 고용인들 사이에서 그저 괴로워하며 죽어갔다.

뿐만 아니라, 사람들은 대부분의 병이 전염된다고 생각해서 환자들 가까이에 가지 않았을 뿐 아니라, 환자들에게 손을 댄 사람과도 떨어져서 살았다. 그러자 신은 속으로 생각했다. '만일 이 방법으로도 행복이 어디 있는지 사람들이 알아차릴 수 없다면, 그들 스스로 고통을 통해 깨달음에 도달하게 해야겠다.'

신은 그들을 홀로 내버려두었다. 홀로 남게 된 사람들은 자기가 행복할 수 있고 또 그래야만 한다는 사실을 모른 채 오랫동안 살았다. 최근 들어서야, 노동이 어떤 이에게는 허수아비가 되거나 또 다른 이에게는 강제노역이 되어선 안 되고, 모든 사람을 하나로 묶어 함께하는 행복한 일이 되어야 함을 겨우 몇 사람이 깨닫게 되었다. 각 사람을 매순간 위협하는 죽음 앞에서 그들이 취할 수 있는 유일한 방법은 각자에게 주어진 매년, 매월, 매시간, 매순간을 사랑과 화목 가운데 기쁘게 보내는 것임을 깨달았다. 그들의 병은 서로 나누어지는 이유가 아니라, 반대로 서로 사랑 안에서 소통해야 하는 이유가 됨을 비로소 알게 되었다.

세 가지 질문

어느 날 황제는 만일 그가 모든 일을 언제 시작할지, 또 어떤 사람과 일하고, 어떤 사람과 일하면 안 될지, 더 중요하게는 어떤 일이 가장 중요한지를 항상 알 수 있다면 어떤 일에도 실패하지 않으리라는 생각이 들었다.

이렇게 생각한 황제는 각각의 일에 합당한 시간을 어떻게 알 수 있으며 어떤 사람이 가장 필요한 사람인지, 또한 모든 일에서 가장 중요한 일이 무엇인지 어떻게 하면 실수하지 않고 알아차릴 수 있을지 가르쳐주는 사람에게 큰 상을 내리겠다고 왕국 전체에 공포했다. 그러자 공부를 많이 한 학자들이 황제에게 와서 제각기 그의 질문에 답했다.

첫 번째 질문에 어떤 학자는 각각의 일을 하기에 합당한 시간을 알려면 연월일 시간표를 미리 작성하고 지정된 일을 엄격하게 실행해야 한다고 답했다. 그렇게 할 때 모든 일을 제 시간에 할 수 있다고 말했다. 다른 이는 어떤 일을 언제 할지 미리 결정해서는 안 되고, 쓸데없는 놀이에 마음을 빼앗기지 않아야 하며, 일어나는 일에 늘 주의를 기울일 필요가 있고, 또 꼭 필요한 일만 해야 한다고 말했다. 또 다른 학자는 아무리 일어나는 일에 주의를 기울여도 한 사람이 언제 무슨 일을 해야 하는지 정확하게 결정하는 건 불가능하므로 현명한 사람의 조언을 들어야 하고, 그 조언에 따라 언제 무슨 일을 해야 할지 결정해야 한다고 조언했다. 또 다른 학자는 조언자들에게 물어볼 시간이 없지만 일을 시작해야 할지 말지를 급박하게 결정해야 할 그런 일도 있다고 했다. 그것을 알려면 일어날 일을 미리 알 필요가 있는데, 그것을 아는 사람들은 마법사들뿐이 므로 각각의 일에 적합한 시간을 알려면 마법사에게 물어야 한다고 답 했다.

두 번째 질문에도 역시 각양각색의 대답이 있었다. 어떤 이는 황제에 게 가장 필요한 사람은 통치의 조력자들이라고 했고, 또 다른 이는 성직 자, 또 다른 이는 의사 혹은 군인이라고 했다.

세 번째 질문에도 역시 서로 다르게 대답했다. 어떤 일이 가장 중요한 일일까? 어떤 이는 세상에서 가장 중요한 일은 학문, 어떤 이는 군사 기 술, 또 다른 이는 무엇보다 신을 경배하는 것이 중요하다고 말했다. 모두 가 다르게 답했기 때문에 황제는 어느 누구의 말에도 동의할 수 없었고 아무에게도 상을 주지 않았다.

자신의 질문에 대한 답을 더 확실히 얻기 위해 황제는 지혜롭다고 소 문이 자자한 은수자에게 묻기로 결심했다. 은수자는 숲에 살면서 아무 데도 나가지 않고 평민만 맞아 들였다. 그러므로 황제는 평민 복장을 하 고 심복과 함께 갔고, 은수자의 거처에 도착하기 전에는 말에서 내려 혼 자 그에게 갔다. 황제가 다가갔을 때 은수자는 오두막 앞에서 밭고랑을 파고 있었다. 황제를 보자, 그는 인사를 나누고 곧바로 다시 땅을 파기 시작했다. 은수자는 여윈 약골이었고, 삽을 땅에 박고 작은 흙덩이를 파 면서 힘겹게 숨을 쉬고 있었다.

황제는 그에게 다가가 말했다.

"현명한 은수자여, 세 질문에 답을 얻기 위해 당신에게 왔소. 바로 이 런 것들이오. 나중에 후회하지 않으려면 어떤 시간을 기억하고 놓치지 않아야 하는가? 어떤 사람이 가장 필요한 사람이고, 어떤 사람과 일을 더 많이 하고, 어떤 사람과는 일을 줄여야 하는가? 어떤 일이 가장 중요 한 일인가, 모든 일 중에서 무엇보다 더 먼저 해야 하는 일은 무엇인가?"

은수자는 황제의 말을 들었지만, 아무 대답도 하지 않고 손에 침을 뱉고는 다시 땅을 파기 시작했다.

"몹시 지쳤군." 황제가 말했다. "삽을 주게, 대신 일을 해주지."

"고맙소." 은수자는 이렇게 말한 뒤 삽을 주고는 땅에 앉았다.

밭고랑 두 줄을 파고 황제는 멈춰서 또 질문을 반복했다. 은수자는 아무 대답도 하지 않고 일어나서 삽에 팔을 뻗었다.

"이제 좀 쉬시게. 내가 하지." 그가 말했다.

그러나 황제는 삽을 주지 않고 계속 땅을 팠다. 한 시간이 지나고 두 시간이 지났다. 태양이 나무 뒤로 뉘엿뉘엿 지자, 황제는 삽을 땅에 꽂고 말했다.

"현자여, 난 질문에 답을 들으러 자네에게 왔네. 만일 대답해줄 수 없다면 말하게. 그럼 집으로 갈 테니."

"저기 누군가가 이곳으로 도망치고 있구면." 은수자가 말했다. "저 사람이 누구인지 보시오."

황제는 몸을 돌리자, 구레나룻 수염이 난 남자가 숲에서 달려 나오는 것이 보였다. 그 사람은 손으로 배를 감싸고 있었고, 손에는 피가 흐르고 있었다. 구레나룻의 사나이는 황제에게 다가와 땅에 쓰러져 꼼짝도 하지 않고 눈을 뒤집은 채 약하게 신음소리만 내었다. 황제는 은수자와 함께 그의 옷을 열어보았다. 배에는 커다란 상처가 나 있었다. 황제는 할 수 있는 만큼 상처를 닦아주고 자신의 스카프와 은수자의 수건으로 상처를 싸매주었다.

그러나 피가 멈추지 않았다. 황제는 따뜻한 피로 흠뻑 젖은 붕대를 몇 번이나 걷어서 빤 후 상처를 다시 싸매주었다. 피가 멈추자, 부상을 당한 이는 정신을 차리고 물을 달라고 부탁했다. 황제는 시원한 물을 가져다가 부상자에게 마시게 했다. 그러는 사이 태양이 졌고, 선선해졌다.

황제는 은수자의 도움을 받아 부상자를 독수방으로 옮겨 침대에 눕혔다. 침대에 누운 부상자는 눈을 감고 잠잠해졌다. 황제는 오래 걷고 일을 꽤 많이 해서 지친 나머지 문지방에 몸을 웅크린 채 누워 역시 깊은 잠에 빠져들었다. 짧은 여름날 밤에 어찌나 깊이 잤던지 아침에 일어났을 때 오랫동안 자신이 지금 어디에 있는지, 그리고 침대에 누워 번쩍이는 눈으로 자신을 뚫어지게 바라보는 이상한 구레나룻의 사나이가 누구인지 이해할 수 없었다.

"나를 용서해주시오."

구레나룻의 사나이가 약한 목소리로 황제에게 말했다.

"나는 자네를 모르고, 자네를 용서할 만한 일도 없네." 황제가 말했다.

"당신은 나를 모르지만, 나는 당신을 알고 있습니다. 나는, 당신이 내 형제를 처형하고 내 재산을 몰수했기에 당신에게 복수하겠다고 맹세한 당신의 원수요. 당신이 혼자 은수자에게 간다는 것을 알고 당신이 돌아오는 길에 죽이기로 결심했소. 그런데 하루가 지나도 오지 않는 거요. 어디 있는지 알아보려고 숨어 있던 곳에서 나왔는데, 당신의 호위병들과 마주친 거요. 그들이 나를 알아보고 덮쳐서 부상을 당했소. 난 그자들을 피해 도망쳤소. 당신이 내 부상에 붕대를 매주지 않았다면 피를 너무 많이 흘려 죽었을 거요. 나는 당신을 죽이고 싶었지만, 당신은 내 생명을 구했소. 이제 내가 살았으니, 당신이 원한다면 나는 당신의 충실한 종이 되고, 내 아들들에게도 그렇게 명할 거요. 나를 용서해주시오."

황제는 적과 이렇게 쉽게 화해한 것이 너무 기뻐서 그를 용서할 뿐만 아니라, 그의 재산도 돌려주고, 그 밖에도 그를 위해 하인과 의사를 보내주겠다고 약속했다. 부상자와 작별인사를 한 황제는 주의를 살피면서 은수자를 찾으며 현관 계단으로 나왔다. 그의 거처를 떠나기 전에 마지막으로 질문에 답해달라고 부탁하고 싶었던 것이다. 은수자는 어제 갈았던 텃밭 옆에서 무릎으로 기어 다니며 채소 씨앗을 심고 있었다.

황제가 그에게 다가가 말했다.

"마지막으로, 현자여. 내 질문에 답해주게."

"벌써 답이 되었지 않은가." 은수자가 여윈 종아리를 세우고 앉아 그의 앞에 서 있는 황제를 올려다보며 말했다.

"어떻게 답이 되었다는 건가?" 황제가 말했다.

"물으나마나 한 거 아닌가?" 은수자가 말했다.

"만일 자네가 어제 내 연약함을 동정해서 나를 위해 이 밭고랑을 파주지 않고 혼자 돌아갔다면, 저 젊은이가 자네를 공격했을 것이고, 자네는 나와 남지 않은 것을 후회했을 거네. 그러니 가장 중요한 시간은 자네가 고랑을 팠던 시간이고, 내가 가장 중요한 사람이고, 가장 중요한 일은 나를 위해 선한 일을 해준 거라네. 나중에 저 사람이 달려오고, 자네가 저 사람을 위해 동분서주했을 때가 진짜 시간이었지. 자네가 상처를 싸매주지 않으면, 저 사람은 자네와 화해하지도 못하고 죽었을 테니까. 그러니 저 사람도 가장 중요한 사람이고, 자네가 저 사람에게 해준 일이 가장 중요한 일이지. 그러니 기억하게. 가장 중요한 시간은 바로 지금이라네. 가장 중요한 이유는 그 시간에만 우리는 자신을 통제할 수 있기 때문이네. 가장 필요한 사람은 지금 만나고 있는 그 사람인데, 다른 사람과 어떤 관계를 맺게 될지 아무도 모르기 때문이지. 그리고 가장 중요한 것은 그에게 선을 행하는 것이라네. 우리는 오직 그것을 위해서만 살아가도록 보냄을 받았기 때문이라네."

해제

홍대화

1. 톨스토이라는 인물의 생애

레프 니콜라예비치 톨스토이(1828-1910)는 백작 가문의 4남으로 러시아 뚤라 지방에 있는 야스나야 뽈랴나에서 태어나 어린 나이에 부모와 사별한 후, 고모의 양육을 받았다. 톨스토이 가문은 제까브리스뜨 사건에 연루되기도 한 전통 있는 귀족 가문이었다. 어머니 마리야는 예까쩨리나 2세의 총신이었던 볼꼰스끼 공작의 영애로, 레프 톨스토이가 태어나 살고 사망한 영지 야스나야 뽈랴나를 부친에게서 물려받았다.

레프 톨스토이는 1844년에 까잔 대학교에 입학했으나, 1847년에 중퇴하고 야스나야 뽈랴나에 정착하여 자기 소유였던 농노들의 생활 개선을 위해 노력한다. 그는 잠시 환락에 빠져 타락한 생활을 하기도 했지만, 공허하고 무용한 생활에 염증을 느낀 나머지 1851년에 까프까즈 의용병에 들어가 포병장교가 된다. 그가 형을 따라 까프까즈로 가서 쓴 작품 『유년시절』(1852)이 시인 네끄라스프에게 인정받아 잡지 『현대인』에 게재되면서 레프 톨스토이는 작가로 데뷔한다. 크림 전쟁 중에는 도나우 전선

으로 배속되어 세바스토폴 방어전에 참전하였고, 당시 체험을 『세바스
토폴 이야기』(1854)에 담아낸다.

제대 이후 레프 톨스토이는 문학의 새로운 방향을 추구하기 위해 프
랑스, 스위스, 이탈리아, 독일 등 외국을 여행하고, 1859년에는 자기
영지로 돌아와 농민 학교를 세우고 농민과 아동 교육에 애쓴다. 그는
1862년 폭넓은 지적 관심을 지닌 중산층 출신의 소피야 안드레예브나
베르스와 결혼한다. 15년간은 행복했지만, 그 후에는 지독히 불행한 결
혼 생활이었다. 그런데 아이러니하게도 이 불행했던 시기에 그의 문학
활동은 가장 왕성했다.

톨스토이는 1910년에 자신에게 명성과 풍요, 번영, 수많은 자식을 주
었던 영지 야스나야 뽈랴나와 아내 소피야 안드레예브나를 버리고 『신
부 세르게이』(1898)의 주인공 세르게이처럼 순례자가 되어 빈손으로 민
중 속으로 들어가 그들에게 실천적 사랑을 실천하고자 노구를 이끌고
집을 나섰다가 허름한 기차역에서 죽음을 맞이하고 만다.

2. 그의 인생과 밀접했던 작품 세계

1852년 『유년시절』이 출간되었을 때 이 작품을 필두로 연이어 나온
『소년시절』(1854), 『청년시절』(1857) 3부작은 새롭고 신선한 선물로 문학
계에 큰 반향을 불러일으킨다. 이 3부작은 이후 '영혼의 변증법'이라고
불리는 레프 톨스토이의 대표적인 심리주의로 독자들의 마음을 사로잡
는다. 톨스토이의 심리주의는 주어진 상황 혹은 신상(身上) 때문에 직접
적으로 일어나는 감정이 어떻게 상상으로 야기되는 회상과 결합하여 변
화되는지를 보여준다. 심리 분석은 다양한 방향으로 전개되는데, 그러한
행동은 내외적으로 복잡한 정신 작업의 결과임을 보여주는 방식이다.
흔히 '영의 예술가'로 일컬어지는 도스또옙스끼와 대비되어 '육의 예술

가'라고 불리는 톨스토이는 등장인물의 육체적이고 외적인 움직임과 감각을 정신과 관련시켜 생리학적으로 묘사하는 데 탁월한 능력을 보여준다. 이는 그의 후기 장편소설에까지 이어지는 독보적인 문학적 특징 중 하나다.

1863년부터 1869년까지 그의 대표 장편소설 중 하나인 『전쟁과 평화』가 집필된다. 레프 톨스토이는 이 소설을 시작하기 전에 1825년에 니꼴라이 1세 즉위식을 기점으로 군인과 소수의 귀족이 정치개혁을 요구하며 봉기를 일으켰던 제까브리스뜨들에 관한 소설을 계획하고 있었다. 그가 제까브리스뜨 운동에 관심을 기울였던 이유는 첫째, 친척들이 이 운동과 관련되어 있었고, 둘째, 별 결과 없이 끝난 1860년대 혁명 운동 이후 어떻게 혁명을 이끌 것인지에 대한 문제가 제기되었기 때문이었다. 이 제까브리스뜨에 관한 탐구를 이어가다가 그는 1812년 전쟁에 관심을 기울인다. 톨스토이는 1812년 전쟁이 러시아 귀족의 저항 운동에 큰 계기를 제공했다고 보았고, 이 전쟁의 뿌리부터 파헤치기로 마음먹는다.

『전쟁과 평화』에서 레프 톨스토이는 나폴레옹을 높이 평가하는 프랑스의 공식적인 역사학에 반대하며 역사 해석에 있어 모든 형태의 합리주의에 반격을 가한다. 그는 사건의 물밀듯한 과정은 수많은 인간의 자연발생적이고 물리적인 힘이 집중된 결과라고 보았고, 역사와 전쟁은 개별 개인이 아니라 거대한 다수의 활동으로 실현된다고 해석한다. 이 작품에서는 민중이 중요 주인공이고 주인공 각 사람의 덕성은 그가 민중에 얼마나 근접했는가에 따른다.

그는 당시 역사에서 개인의 역할을 과장하던 모험주의적인 인민주의 개념과 논쟁을 벌이며 헤겔적인 결정주의, 즉 역사적인 필연성에 대한 가르침에 반기를 들고 있다. 역사소설, 가정소설, 사회소설의 요소가 다

공존하는 이 거대한 소설-서사시는 거대하고 유기적인 조직체로서 가히 세계문학의 걸작으로 꼽힐 만하다.

레프 톨스토이의 또 다른 걸작은 지금까지 수차례 영화화된 『안나 카레니나』(1873-1877)이다. 톨스토이는 이 작품에서 여성문제를 개인적인 문제로만 보지 않고 사회 문제의 주요 축으로 재평가했다. 톨스토이는 결혼의 비밀과 부부의 결합이 지니는 성스러움을 증명하려고 노력하며 부부 간에 감정적인 유대나 사랑이 없는 가정의 비극을 잘 파헤치고 있다. 여주인공의 비극적인 종말은 현대 사회의 도덕적인 가치가 타락한 결과이며, 문명이 처한 막다른 골목을 보여주는 것으로 해석한다. 안나 카레니나의 비극은 거짓과 위선에 가득 찬 사교계와의 갈등에서 비롯된 것이다.

레빈과 끼찌의 행복한 가정은 농민들과 자연과의 친밀한 삶을 배경으로 이루어진다. 톨스토이의 자화상이라고 할 수 있는 꼰스딴찐 레빈은 인류 삶의 근원인 시골 농촌에서 노동의 삶에 몰두하고 개혁과 혁명이 아닌, 인류의 도덕적인 갱생 안에 구원이 있다고 본다. 차갑고 타락한 도시 사회와 자연스럽고 도덕적이고 가부장적인 농민의 삶을 대립구도로 잡은 이 작품은 1860년대 알렉산드르 2세의 대개혁 이후 사회적인 문제를 잘 담아내면서, 가정의 이념과 여성 심리를 펼침에 있어 탁월함을 보여주는 불후의 명작이다.

『안나 카레니나』 집필 이후 1880~1881년 사이에 톨스토이는 정신적인 위기를 맞으며 사상적인 전환을 겪는다. 그 결과 그는 점차 문명의 악에 대항하는 농민의 간소한 생활을 이상으로 하는 아나키즘적인 톨스토이주의를 주창하게 된다. 『안나 카레니나』에서 어렴풋하게 드러나던 가부장적인 농민들의 삶에 대한 기대는 그의 작품세계에서 점차 확고해진다. 이러한 새로운 세계관은 『고백록』(1879-1882)에 폭넓게 나타나 있다.

톨스토이는 인생을 돌아보면서 자신이 태어나서 자라고 양육받은 상류계층에 속한 모든 것이 철저히 거짓과 위선 위에 세워졌다는 결론에 도달한다. 피할 수 없는 죽음 앞에 선 인생의 허무함과 무의미함을 인식하면서 신에 대한 믿음이 커진다. 그는 도덕적 위기를 체험하면서 자신이 저지른 모든 죄를 고백한다. 톨스토이는 정교회 신앙 안에서 자랐지만, 전쟁터에서 살인하고 결투하고 탈취한 돈으로 먹고 마시며 도박을 했다고 고백한다.

그는 죽음 앞에 선 인간의 모습을 다음과 같이 묘사한다. "맹수에 쫓긴 나그네가 우물 속에 들어갔는데, 밑에는 뱀이 우글댄다. 나그네는 덩굴에 매달려 있는데, 그 덩굴을 하얀 쥐와 검은 쥐가 갉아먹고 있다. 어쩔 수 없이 떨어질 것을 알면서도 나뭇잎에서 흘러나오는 달콤한 즙을 빨고 살아가는 것이 인간 실존의 모습이다." 그는 죽음을 어떻게 받아들일 것인가를 고민하다가, 나름대로 이성에 근거한 신념에 도달한다. 톨스토이가 겪은 정신적 변화에서 나온 결론은 아주 단호했다. 이전부터 지녔던 유물론적이고 실증주의적인 진보 이론에 대한 반감, 순박한 의식에 대한 옹호는 이제 국가와 국교에 대한 첨예한 반항과 결합되었다.

이 시기에 톨스토이적인 신앙의 기초가 확립되는데, 수세기에 걸쳐 이루어진 왜곡과 조야한 교회 예식성에서 벗어나 인간을 사랑과 용서의 사상으로 하나 되게 해야 한다고 그는 생각했다. 강력한 사회비판을 하면서도 악에 폭력적으로 저항하지 말 것, 즉 무저항주의를 설교한다. 그는 악에 저항하는 유일한 이성적인 방법은 공개적인 폭로와 권력에 대한 수동적인 불복종이라고 생각했다.

인류가 살아날 길은 개인의 정신적인 작업, 즉 도덕적인 개인의 완성에 있다고 보면서 톨스토이는 정치적인 투쟁과 혁명적인 구호를 거부한다. 아무리 높은 성직의 자리에 있더라도, 아무리 높은 명성을 지닌 수도

사의 길을 걷고 있더라도, 마음속에 자신의 명성, 고행, 덕성에 대한 자랑이 남아 있다면, 그리고 그런 높은 마음으로 주변을 바라보고 칭송에 좌우된다면 그 안에는 그리스도가 없다고 보았다. 그에게 그리스도의 가르침은 모든 허식을 벗어버린 합리적이고 실천적인 것이었다. 톨스토이는 네 개의 복음서를 하나로 묶어 새로운 『복음서』(1883)를 꾸미는데, 종교를 윤리학 체계로 만드는 과정에서 기독교 교리와 의식을 비판적으로 평가하고, 삼위일체론, 계시, 성모수태 및 그리스도의 부활, 기적 등에 이의를 제기한다. 그는 신약에서 우주론과 존재론을 삭제하고, 기적이 묘사된 모든 부분을 삭제한다. 또한 은총과 성령의 가르침은 인간 본성의 선한 것을 뿌리째 뒤흔드는 비도덕적 교리라고 비난하고 그 자체를 거부한다. 결국 그는 정교회로부터 파문당하고 만다.

자신의 『복음서』에서 톨스토이는 그리스도의 가르침 중에서 다섯 계명을 가장 중요한 것으로 꼽는다. 첫째, 화내지 말며 모든 사람과 화목하게 지내라. 둘째, 음욕으로 탐하지 말라. 셋째, 어떤 약속으로도 맹세하지 말라. 넷째, 악으로 갚지 말고 심판하지 말며 재판관에게 달려가지 말라. 다섯째, 민족을 구분하지 말고 이방인도 네 이웃처럼 사랑하라. 이후 그는 복음서에서 추출한 이 기독교적 윤리관을 평범한 민중이 이해할 수 있는 언어로 표현하고 구현하기 위해 작품의 색깔을 완전히 바꾼다. 더 쉽고 더 단순하고 더 알아들을 수 있는 이야기체로 민중인 독자도 이해할 수 있는 동화 집필에 몰두하기 시작한 것이다.

3. 본문 해설

이 책에 번역된 1881년부터 1886년 사이에 쓰인 동화들은 이러한 흐름 속에서 톨스토이의 기독교적인 윤리관과 무저항주의를 그대로 담은 작품들이다. 이 동화들에는 복음서 구절이 제사(題詞)로 제시되고 있다.

이 제사들은 작품의 중요한 교훈을 전달하는 역할을 한다. "민족을 구분하지 말고, 이방인마저도 네 이웃처럼 사랑하라"는 계명은 「사람은 무엇으로 사는가」(1881)와 「사랑이 있는 곳에 하나님이 있다」(1885), 「두 노인」(1885) 안에 잘 구현되어 있다. 사람은 '사랑'으로 살아가고, 그 사랑은 이웃에 대한 실천적인 돌봄 가운데 구체적으로 실현되어야 하며 그 안에 참 신앙과 구원이 있다는 가르침이 세 작품을 관통하고 있다.

"화내지 말며 모든 사람과 화목하게 지내라", "악으로 갚지 말고 심판하지 말며 재판관에게 달려가지 말라"는 계명의 실천은 「촛불」(1885), 「초반에 불길을 잡지 못하면 끌 수가 없다」(1885), 「대자」(1886)에 잘 나타나 있다. 사악한 영지관리인에게 적대적으로 저항하지 않더라도 비폭력 불복종 중에 하늘이 악하고 탐욕스러운 자를 심판한다는 교훈, 사소한 잘못을 용서해주지 않은 결과는 비참한 손실과 인간성 파괴일 뿐이라는 교훈, 분노와 악에 대한 복수는 더 큰 비극을 낳는다는 교훈이 이 세 작품에 담겨 있다. 이웃을 용서하지 않으면 재앙이 온다는 권선징악적인 내용과 악에 저항하지 않는 인내와 선한 가르침만이 악한 자를 변화시킨다는 주제가 담겨 있다.

반면, 「바보 이반」(1885)과 「사람에게는 얼마만한 땅이 필요한가」(1886)는 인간의 탐욕과 탐심이 가져올 수 있는 비극을 이야기하고 있다. 세속적인 욕망을 지닌 두 형제는 그 탐심을 이용하는 마귀의 꾐에 빠져 실패할 수밖에 없지만, 순수하고 정직한 노동을 하며 탐욕을 부리지 않고 쓸 것을 필요한 자에게 아낌없이 나누어 주는 바보 이반의 왕국만이 참 행복을 누리며 살 수 있다는 교훈이 담겨 있다. 정직한 노동과 나눔을 최우선으로 생각하는 바보 이반의 이상은 사회적인 프로그램으로는 전환이 불가능한 그야말로 수도사적인 유토피아라고 볼 수 있다. 조금 더 좋은 환경에서 풍요한 삶을 살고자 하던 빠홈은 지나치게 욕심을 부리다가 죽음에 이른다. 정작 그에게 필요한 땅은 그의 몸 하나 묻힐 만한 크기의 땅이었던 것이다. 자족하지 못하고 '조금만 더, 조금만 더'라는 욕심이 죽음과 파멸을 가져온다는 경각심을 일깨우고 있다.

이후 작가는 세상과 등지고 문학보다는 사상과 예술 이론에 관심을 기울이게 된다. 그는 이전의 소설은 "무의식적으로 쓰인" 소설이라고 비난하고 1891년에는 1880년 이전에 쓴 자신의 모든 작품을 공개적으로 부정한다. 톨스토이는 소설이 귀족들의 놀이 도구가 되는 것을 거부하고 모름지기 소설 작품은 독자가 적극적으로 참여하는 탐구가 되어야 한다는 예술적 계명을 내세운다. 1890년대에는 당대의 데카당스적인 문학에 반발해, 예술의 도덕적·종교적인 목적, 교훈주의를 강조하는 예술론을 『예술이란 무엇인가?』(1897-1898)로 정리한다. 여기서 그는 예술의 '감염 이론'을 내세운다. 즉 움직임, 선, 아름다움, 소리, 형상 들을 수단으로 감정을 전달해 저자의 의도를 감염시킨다는 생각이다. 이 감염 속에서 독자, 관객, 청중은 정서적인 체험이 가능해진다고 보았다.

레프 톨스토이의 장편소설 『부활』(1889-1899)은 톨스토이의 이러한 생각이 함축된, 목적지향적인 작품이다. 『부활』은 『전쟁과 평화』 이후에 30년, 『안나 카레니나』를 쓴 후 25년이라는 세월이 흐른 후 집필되었다. 톨스토이는 러시아에서 종교적으로 핍박을 받던 두호보르라는 종파가 캐나다로 이주하는 것을 돕고자 서둘러 이 책을 출판한다. 톨스토이는 이 작품에서 민족의 도덕적인 부활을 통한 유혈 없는 비폭력 혁명을 주장한다. 이 작품은 각기 다른 방식으로 타락한 삶을 살던 두 주인공 네흘류도프와 마슬로바의 인격적인 갱생과 도덕적 부활을 통해 찾아올 러시아의 부활에 관해 이야기하는 작품이다.

이 책에 번역된 「노동과 질병과 죽음」(1903)과 「세 가지 질문」(1903)은 톨스토이의 기독교 윤리학을 그대로 담아내고 있다.

각 사람을 매순간 위협하는 죽음 앞에서 그들이 취할 수 있는 유일한 방법은 각자에게 주어진 매년, 매월, 매시간, 매순간을 사랑과 화목 가운데 기쁘게 보내는 것임을 깨달았다. (「노동과 질병과 죽음」의 마지막 구절)

그러니 기억하게. 가장 중요한 시간은 바로 지금이라네. 가장 중요한 이유는 그 시간에만 우리는 자신을 통제할 수 있기 때문이네. 가장 필요한 사람은 지금 만나고 있는 그 사람인데, 다른 사람과 어떤 관계를 맺게 될지 아무도 모르기 때문이지. 그리고 가장 중요한 것은 그에게 선을 행하는 것이라네. 우리는 오직 그것을 위해서만 살아가도록 보냄을 받았기 때문이라네. (「세 가지 질문」의 마지막 구절)

이처럼 이 두 작품은 동일한 교훈을 준다. 지금 이 순간 나와 함께 있는 사람에게 사랑과 선을 실천하는 삶을 살라는 것이다. 이처럼 톨스토이는 복음서 속 예수의 말씀을 실생활에서 적용 가능한 도덕적 행동강령으로 정리하여 자신의 짧막한 동화 속에 구현했다. 그는 당대 혁명운동의 폭력성과 편협성을 보고 진정한 변화는 개개인의 변화에서 시작됨을 역설하고자 했고, 그 한 영혼의 거듭남과 부활이 사회 전체를 변화시키는 힘이라는 것을 작품 전체를 통해 강조했다.

당시는 교회가 민중과 삶에서 유리되어 높은 성당의 탑에 갇힌 채 말씀을 온전히 선포하고 가르치는 선지자적 역할을 다하지 못하고, 황실은 라스뿌친으로 대변되는 요승의 신비주의에 빠져 허우적거리고 있던 제정 말기였다. '러시아의 정신이 세상을 구원하리라', '아름다움이 세계를 구원하리라'는 말은 그저 구호로만 존재하고 제도권 안에 있던 러시아정교의 영성은 제힘을 발휘하지 못하던 시기에 진흙에 묻혔던 복음서 말씀을 꺼내어 사람들이 실천할 수 있는 가르침으로 다듬으려고 했던 톨스토이의 노력에 대해 그저 예수의 신성을 부정하는 불신앙인의 망상이라고 폄하할 수는 없다는 생각이 든다.

어찌 보면 지금은 믿음만을 강조하는 '값싼 구원'에 취해 은혜만 강조하며 성경이 죄와 의와 심판에 대해 말하는 것을 율법주의로 매도하여 침묵하게 하거나, 상대주의를 절대화하여 규범과 질서, 윤리마저도 '꼰대의 잔소리'로 치부하고 '네 마음의 목소리에 귀를 기울여라', '모든 것이 허용되니 네 마음이 원하는 대로 행하는 것이 곧 선이고 진리'라고 부추기는 자유 지상주의 시대에 살고 있다. 이러한 시절에 톨스토이의 동화는 개인의 삶에서 여전히 변함없이 지켜야 할 도덕 원리인 '이웃에 대한 실천적 사랑'을 묵상하게 하는 소중한 영적 자산이다. 그러므로 질박하고 쉽고 단순한 언어로 쓰인 톨스토이의 동화를 지금도 여전히 많은 이가 찾고 있는 게 아닐까라는 생각이 든다.

4. 텍스트

레프 톨스토이 전집은 구러시아(소련) 시절 출간된 가장 권위 있는 아카데미 나우크 판본 혹은 예술문학국가출판부 판본 등 12권부터 90권짜리까지 다양한 버전이 있고, 특히 동화의 경우는 많은 단행본이 시중에 나와 있다. 그리고 단행본마다 수록된 작품도 모두 다르다.

이 책 본문에 사용된 단편 10편 중에 「사람이 무엇으로 사는가」를 비롯한 1880년대의 작품 8편은 1963년에 예술문학국가출판부에서 출간한 20권짜리 레프 톨스토이 작품전집 중 제10권에서, 1903년의 두 작품 「세 가지 질문」과 「노동과 죽음과 질병」은 레프 톨스토이의 장편 소설과 중단편 소설, 편지, 일기, 회고록 등 작가의 모든 작품을 담고 있는 인터넷 사이트에서 원문 텍스트를 가져왔다.

번역할 때 인물이나 지명 등 일부 러시아어는 국립국어원에서 나온

외래어표기법과는 달리 러시아어 특유의 된소리를 그대로 살리는 방향
으로 표기했다.

옮긴이 홍대화

1965년 서울에서 태어나 고려대학교 노어노문학과를 졸업하고, 동 대학원에서 석사 학위 취득 및 박사과정을 수료한 후 러시아 상뜨뻬쩨르부르그 국립대학교에서 문학 박사 학위를 받았다. 여러 대학교에서 강의하고 경남대학교 인문과학연구소에서 연구전임강사를 역임했다. 현재 경남대학교 강사, 번역가, 도서관 지혜학교 주임교수로 활동 중이다.

저서로 『혼자 배우는 러시아어』(1995), 『도스또예프스끼』(살림, 2005), 역서로 도스또예프스끼의 『죄와 벌』(2000, 전2권), 미하일 불가꼬프의 『거장과 마르가리타』(2008, 전2권), 레르몬또프의 『우리 시대의 영웅』(2013) 등이 있다.

현대지성 클래식 34

사람은 무엇으로 사는가

1판 1쇄 발행 2021년 2월 5일
1판 10쇄 발행 2024년 11월 15일

지은이 레프 톨스토이
옮긴이 홍대화
발행인 박명곤 **CEO** 박지성 **CFO** 김영은
기획편집1팀 채대광, 김준원, 이승미, 김윤아, 백환희, 이상지
기획편집2팀 박일귀, 이은빈, 강민형, 이지은, 박고은
디자인팀 구경표, 유채민, 윤신혜, 임지선
마케팅팀 임우열, 김은지, 전상미, 이호, 최고은

펴낸곳 (주)현대지성
출판등록 제406-2014-000124호
전화 070-7791-2136 **팩스** 0303-3444-2136
주소 서울시 강서구 마곡중앙6로 40, 장흥빌딩 10층
홈페이지 www.hdjisung.com **이메일** support@hdjisung.com
제작처 영신사

© 현대지성 2021

"Curious and Creative people make Inspiring Contents"
현대지성은 여러분의 의견 하나하나를 소중히 받고 있습니다.
원고 투고, 오탈자 제보, 제휴 제안은 support@hdjisung.com으로 보내 주세요.

현대지성 홈페이지

현대지성 클래식 살펴보기